El asesinato de Roger Ackroyd

Biblioteca Agatha Christie
Novela

Biografía

Agatha Christie es la escritora de misterio más conocida en todo el mundo. Sus obras han vendido más de mil millones de copias en la lengua inglesa y mil millones en otros cuarenta y cinco idiomas. Según datos de la ONU, sólo es superada por la Biblia y Shakespeare.

Su carrera como escritora recorrió más de cincuenta años, con setenta y nueve novelas y colecciones cortas. La primera novela de Christie, *El misterioso caso de Styles*, fue también la primera en la que presentó a su formidable y excéntrico detective belga, Poirot; seguramente, uno de los personajes de ficción más famosos. En 1971, alcanzó el honor más alto de su país cuando recibió la Orden de la Dama Comandante del Imperio Británico. Agatha Christie murió el 12 de enero de 1976.

Agatha Christie
El asesinato de Roger Ackroyd

Traducción: G. Bernard de Ferrer

ESPASA

Obra editada en colaboración con Editorial Planeta – España

Título original: *The Murder of Roger Ackroyd*

© 1926, Agatha Christie Limited
Traducción: G. Bernard de Ferrer

© Grupo Editorial Planeta S.A.I.C. – Buenos Aires, Argentina

Derechos reservados

© 2018, Editorial Planeta Mexicana, S.A. de C.V.
Bajo el sello editorial BOOKET M.R.
Avenida Presidente Masarik núm. 111, Piso 2
Polanco V Sección, Miguel Hidalgo
C.P. 11560, Ciudad de México
www.planetadelibros.com.mx

AGATHA CHRISTIE ®, POIROT® y la firma de Agatha Christie son
marcas registradas de Agatha Christie Limited en todo el mundo. Todos los
derechos reservados.Iconos Agatha Christie Copyright © 2013 Agatha
Christie Limited. Usados con permiso.

AgathaChristie

Ilustraciones de portada: © Ed
Adaptación de portada: Alejandra Ruiz Esparza

Primera edición impresa en España: septiembre de 2015
ISBN: 978-84-670-4543-7

Primera edición impresa en México en Booket: septiembre de 2018
Décima primera reimpresión en México en Booket: septiembre de 2023
ISBN: 978-607-07-4404-4

Impreso en los talleres de Impregráfica Digital, S.A. de C.V.
Av. Coyoacán 100-D, Valle Norte, Benito Juárez
Ciudad De Mexico, C.P. 03103
Impreso en México –*Printed in Mexico*

A Punkie, a quien le encantan las clásicas historias de detectives, con asesinatos, investigaciones, ¡y con una larga lista de sospechosos!

Capítulo 1

El doctor Sheppard
a la hora del desayuno

Mrs. Ferrars murió la noche del 16 al 17 de septiembre, un jueves. Me llamaron a las ocho de la mañana del viernes 17. Mi presencia no sirvió de nada. Hacía horas que había muerto.

Regresé a mi casa unos minutos después de las nueve. Entré y me entretuve adrede en el vestíbulo, colgando mi sombrero y el abrigo ligero que me había puesto como precaución por el fresco de las primeras horas de aquel día otoñal.

En honor a la verdad, diré que estaba muy inquieto y preocupado. No voy a pretender que preví entonces los acontecimientos de las semanas siguientes, pero mi instinto me avisaba de que se acercaban tiempos llenos de sobresaltos y sinsabores.

Del comedor, situado a la izquierda, llegó a mis oídos un leve ruido de tazas y platos, acompañado de la tos seca de mi hermana Caroline.

—¿Eres tú, James? —preguntó.

Pregunta absurda, ¿quién iba a ser? Para ser sincero, mi hermana Caroline era precisamente la que provocaba mi demora. El lema de la familia mangosta, según Rudyard Kipling, es: «Ve y entérate». Si Caroline necesitase algún día un escudo nobiliario, le sugeriría la idea de representar en él una mangosta rampante. Además, podría suprimir la primera parte del lema. Caroline lo descubre todo quedándose tranquilamente sentada en casa. ¡No sé cómo se las apaña, pero así es! Sospecho que las criadas y los proveedores constituyen su propio servicio de información. Cuando sale, no es con el fin de ir en busca de noticias, sino de divulgarlas. En este terreno también se muestra asombrosamente experta.

Esta última característica suya era lo que me hacía vacilar. Fuera lo que fuese lo que yo le contara a Caroline sobre la muerte de Mrs. Ferrars, lo sabría todo el mundo en el pueblo al cabo de hora y media. Mi profesión exige discreción y, en consecuencia, acostumbro a esconderle a mi hermana todas las noticias que puedo. Generalmente, logra enterarse a pesar de mis esfuerzos, pero tengo la satisfacción moral de saber que estoy al abrigo de toda posible reconvención.

El esposo de Mrs. Ferrars murió hace un año, y Caroline no ha dejado de asegurar, sin tener la menor base en que fundarse, que su mujer le envenenó. Desprecia mi invariable afirmación de que Mr. Ferrars murió de gastritis aguda, a lo que ayudó su excesiva afición a las bebidas alcohólicas. Convengo en que los síntomas de gastritis y de envenenamiento por arsénico tienen ciertas similitudes, pero Caroline basa su acusación en motivos muy distintos.

«¡Basta con mirarla!», oí que decía una vez.

Aunque algo madura, Mrs. Ferrars era una mujer muy atractiva y sus sencillos vestidos le sentaban muy bien. Sin embargo, muchísimas mujeres compran sus prendas en París y no por eso han envenenado a sus maridos.

Mientras vacilaba en el vestíbulo, pensando vagamente en todas esas cosas, la voz de Caroline sonó de nuevo, algo más aguda:

—¿Qué demonios haces ahí, James? ¿Por qué no vienes a desayunar?

—¡Ya voy, querida! —contesté apresuradamente—. Estoy colgando el abrigo.

—¡Has tenido tiempo de colgar una docena!

Tenía razón, muchísima razón. Entré en el comedor, le di a Caroline el acostumbrado beso en la mejilla y me senté ante un plato de huevos fritos con beicon. El beicon estaba frío.

—Te han llamado muy temprano —observó Caroline.

—Sí. De King's Paddock. Mrs. Ferrars.

—Lo sé.

—¿Cómo lo sabes?

—Annie me lo ha dicho.

Annie es la doncella; buena chica, pero una charlatana incorregible.

Hubo una pausa. Continué comiéndome los huevos con beicon. A mi hermana le temblaba la punta de la nariz, que es larga y delgada, como ocurre siempre que algo le interesa o excita.

—¿Y bien?

—Mal asunto. Nada que hacer. Debió de morir mientras dormía.

—Lo sé —repitió mi hermana.

Esta vez me sentí contrariado.

—No puedes saberlo. Ni yo lo sabía antes de llegar allí y todavía no se lo he contado a nadie. Si Annie está enterada, debe de ser clarividente.

—No me lo ha dicho Annie, sino el lechero. Se lo ha explicado la cocinera de los Ferrars.

Ya he dicho antes que no es preciso que Caroline salga a buscar información. Se queda sentada en casa y las noticias vienen hasta ella.

—¿De qué ha muerto? ¿De un ataque cardíaco?

—¿Acaso no te lo ha dicho el lechero? —repliqué con sarcasmo.

Los sarcasmos no hacían mella en Caroline. Se los tomaba en serio y contestaba como si tal cosa.

—No lo sabía.

Como tarde o temprano Caroline acabaría por enterarse, tanto daba que se lo dijera.

—Ha muerto por haber ingerido una cantidad excesiva de veronal. Lo tomaba últimamente para combatir el insomnio. Debió de pasarse con la dosis.

—¡Qué tontería! —dijo Caroline de inmediato—. Lo hizo adrede. ¡A mí no me engañas!

Cuando tienes una sospecha, resulta extraño admitir que no la quieres confesar. El hecho de que otra persona la exprese en voz alta te impulsa a negarla con toda vehemencia.

—¡Ya vuelves a las andadas! Dices cualquier cosa sin ton ni son. ¿Por qué había de suicidarse? Viuda, joven todavía, rica y con buena salud, no tenía otra cosa que hacer sino disfrutar de la vida. ¡Lo que dices es absurdo!

—Nada de eso. Tú también tuviste que fijarte en el cambio que había sufrido estos últimos meses. Parecía atormentada, y acabas de admitir que no podía conciliar el sueño.

—¿Cuál es tu diagnóstico? —pregunté fríamente—. ¿Un amor desgraciado?

—Remordimientos —afirmó sin dudar.

—¿*Remordimientos*?

—Sí. Nunca quisiste creerme cuando te decía que había envenenado a su marido. Ahora estoy más convencida que nunca.

—Lo que dices no es lógico. Seguro que, cuando una mujer tiene la suficiente sangre fría como para cometer un asesinato, después no se deja dominar por el débil sentimentalismo que suponen los remordimientos.

Caroline meneó la cabeza.

—Probablemente hay mujeres como las que tú dices, pero Mrs. Ferrars no era una de ellas. Era un manojo de nervios. Un impulso imposible de dominar la llevó a desembarazarse de su marido, porque era de esas personas incapaces de soportar el más mínimo sufrimiento, y no cabe duda de que la esposa de un hombre como Ashley Ferrars debió de sufrir mucho.

Asentí.

—Desde entonces vivió acosada por el recuerdo de lo que hizo. Me compadezco de ella aunque no quiera.

Creo que Caroline no sintió nunca compasión por Mrs. Ferrars mientras vivía, pero, ahora que se había ido (quizá allí donde no se llevan vestidos de París), estaba dispuesta a permitirse las suaves emociones de la piedad y de la comprensión.

Le dije con firmeza que sus sospechas eran una solemne tontería. Me mostré muy firme, aunque, en mi fuero interno, estaba de acuerdo con buena parte de lo que ella había expresado. Pero no podía admitir que Caroline hubiera llegado hasta la verdad por el sencillo método de adivinarla. No iba a alentarla. Recorrería el pueblo divulgando sus opiniones y todos pensarían que lo hacía basándose en datos médicos que yo le había proporcionado. La vida es agotadora.

—¡Tonterías! —dijo Caroline en respuesta a mis críticas—. Ya verás. Apuesto diez contra uno a que ha dejado una carta confesándolo todo.

—No dejó ninguna carta —repliqué tajante, sin pensar en las consecuencias.

—¡Ah! —exclamó Caroline—. De modo que has preguntado si había una carta, ¿verdad? Creo, James, que en el fondo piensas como yo. Eres un hipócrita.

—Siempre hay que tener en cuenta la posibilidad del suicidio —señalé.

—¿Habrá investigación judicial?

—Tal vez. Todo depende de mi informe. Si estoy plenamente convencido de que tomó la sobredosis por accidente, quizá no la haya.

—¿Lo estás? —preguntó mi hermana con astucia.

No contesté y me levanté de la mesa.

Capítulo 2

Quién es quién
en King's Abbot

Antes de continuar relatando mis conversaciones con Caroline, quizá sea conveniente describir la geografía local. Nuestro pueblo, King's Abbot, supongo que es muy parecido a cualquier otro. La ciudad más cercana es Cranchester, situada a catorce kilómetros de distancia. Tenemos una estación de ferrocarril grande, una oficina de correos pequeña y dos tiendas que venden toda clase de productos. Los hombres aptos acostumbran a dejar la localidad en la juventud, pero somos ricos en mujeres solteras y oficiales retirados. Nuestros pasatiempos y aficiones se resumen en una sola palabra: cotilleo.

Sólo hay dos casas de cierta importancia en King's Abbot. Una es King's Paddock, dejada en herencia a Mrs. Ferrars por su difunto esposo, y la otra, Fernly Park, propiedad de Roger Ackroyd, personaje que me ha interesado mucho por ser el paradigma del gentilhombre rural. Me recuerda a uno de aquellos deportistas de rostro enrojecido que aparecían siempre en el primer acto de las viejas comedias musicales, cuyo decorado representaba la plaza del pueblo. Por lo general, cantaban una canción sobre algo de ir a Londres. Hoy en día, tenemos revistas y el caballero rural ha pasado de moda.

Desde luego, Ackroyd no es en realidad un gentilhombre rural. Es un fabricante, muy rico (creo), de ruedas de vagones. Tiene alrededor de cincuenta años, un rostro rubicundo y es de carácter jovial. Es íntimo amigo del vicario, contribuye con generosidad a los fondos de la parroquia —aunque el rumor diga que es extremadamente ruin cuando se trata de gastos personales—, fomenta los partidos de críquet, los clubes de juventud y los institutos para soldados mutilados. Es, en una palabra, la vida y el alma de nuestro apacible pueblo.

Cuando Roger Ackroyd era un mozo de veintiún años, se enamoró y se casó con una hermosa mujer cinco o seis años mayor que él. Se apellidaba Paton, era viuda y tenía un hijo. La historia de su unión fue corta y penosa. Para hablar claro, Mrs. Ackroyd era una dipsómana. Cuatro años después de la boda, logró matarse a fuerza de beber.

En los años que siguieron, Ackroyd no se arriesgó a una segunda aventura matrimonial. El hijo del primer marido de su mujer tenía siete años cuando su madre murió. Cuenta ahora veinticinco. Ackroyd lo ha considerado siempre como su propio hijo y lo ha educado en consecuencia, pero ha sido un muchacho alocado y una fuente de disgustos y sinsabores para su padrastro. Sin embargo, todos en King's Abbot quieren a Ralph Paton. Todos coinciden en que es un buen tipo.

Como he dicho antes, en este pueblo siempre estamos dispuestos a chismorrear. Todos notaron desde el principio que Ackroyd y Mrs. Ferrars eran muy buenos amigos. Después de la muerte del esposo, la intimidad se acentuó. Se los veía siempre juntos y se decía que, al acabar su luto, Mrs. Ferrars se convertiría en la esposa de Ackroyd. Todo el mundo pensaba, por cierto, que había una cierta lógica en el asunto.

La esposa de Ackroyd había muerto a consecuencia de sus excesos con la bebida, y Ashley Ferrars fue un borracho durante muchos años antes de su muerte. Era natural que las víctimas de los excesos alcohólicos se consolaran mutuamente de lo que habían sufrido por culpa de sus anteriores cónyuges.

Hacía apenas un año que los Ferrars habían llegado al pueblo, pero Ackroyd había sido la comidilla de los habitantes de King's Abbot durante mucho tiempo. Mientras Ralph Paton crecía, una serie de amas de llaves gobernaron la casa de Ackroyd, y cada una de ellas fue estudiada con recelo y con curiosidad por Caroline y sus amigas. No creo exagerado decir que, durante quince años por lo menos, el pueblo esperó que Ackroyd se casara con una de sus amas de llaves. La última, una señora temible llamada miss Russell, reinó durante cinco años, el doble que sus predecesoras. Se creía que, de no ser por la llegada de Mrs. Ferrars, Ackroyd no se le hubiera escapado.

Influyó también otro factor: la venida inesperada de una cuñada de Roger, procedente de Canadá, con una hija. Se trataba de la viuda de Cecil Ackroyd —hermano pequeño de Roger y un inútil—, que se instaló en Fernly Park y que logró, según dice Caroline, poner a miss Russell en su sitio.

No sé a ciencia cierta lo que querrá decir «en su sitio»; suena a algo frío y desagradable, pero he comprobado que miss Russell va y viene con los labios apretados, lo que yo califico de «sonrisa ácida». Profesa la mayor simpatía por la «pobre Mrs. Ackroyd, que depende de la caridad del hermano de su marido. ¡El pan de la caridad es tan amargo! ¿Verdad? Yo me sentiría muy desgraciada si no me ganara la vida trabajando».

No sé lo que la viuda de Cecil Ackroyd pensaría del asunto de su cuñado con la viuda Ferrars. Sin duda, era ventajoso para ella que Roger permaneciera viudo, pero se mostraba amabilísima —incluso efusiva— con Mrs. Ferrars cuando la veía. Caroline dice que eso no prueba absolutamente nada.

Tales han sido nuestras preocupaciones en King's Abbot durante los últimos años. Hemos discutido de Ackroyd y de sus asuntos desde todos los puntos de vista. Mrs. Ferrars ha ocupado su lugar en el esquema.

Ahora se ha producido un cambio en el panorama. De la amable discusión sobre los probables regalos de boda, hemos pasado a las sombras de la tragedia.

Mientras pensaba en todas esas cosas, hice sin deliberación mi ronda de visitas. No tenía ningún caso especial que atender y tal vez fui afortunado con eso, pues mi pensamiento volvía una y otra vez a la misteriosa muerte de Mrs. Ferrars. ¿Se habría suicidado? Si lo había hecho, lo más seguro era que hubiese dejado alguna nota sobre el paso que iba a dar. Sé por experiencia que las mujeres que deciden suicidarse desean, por regla general, revelar el estado de ánimo que las lleva a cometer ese acto fatal.

¿Cuándo la había visto por última vez? Apenas hacía una semana. Su actitud había sido entonces completamente normal.

Recordé de pronto que la había visto la víspera, aunque sin hablarnos. Ella estaba paseando con Ralph Paton, lo cual me sorprendió, pues ignoraba que el muchacho se encontrara en King's Abbot. Creía que había reñido definitivamente con su padrastro y que, en los últimos seis meses, no había estado en el pueblo. Paseaba con Mrs. Ferrars, con las cabezas muy juntas, y ella hablaba con mucha ansiedad.

Creo poder decir con toda sinceridad que fue entonces cuando el presagio surgió en mi mente. No era todavía nada tangible, sino una simple corazonada. Aquel vehemente *tête-à-tête* entre Ralph Paton y Mrs. Ferrars me causó una impresión desagradable. Continuaba pensando en ello cuando me encontré frente a frente con Roger Ackroyd.

—¡Sheppard! —exclamó—. Usted es el hombre que buscaba. ¡Qué tragedia tan horrible!

—¿Se ha enterado usted?

Asintió. Me di cuenta de que el golpe había sido muy duro para él. Los rojos mofletes parecían hundidos, y no era más que la sombra del hombre jovial y rebosante de salud que conocía.

—El asunto es peor de lo que supone —dijo en voz baja—. Oiga, Sheppard, necesito hablar con usted. ¿Puede acompañarme a casa ahora?

—Lo veo difícil. Tengo que visitar a tres enfermos y he de estar en mi casa a las doce para atender el consultorio.

—Dejémoslo para esta tarde. O mejor aún: venga a cenar esta noche, a las siete y media. ¿De acuerdo?

—Sí, eso me va mucho mejor. ¿Qué ocurre? ¿Se trata de Ralph?

No sé qué fue lo que me impulsó a decir eso, excepto, quizá, que casi siempre había sido Ralph.

Ackroyd me miró como si no me hubiera comprendido. Me di cuenta de que ocurría algo muy grave. Nunca, hasta entonces, había visto a Ackroyd tan trastornado.

—¿Ralph? —repitió vagamente—. No, no se trata de él. Ralph está en Londres. ¡Maldita sea! Aquí llega la vieja miss Gannett. No quiero hablar con ella de este terrible asunto. Hasta luego, Sheppard. A las siete y media.

Asentí y él se marchó deprisa. Me quedé pensativo. ¿Ralph en Londres? ¡Pero si estaba en King's Abbot la tarde anterior! Debió de volver a la ciudad por la noche, o a primera hora de la mañana, y, sin embargo, de la actitud de Ackroyd se infería algo muy distinto. Había hablado como si Ralph no se hubiera acercado al pueblo durante varios meses.

No tuve tiempo de meditar el asunto. Miss Gannett me acorraló, sedienta de información. Esta señorita tiene todas las características de mi hermana Caroline, pero carece de su ojo certero para llegar a las conclusiones, que son el toque genial de las deducciones de Caroline. Miss Gannett estaba sin aliento y se mostraba inquisitiva.

¿No era una pena lo que le había ocurrido a la pobre Mrs. Ferrars? Mucha gente anda diciendo que hacía años que se había aficionado a las drogas. ¡Parece mentira lo que la gente llega a inventar y, sin embargo, lo peor es que, en general, hay algo de verdad en esas descabelladas afirmaciones! ¡Cuando el río suena...! También dicen que Mr. Ackroyd lo descubrió y rompió el compromiso, porque había un compromiso. Ella, miss Gannett, tenía pruebas. Desde luego, yo debía saberlo todo (los médicos siempre lo saben todo, pero se lo callan).

Me espetó todo eso con su mirada de águila para ver cómo reaccionaba ante sus sugerencias. Afortunadamente, la vida en común con Caroline me ha enseñado a mantener mis facciones en la mayor impasibilidad y a contestar con frases breves que no me comprometan.

En esta ocasión, felicité a miss Gannett por no formar parte del grupo de calumniadores y chismosos. «Un buen contraataque», pensé. La puso en dificultades, y me marché antes de que pudiera rehacerse.

Regresé a casa pensativo. Varios pacientes me esperaban en la consulta.

Acababa de despedir al último y pensaba descansar unos minutos en el jardín antes del almuerzo, cuando vi que me esperaba otra paciente. Se levantó y se acercó a mí mientras yo permanecía de pie un tanto sorprendido. No sé el porqué, quizá por esa imagen férrea que transmite miss Russell, algo que está por encima de las enfermedades de la carne.

El ama de llaves de Ackroyd es una mujer alta, hermosa, pero con un aire que impone respeto. Tiene una mirada y una boca severas. Tengo la impresión de que si yo fuera una camarera o una cocinera, echaría a correr al verla acercarse.

—Buenos días, doctor Sheppard. Le agradecería que echara un vistazo a mi rodilla.

La reconocí, pero, a decir verdad, no le encontré nada de particular. La historia de miss Russell sobre unos vagos dolores resultaba tan poco convincente que, de haberse tratado de cualquier otra persona con menos integridad de carácter, hubiera sospechado que intentaba engañarme. Se me ocurrió la idea de que miss Russell hubiera inventado deliberadamente la afección de la rodilla para sonsacarme respecto a la muerte de Mrs. Ferrars, pero no tardé en darme cuenta de que me equivocaba. No hizo más que una breve alusión a la tragedia. Sin embargo, parecía dispuesta a entretenerse y a charlar.

—Gracias por esta botella de linimento, doctor —dijo finalmente—, aunque no creo que me alivie mucho.

Tampoco yo lo creía, pero protesté, como era mi deber profesional. Después de todo, no podía causarle daño y hay que dar la cara por los instrumentos de nuestra profesión.

—No creo en todas esas drogas —comentó miss Russell, con una mirada de desprecio a mi surtido de frascos—. Las drogas suelen hacer mucho daño. Fíjese usted en los cocainómanos.

—¡Oh! Esos casos... —comencé, pero ella no me dejó seguir.

—... son muy frecuentes en la alta sociedad.

Estoy convencido de que miss Russell sabe mucho más de la alta sociedad que yo. No traté de discutir con ella.

—Sólo quiero que me diga una cosa, doctor. ¿Puede curarse un verdadero adicto a las drogas?

No es posible contestar a una pregunta de esa naturaleza a la ligera. Le di una breve respuesta, que ella escuchó con atención. Yo continuaba sospechando que buscaba información sobre Mrs. Ferrars.

—El veronal, por ejemplo... —empecé.

Pero, cosa extraña, no parecía interesada en el veronal. Cambió de tema y me preguntó si era cierto que algunos venenos no dejaban la menor huella.

—¡Vaya! ¡Ha estado usted leyendo historias de detectives!

Me confesó que sí.

—La esencia de una historia de detectives —proseguí— es la existencia de un veneno raro, algo que viene de América del Sur y que nadie conoce, algo que una tribu de salvajes emplea para envenenar sus flechas. La muerte es instantánea, y la ciencia occidental no puede llegar a descubrirlo. ¿A eso se refiere?

—Sí. Pero ¿existe en realidad?

Meneé la cabeza, apenado.

—Me temo que no. Está el curare, desde luego.

Le hablé largo rato del curare, pero daba la sensación de haber perdido interés por el tema. Me preguntó si tenía ese veneno entre mis drogas y, al contestarle que no, me parece que dejé de interesarle.

Me dijo que debía marcharse, y la acompañé hasta la puerta del consultorio en el momento en que sonaba el gong del almuerzo. Nunca hubiese sospechado que miss Russell fuese aficionada a las historias de detectives. Me divertía muchísimo pensar que salía de su cuarto para regañar a una criada delincuente, para después volver a la lectura del *Misterio de la séptima muerte*, o algo por el estilo.

Capítulo 3

El hombre que cultivaba calabacines

Dije a Caroline, mientras almorzábamos, que cenaría en Fernly Park. No objetó nada. Muy al contrario.

—¡Magnífico! —exclamó—. Te enterarás de todo. A propósito, ¿qué pasa con Ralph?

—¿Con Ralph? —dije sorprendido—. ¡Nada!

—Entonces, ¿por qué se aloja en el Three Boars y no en Fernly Park?

No dudé de la veracidad de la afirmación de Caroline. Ralph Paton debía de hospedarse en la posada del pueblo. Me bastaba con que ella lo dijera.

—Ackroyd me ha dicho que estaba en Londres. —Cogido por sorpresa, olvidé mi prudente norma de no dar nunca la menor información.

—¡Oh! —dijo Caroline. Vi cómo su nariz se arrugaba mientras rumiaba estas palabras—. Llegó al Three Boars ayer por la mañana. Continúa allí, y anoche se le vio en compañía de una muchacha.

Esto no me causó la menor sorpresa. Ralph pasa, a mi entender, casi todo su tiempo con una muchacha u otra, pero me extrañó que escogiera King's Abbot, en vez de la alegre metrópoli, para entregarse a ese gozoso pasatiempo.

—¿Con una de las camareras?

—No, eso es lo más interesante. Salió para encontrarse con ella. No sé quién era.

23

¡Cuán amargo para Caroline tener que confesar semejante cosa!

—Pero lo adivino —continuó mi infatigable hermana.

Esperé pacientemente a que se explicara.

—Su prima.

—¿Flora Ackroyd? —exclamé sorprendido.

Flora Ackroyd no es, desde luego, pariente ni de cerca ni de lejos de Ralph Paton, pero se ha considerado durante tantos años a Ralph como hijo de Ackroyd, que el parentesco se impone por sí solo.

—Flora Ackroyd —asintió mi hermana.

—¿Por qué no fue a Fernly Park si deseaba verla?

—Noviazgo secreto —dijo Caroline con fruición—. El viejo Ackroyd no quiere saber nada de eso, y tienen que verse a escondidas.

Veía muchos puntos oscuros en la teoría de Caroline, pero me abstuve de indicárselos. Una inocente observación respecto a nuestro nuevo vecino cambió el curso de la conversación.

La casa contigua a la nuestra, The Larches, ha sido alquilada hace poco por un forastero. Con gran contrariedad de Caroline, no ha podido enterarse de nada que le concierna, aparte del hecho de que se trata de un extranjero. Sus «confidentes» han fracasado en toda regla.

Es de presumir que el buen hombre compra leche, legumbres, carne y pescado, como todo el mundo, pero ninguno de los proveedores sabe lo más mínimo respecto a él. Al parecer, se llama Porrott, un nombre que transmite una extraña sensación de irrealidad. Lo único que sabemos es su interés por el cultivo de calabacines. Pero esto no es, desde luego, lo que Caroline desea conocer. Quiere saber de dónde viene, qué hace, si está casado, lo que su mujer era o todavía es, si tiene hijos, cuál era el nombre de soltera de su madre. Nunca puedo dejar de pensar que alguien como Caroline debió de inventar los formularios de los pasaportes.

—Mi querida Caroline, no me cabe duda en cuanto a la profesión de ese hombre. Es un peluquero retirado de los negocios. No tienes más que mirarle el bigote.

Caroline no opinaba como yo. Insistió en que si el hombre fuese peluquero, tendría el cabello ondulado en vez de lacio. Todos los peluqueros lo tienen así.

Cité algunos peluqueros a los que conozco personalmente y que llevan el cabello liso, pero Caroline rehusó dejarse convencer.

—No sé cómo clasificarle —me dijo agraviada—. Le pedí prestadas unas herramientas el otro día, y se mostró muy cortés, pero no pude sonsacarle nada. Le pregunté bruscamente si era francés, y me contestó que no. Después de eso, no me atreví a preguntarle nada más.

Empecé a sentir mayor interés por nuestro misterioso vecino. Un hombre capaz de enmudecer a Caroline y de dejarla con las manos vacías, como una nueva reina de Saba, tenía que ser una personalidad.

—Creo —comentó Caroline— que posee uno de esos modernos aparatos aspiradores de polvo.

Percibí la insinuación de un regalo y vi en sus ojos el brillo de la oportunidad de hacer más preguntas. Aproveché para escaparme al jardín. Me gusta la jardinería. Estaba atareado arrancando raíces de dientes de león cuando escuché muy cerca un grito de aviso. Un cuerpo pesado pasó silbando junto a mi oreja y cayó a mis pies, donde se aplastó con un ruido repugnante. Era un calabacín.

Miré hacia arriba con enojo. Por encima de la tapia, a mi izquierda, apareció un rostro. Pertenecía a una cabeza semejante a un huevo, parcialmente cubierta de cabellos de un negro sospechoso, y en la cual destacaban un mostacho enorme y un par de ojillos despiertos. Se trataba de nuestro misterioso vecino, Mr. Porrott.

Él se apresuró a disculparse.

—Le pido mil perdones, monsieur. ¡No tengo excusa!

Durante varios meses he cultivado calabacines. Esta mañana, de pronto, me he enfadado con ellos y los he mandado a paseo, no sólo mentalmente, sino también físicamente. *Et voilà!* Cojo el más grande y lo echo por encima de la tapia. ¡Monsieur, estoy avergonzado y me pongo a sus pies!

Ante tan profusas disculpas, mi cólera se disipó, como era natural. Después de todo, el dichoso calabacín no me había tocado. Pero esperaba que nuestro nuevo amigo no tuviese por costumbre arrojar cucurbitáceas de ese tamaño por encima de los muros. Semejante hábito lo haría indeseable como vecino.

El extraño personaje pareció leer mi pensamiento.

—¡Ah, no! —exclamó—. No se inquiete usted. No es mi costumbre dejarme llevar por estos excesos. Pero ¿cree usted posible, monsieur, que un hombre trabaje y sude para lograr cierta clase de bienestar y una vida según sus ambiciones para descubrir que, después de todo, echa de menos los días de trabajo ingrato y la antigua tarea que creyó que le hacía tan feliz dejar?

—Sí —dije lentamente—. Creo que eso ocurre a menudo. Yo soy tal vez un ejemplo de ello. Hace un año que cobré una herencia, suficiente para permitirme hacer realidad mi sueño. Siempre deseé viajar, ver mundo. Pues bien, de eso hace un año, tal como le digo, y continúo aquí.

—Son las cadenas del hábito —afirmó mi vecino—. Trabajamos para alcanzar un objetivo y, una vez conseguido, descubrimos que lo que echamos de menos es el trabajo diario. Créame, monsieur, mi trabajo era interesante, el más interesante del mundo.

—¿Sí? —dije para animarle. Por un momento me sentí movido por la misma curiosidad que Caroline.

—¡El estudio de la naturaleza humana, monsieur!

—Ni más ni menos —contesté amablemente.

No me cabía duda de que era un peluquero jubilado. ¿Quién conoce mejor que un peluquero los secretos de la naturaleza humana?

—También tenía un amigo; un amigo que durante muchos años no se alejó de mi lado. A pesar de que algunas veces hacía gala de una imbecilidad que daba miedo, me era muy querido. Figúrese que echo de menos hasta su estupidez. Su *naïveté*, su honradez, el placer de sorprenderle y entretenerle con mis dotes superiores, todo eso lo echo de menos más de lo que puedo decirle.

—¿Murió? —pregunté con interés.

—No. Vive y prospera, pero al otro lado del mundo. Se encuentra actualmente en Argentina.

—En Argentina... —dije con envidia.

Siempre he deseado ir a América del Sur. Levanté la vista y comprobé que Mr. Porrott me miraba con simpatía. Parecía un tipo comprensivo.

—¿Irá usted allí? —preguntó.

Sacudí la cabeza mientras suspiraba.

—Podía haber ido. Hace un año. Pero fui un loco y, peor que loco, ambicioso. Arriesgué lo tangible por una sombra.

—Comprendo. ¿Especuló usted?

Asentí tristemente, pero, a mi pesar, me sentía secretamente satisfecho. Aquel hombre ridículo se mostraba tan solemne...

—¿No sería con los Petróleos Porcupine? —preguntó de pronto.

Le miré con asombro.

—Pensé en ellos, pero acabé optando por una mina de oro en Australia Occidental.

Mi vecino me miraba con una extraña expresión que no lograba definir.

—Es el destino —dijo finalmente.

—¿A qué se refiere? —pregunté algo irritado.

—El destino es lo que hace que yo viva al lado de un hombre que toma en serio los Petróleos Porcupine y las minas de oro australianas. Dígame, ¿es usted aficionado también a las damas de cabello rojizo?

Le miré boquiabierto, y se echó a reír.

—No tema, no estoy loco. Ha sido una pregunta tonta. Verá, el amigo de quien le he hablado era joven, creía que todas las mujeres eran buenas y, la mayoría, hermosas. Pero usted tiene ya cierta edad, es médico y conoce la locura y la vanidad de nuestra vida. Bueno, bueno, somos vecinos. Le ruego que acepte y presente a su distinguida hermana mi mejor calabacín.

Se inclinó y me alargó un enorme ejemplar, que acepté con el mismo espíritu con que me lo ofrecía.

—Vamos —dijo mi vecino alegremente—. No he perdido la mañana. He conocido a un hombre que se parece algo a mi lejano amigo. A propósito, querría hacerle una pregunta: sin duda conocerá a todos los habitantes de este pueblo. ¿Quién es el joven de cabellos y ojos negrísimos, y hermoso rostro, que anda con la cabeza echada hacia atrás y con una agradable sonrisa en los labios?

La descripción no dejaba lugar a dudas.

—Debe de tratarse del capitán Ralph Paton.

—No le había visto hasta ahora.

—No ha estado aquí durante un tiempo, pero es hijo, o mejor dicho, hijo adoptivo de Mr. Ackroyd, de Fernly Park.

Mi vecino hizo un gesto de impaciencia.

—¡Podía haberlo adivinado! Mr. Ackroyd habla a menudo de él.

—¿Conoce usted a Ackroyd? —dije con cierta sorpresa.

—Conocí a Mr. Ackroyd en Londres, cuando estuve trabajando allí. Le he pedido que no hable de mi profesión en este pueblo.

—Comprendo —dije divertido, por lo que taché de ridícula vanidad por su parte.

—Uno prefiere guardar el secreto —continuó el tipo, con una sonrisa afectada—. No me atrae la notoriedad y no he intentado siquiera corregir la versión local de mi nombre.

—¿De veras? —contesté algo desconcertado.

—El capitán Ralph Paton —dijo Porrott—. ¿Es el prometido de la sobrina de Mr. Ackroyd, la encantadora miss Flora?

—¿Quién se lo ha dicho? —pregunté muy asombrado.

—Mr. Ackroyd, hace una semana. Está encantado. Hace tiempo que lo deseaba, según he podido comprender. Creo que incluso ha abusado imprudentemente de su influencia sobre el joven. Un muchacho debe casarse según su gusto, no para complacer a un padrastro de quien espera heredar.

Yo era presa de la mayor confusión. No comprendía que Ackroyd hiciera confidencias a un peluquero y que discutiera con él sobre la boda de su sobrina con su hijastro. Ackroyd se muestra lleno de bondad y deferencia con sus inferiores, pero tiene un alto sentido de la dignidad. Empecé a sospechar que Porrott no era peluquero.

Para ocultar mi confusión, dije lo primero que me pasó por la cabeza.

—¿Qué le hizo fijarse en Ralph Paton? ¿Su físico?

—No, aunque es muy guapo para tratarse de un inglés, lo que las escritoras llamarían un dios griego. Hay algo en ese joven que no comprendo.

Pronunció esta última frase con un tono que me causó una impresión indefinida. Era como si analizara al joven con la ayuda de un conocimiento secreto que yo no compartía. Me quedé con esta impresión, porque en aquel instante mi hermana me llamó desde la casa.

Entré y vi a Caroline con el sombrero puesto. Acababa de regresar del pueblo.

—He visto a Mr. Ackroyd —anunció sin preámbulo alguno.

—¿Sí?

—Le detuve, como es natural, pero tenía mucha prisa y parecía deseoso de escapar.

No dudé un momento de que así fuera. Actuaría con Caroline como yo obrara horas antes con miss Gannett.

—Le pregunté de inmediato por Ralph. Se quedó asombrado. No tenía la menor idea de que el muchacho estuviese aquí. Llegó a decir que debía de estar equivocada. ¡Equivocarme yo!

—¡Eso es ridículo! ¡Tendría que conocerte mejor!

—Después me dijo que Ralph y Flora están comprometidos.

—Lo sabía —interrumpí con modesto orgullo.

—¿Quién te lo dijo?

—Nuestro nuevo vecino.

Caroline vaciló unos segundos, como la bola de una ruleta que baila con coquetería entre dos números. Entonces rechazó la tentación del cebo.

—Le dije a Mr. Ackroyd que Ralph se aloja en el Three Boars.

—Caroline, ¿no piensas nunca en que puedes hacer mucho daño con esta costumbre de repetirlo todo indiscriminadamente?

—¡Tonterías! —replicó mi hermana—. Es preciso que la gente se entere. Considero que es mi deber avisarlos. Mr. Ackroyd se mostró muy agradecido.

—Sigue, sigue —añadí, consciente de que no había concluido.

—Creo que fue directamente al Three Boars, pero, si lo hizo, no encontró a Ralph.

—¿No?

—No, porque cuando yo regresaba por el bosque...

—¿Por el bosque?

Caroline tuvo la gracia de sonrojarse.

—¡El día era tan hermoso! Decidí dar un paseo. El bosque está precioso en esta época del año, con esos tintes otoñales.

A Caroline le importan un comino los bosques, sea la estación que sea. Naturalmente, los considera aquellos lugares donde uno se moja los pies y donde varias cosas desagradables pueden caerte sobre la cabeza. Era, sin duda, el instinto de la mangosta lo que la llevó a nuestro bosque local, que es el único lugar cercano al pueblo de King's Abbot donde se puede hablar con una muchacha sin que se enteren los habitantes. Ese bosque es contiguo a Fernly Park.

—Continúa —le dije.

—Volvía, como te digo, por el bosque, cuando oí voces. Caroline hizo una pausa.

—¿Sí?

—Una pertenecía a Ralph Paton, la reconocí de inmediato. La otra era de una muchacha. Naturalmente, no quería escuchar.

—¡Claro que no! —interrumpí con un sarcasmo que, sin embargo, se desperdició con Caroline.

—Pero era inevitable oírlos. La chica le dijo algo que no comprendí, y Ralph le contestó muy enfadado: «¡Querida! ¿No comprendes que es muy probable que el viejo me deje sin un chelín? Se ha ido cansando de mí durante estos últimos años. Otro disgusto y la cosa estará fatal. ¡Necesitamos el dinero, mujer! Seré un hombre rico cuando el viejo muera. Es avaro, pero tiene la bolsa bien repleta. No tengo ganas de que cambie su testamento. Déjamelo a mí y no te preocupes».

»Ésas fueron sus palabras textuales. Las recuerdo muy bien. Por desgracia, en aquel momento tropecé con una ramita seca. Bajaron la voz y se alejaron. No podía correr tras ellos, así que no vi quién era la chica.

—¡Qué humillación! Supongo, sin embargo, que al sentirte indispuesta, te apresuraste a ir al Three Boars y pedir una copa de coñac en el bar, para ver si todas las camareras estaban de servicio.

—No era una camarera —dijo Caroline sin vacilar—. Estoy casi segura de que se trataba de Flora Ackroyd, pero...

—¡Pero no parece lógico! —la interrumpí.

—Si no era Flora, ¿quién entonces?

Rápidamente, mi hermana enumeró una lista de muchachas solteras que viven en los alrededores, con muchos argumentos a favor y en contra.

Cuando se detuvo para tomar aliento, murmuré algo respecto a un paciente y me largué.

Pensé que podía ir al Three Boars, porque me parecía probable que a esa hora Ralph Paton estuviese allí. Conocía bien al chico, mejor tal vez que los demás habitantes de King's Abbot, pues había conocido antes a su madre y comprendía ciertas cosas que desconcertaban a los demás. Era, hasta cierto punto, víctima de una ley hereditaria. No heredó de su madre la propensión a la bebida, pero poseía ciertos rasgos de debilidad. Tal como mi nuevo amigo de la mañana había declarado, era extraordinariamente guapo, alto, bien proporcionado, dotado de la elegancia de movimientos del perfecto atleta, moreno como su madre, con un rostro de líneas correctas, tostado por el sol y casi siempre animado por una fácil sonrisa.

Ralph era uno de esos seres nacidos para ganarse la voluntad de los demás sin esfuerzo. Se daba a la buena vida, era extravagante, no respetaba nada en este mundo, pero, aun así, era encantador y sus amigos le eran devotos.

¿Podía yo hacer algo por el muchacho? Me parecía que sí.

En el Three Boars me enteré de que el capitán acababa de regresar. Subí a su cuarto y entré sin hacerme anunciar.

Durante un momento, al recordar lo que había oído y visto, dudé sobre cómo me recibiría, pero sin razón.

—¡Hola! ¡Es usted, Sheppard! ¡Me alegro de verle! —Se acercó a mí con la mano tendida y el rostro radiante y sonriente—. La única persona que me alegro de ver en este pueblo infernal.

—¿Qué le ha hecho el pobre pueblo?

Ralph rio irritado.

—Es una larga historia. Las cosas no me van muy bien. ¿Quiere beber algo?

—Sí, gracias.

Pulsó el timbre. Después volvió a mi lado y se desplomó en una butaca.

—Para ser franco —dijo sombríamente—, estoy metido en un lío. Es más, no tengo la menor idea de lo que voy a hacer.

—¿Qué ocurre?

—Se trata de mi dichoso padrastro.

—¿Qué ha hecho?

—No es lo que haya hecho, sino lo que con seguridad está a punto de hacer.

Un camarero se presentó en la habitación, y Ralph pidió las bebidas. Cuando el hombre salió, el chico se sentó de nuevo, con el entrecejo fruncido.

—¿Se trata de algo verdaderamente serio?

Asintió.

—¡Esta vez estoy con el agua al cuello! —dijo muy sobrio.

La inusitada gravedad de su voz me dio a entender que decía la verdad. Ralph Paton no se ponía serio por una nimiedad.

—No veo cómo puedo salir del paso —continuó—. No lo veo.

—Si puedo ayudarle... —sugerí.

Sacudió la cabeza con decisión.

—Gracias, doctor, pero no puedo permitir que se enrede en esto. Es preciso que luche solo.

Guardó silencio un minuto y repitió con un leve cambio en la voz:

—¡Sí, es preciso que luche solo!

Capítulo 4

Cena en Fernly Park

Faltaban unos minutos para las siete y media cuando llamé a la puerta de Fernly Park. Parker, el mayordomo, la abrió con admirable prontitud.

La noche era tan agradable que había ido a pie. Entré en el gran vestíbulo, y Parker se hizo cargo de mi abrigo. En aquel instante, un amable joven llamado Raymond, secretario de Ackroyd, cruzó el vestíbulo y se encaminó hacia el despacho con las manos llenas de papeles.

—¡Buenas noches, doctor! ¿Viene a cenar o se trata de una visita profesional?

Miró mi maletín negro, que había dejado en el arcón de roble.

Le expliqué que esperaba que me llamaran de un momento a otro para atender un parto y que, en consecuencia, debía estar preparado. Raymond asintió y siguió su camino.

—Vaya al salón —añadió por encima del hombro—. Ya conoce el camino. Las señoras bajarán dentro de un minuto. Tengo que llevar estos papeles a Mr. Ackroyd y le diré que está usted aquí.

Parker se había retirado, de modo que me encontraba solo en el vestíbulo. Me arreglé la corbata ante un gran espejo que colgaba de la pared y me encaminé a la puerta del salón.

Cuando puse la mano en el pomo oí un ruido en el interior de la estancia, un sonido que me pareció el de una ventana que se cerraba. En aquel momento, lo anoté sin darle importancia.

Abrí la puerta y entré. Al hacerlo, tropecé con miss Russell, que se disponía a salir. Ambos nos excusamos.

Por primera vez miré detenidamente al ama de llaves. ¡Qué hermosa debió de ser y cuánto lo era aún! El pelo oscuro no tenía canas y, cuando se arrebolaba, como ocurría ahora, su aspecto ganaba muchísimo.

De un modo inconsciente, me pregunté si habría salido, pues respiraba como si hubiera estado corriendo.

—Me parece que llego demasiado temprano.

—No creo, doctor. Ya son más de las siete y media. —Se detuvo un segundo antes de añadir—: Ignoraba que viniera a cenar. Mr. Ackroyd no me ha avisado.

Tuve la vaga impresión de que mi presencia le desagradaba, pero no encontré ninguna razón.

—¿Cómo va la rodilla?

—¡Sigue igual! ¡Gracias, doctor! Debo irme. Mrs. Ackroyd bajará dentro de un instante. Sólo estaba comprobando si a las flores les faltaba agua.

Salió rápidamente, y yo me acerqué a la ventana, extrañado por su evidente deseo de justificar su presencia en el salón. Al hacerlo, me di cuenta de algo que, de haberlo reflexionado antes, hubiera recordado: por los ventanales se accedía a la terraza. Pero el sonido que había oído antes no podía ser el de una ventana que se cierra.

Para distraer mi pensamiento de tan desagradables preocupaciones, más que por cualquier otro motivo, empecé a tratar de adivinar la causa del ruido en cuestión.

¿Carbón echado al fuego? ¡No podía ser! ¿El cierre de un cajón? ¡Tampoco! De pronto mi mirada se posó en lo que llaman, según creo, una vitrina para la plata, un mueble con tapa de cristal que se levanta y que permite ver el contenido. Me acerqué para ver lo que había dentro.

Contemplé dos o tres objetos de plata antigua, un zapatito de niño que perteneció al rey Carlos I, algunas figuras de jade chinas y varios objetos africanos. Levanté la tapa para coger una de las figuras de jade, pero se me resbaló de los dedos y se cerró.

Reconocí de inmediato el sonido anterior. Era el de esa tapa al cerrarse con suavidad. Levanté y bajé el cristal un par de veces para comprobarlo y, por último, observé más de cerca los objetos.

Estaba todavía inclinado sobre la vitrina cuando Flora Ackroyd entró en la habitación.

Serán muchas las personas que no quieran a Flora Ackroyd, pero nadie deja de admirarla. Con sus amigos sabe mostrarse encantadora.

Lo primero que llama la atención en ella es su extraordinaria belleza. Tiene el cabello dorado claro de los escandinavos. Sus ojos son azules como las aguas de un fiordo noruego y su cutis es de crema y rosas. Tiene hombros cuadrados de adolescente y caderas estrechas. Para un médico cansado de la vida, es un verdadero tónico tropezar con una salud tan perfecta como la de Flora. Es, en pocas palabras, una muchacha inglesa, sencilla y franca. Tal vez estoy chapado a la antigua, pero creo que hay que buscar muy lejos para encontrar algo que supere a una joven como ella.

Flora se me acercó y expresó sus dudas sacrílegas en cuanto a que el rey Carlos I hubiese llevado el zapatito de la vitrina.

—De todos modos —continuó Flora—, eso de dar tanta importancia a algo porque alguien lo ha llevado me parece una tontería. La pluma que George Eliot usó para escribir *El molino del Floss* no es más que una pluma vulgar. Si a uno le interesa George Eliot, ¿por qué no compra *El molino del Floss* en una edición barata y lo lee?

—Suponía que usted nunca leía obras antiguas, miss Flora.

—Se equivoca usted, doctor Sheppard. *El molino del Floss* me gusta muchísimo.

Me alegró oírselo decir. No me gusta demasiado lo que las jóvenes de hoy leen y dicen que les encanta.

—¡No me ha felicitado usted todavía, doctor Sheppard! —dijo Flora—. ¿No está enterado?

Me alargó la mano izquierda. En el anular llevaba un anillo con una hermosa perla.

—Voy a casarme con Ralph —añadió—. Mi tío está muy contento. Así no salgo de la familia, ¿lo comprende?

Tomé sus manos entre las mías.

—Querida, espero que sea muy dichosa.

—Hace aproximadamente un mes que estamos prometidos —continuó Flora con voz serena—, pero no se anunció el noviazgo hasta ayer. Mi tío mandará arreglar Cross-Stones y nos lo cederá para vivir allí. Jugaremos a ser granjeros. En realidad, lo que haremos será cazar todo el invierno, ir a Londres para la temporada y después viajar en el yate. Adoro el mar. Además, cuidaré de los asuntos de la parroquia y asistiré a todas las reuniones de las madres de familia.

En este instante, Mrs. Ackroyd entró, excusándose por el retraso.

Siento decir que detesto a Mrs. Ackroyd. Es una mujer muy desagradable, todo dientes y huesos. Tiene los ojos pequeños, de un azul pálido y de una mirada dura como el pedernal. Por muy efusivas que sean sus palabras, sus ojos siempre permanecen fríos y calculadores.

Me acerqué a ella, dejando a Flora cerca de la ventana. Me dio a estrechar un montón de nudillos y anillos, y empezó a hablar con volubilidad.

¿Estaba enterada del noviazgo de Flora? ¡Sería un matrimonio perfecto! Los muchachos se habían enamorado a primera vista. Harían una pareja espléndida; él tan moreno y ella tan rubia.

—No sé cómo decirle, querido doctor Sheppard, la alegría que siente este corazón de madre.

Mrs. Ackroyd suspiró, tributo debido a su corazón de madre, mientras sus ojos me observaban con astucia.

—Yo me preguntaba... ¡Hace tantos años que usted es amigo de Roger! Sabemos cuánto aprecia sus opiniones. La cosa es difícil para mí, viuda como soy del pobre Cecil. Verá usted, estoy convencida de que Roger piensa concederle una dote a mi querida Flora, pero todos sabemos que es algo peculiar cuando se trata de dinero. Algo muy común, según he escuchado, entre los magnates de la industria. Me preguntaba, pues, si usted no tendría inconveniente en tantear el terreno. ¡Flora le aprecia tanto! ¡Le consideramos como un antiguo amigo, aunque sólo hace dos años que le conocemos!

La elocuencia de Mrs. Ackroyd quedó cortada al abrirse la puerta del salón una vez más. Acogí con placer la interrupción. Me resulta odioso intervenir en los asuntos de otras personas y no tenía la menor intención de hacer preguntas a Ackroyd sobre la dote de Flora. Un minuto más y me hubiera visto en la obligación de decírselo así a Mrs. Ackroyd.

—¿Conoce usted al comandante Blunt, doctor?

—Sí, le conozco.

Muchos son los que conocen a Hector Blunt, cuando menos por referencias. Ha matado más fieras en países salvajes que cualquier otro hombre. Cuando se habla de él, dicen: «¡Ah! Blunt. Se refiere al gran cazador, ¿no?».

Su amistad con Ackroyd no deja de extrañarme, pues ambos hombres no tienen nada en común. Blunt tiene unos cinco años menos que Ackroyd. Se hicieron amigos durante su juventud y, aunque sus vidas tomaron rumbos distintos, la amistad perdura. Cada dos años, poco más o menos, Blunt pasa un par de semanas en Fernly Park; y una inmensa cabeza de animal, adornada de un número asombroso de astas y con una mirada que te congela cuando entras en el vestíbulo, es la muestra de esta duradera amistad.

Blunt entró en el cuarto con su peculiar paso, ágil y decidido. Es de estatura media y de complexión fuerte. Su rostro tiene el color de la caoba y carece de expresión. Los ojos son grises y dan la impresión de estar vigilando algo que ocurre a mucha distancia. Habla poco y de un modo entrecortado, como si las palabras le saliesen de la boca contra su voluntad.

Me dijo, con el modo brusco que le es habitual, «¿Cómo está usted, Sheppard?», y se colocó frente a la chimenea, mirando por encima de nuestras cabezas, como si viera algo muy interesante, allá en Tombuctú.

—Comandante Blunt —dijo Flora—, hábleme de estos objetos africanos. Estoy segura de que los conoce todos.

Había oído decir que Blunt era misógino, pero noté la rapidez con que se reunió con Flora ante la vitrina. Ambos se inclinaron sobre los objetos.

Temía que Mrs. Ackroyd volviese a hablar de dotes y me apresuré a hacer algunas observaciones sobre una nueva especie de hortensia. Sabía de su existencia porque lo había leído en *The Daily Mail* aquella mañana. Mrs. Ackroyd no sabía nada de horticultura, pero era de esas mujeres que quieren parecer bien informadas de los tópicos en boga y ella también leía *The Daily Mail*, así que conversamos animadamente hasta que Ackroyd y su secretario se reunieron con nosotros. Parker anunció de inmediato que la comida estaba servida.

Me senté entre Mrs. Ackroyd y Flora. Blunt se encontraba al otro lado de Mrs. Ackroyd, y Geoffrey Raymond, junto al cazador.

La cena no fue alegre. Ackroyd estaba visiblemente preocupado y apenas probó bocado. Mrs. Ackroyd, Raymond y yo nos encargamos de mantener animada la conversación. Flora parecía afectada por la depresión de su tío, y Blunt se mostró tan taciturno como siempre.

Después de la comida, Ackroyd deslizó su brazo en mi codo y me llevó a su despacho.

—En cuanto sirvan el café, no volverán a interrumpirnos —dijo—. He dado instrucciones a Raymond para que no nos molesten.

Le miré con atención, aunque disimulándolo. Se advertía que estaba bajo la influencia de alguna fuerte excitación. Durante un minuto o dos, recorrió la habitación de arriba abajo y, al entrar Parker con la bandeja de café, se dejó caer en un sillón delante del fuego.

El despacho era una estancia confortable. Estanterías llenas de libros ocupaban una de las paredes. Los sillones eran grandes y tapizados de cuero azul oscuro. Un vasto escritorio se encontraba al lado de la ventana y estaba cubierto de papeles cuidadosamente doblados y archivados. En una mesa redonda había algunas revistas y diarios deportivos.

—Últimamente, el dolor vuelve después de las comidas —observó Ackroyd de pasada, al servir el café—. Debe usted darme más pastillas de ésas.

Me dio la impresión de que pretendía dejar claro que nuestra conversación era médica y contesté en el mismo sentido:

—Lo presumía y he traído unas cuantas.

—Es usted muy amable. Démelas ahora, por favor.

—Están en mi maletín, en el vestíbulo. Voy a buscarlas.

Ackroyd me detuvo.

—No se moleste, Parker se lo traerá. ¡Traiga el maletín del doctor, Parker!

—Muy bien, señor.

El mayordomo se retiró. Yo iba a hablar, pero Ackroyd levantó la mano.

—Todavía no. Espere. ¿No ve que estoy tan nervioso

que apenas puedo contenerme? —Tras una breve pausa prosiguió—: Cerciórese de que esa ventana esté cerrada, ¿quiere?

Algo sorprendido, me levanté y me acerqué a ella. No era una ventana de dos hojas, sino del tipo guillotina. Las pesadas cortinas azules la tapaban, pero estaba abierta por la parte superior.

Parker volvió con mi maletín mientras yo permanecía delante de la ventana.

—Ya está cerrada —anuncié.

—¿Herméticamente?

—Sí, sí. ¿Qué le pasa, Ackroyd?

La puerta acababa de cerrarse detrás de Parker; de lo contrario, yo no habría formulado la pregunta.

Ackroyd esperó un minuto antes de contestar.

—Estoy sufriendo como un condenado —dijo lentamente—. No busque esas dichosas pastillas. Sólo las he mencionado por Parker. Los criados son tan curiosos... Venga aquí y siéntese. La puerta está cerrada, ¿verdad?

—Sí. No pueden oírnos. No se preocupe.

—Sheppard, nadie sabe lo que he soportado durante las últimas veinticuatro horas. Todo se ha derrumbado a mi alrededor y ese asunto de Ralph ha sido la gota que ha colmado el vaso. Pero no hablemos de eso ahora. Es lo otro, lo otro. No sé qué hacer y debo decidirme pronto.

—¿Qué ocurre?

Ackroyd permaneció en silencio unos momentos. Parecía no saber cómo empezar. Cuando habló, su pregunta me cogió por sorpresa, pues era lo último que esperaba oír.

—Sheppard, usted cuidó a Ashley Ferrars durante su última enfermedad, ¿verdad?

—Sí.

Pareció encontrar mayor dificultad aún en formular la siguiente pregunta.

—¿No se le ocurrió nunca que le hubiesen envenenado?

Guardé silencio durante unos instantes. Decidí entonces explicar lo que sabía. Roger no es como mi hermana Caroline.

—Voy a decirle la verdad —confesé—. En ese momento no tuve la menor sospecha, pero luego, en fin, lo que me dijo mi hermana me dio que pensar. Desde entonces, no he dejado de darle vueltas. Pero tenga en cuenta que no poseo pruebas.

—Fue envenenado —afirmó Ackroyd con voz apagada.

—¿Por quién? —pregunté inmediatamente.

—Por su esposa.

—¿Cómo lo sabe?

—Me lo dijo ella.

—¿Cuándo?

—¡Ayer! ¡Dios mío! ¡Ayer! ¡Me parece que hace diez años!

Esperé un momento, y Ackroyd continuó:

—Verá usted, Sheppard, le digo esto confidencialmente. Nadie debe saberlo. Deseo su consejo. No puedo llevar este peso solo. Tal como acabo de decirle, no sé qué debo hacer.

—Puede usted contármelo todo. No estoy enterado de nada. ¿Cómo es que Mrs. Ferrars le hizo esa confesión?

—Hace tres meses, le pedí a Mrs. Ferrars que se casara conmigo. Rehusó, insistí y consintió finalmente, pero no permitió que se hiciera público el compromiso hasta haber transcurrido un año de la muerte de su esposo. Ayer fui a verla, le recordé que hacía un año y tres semanas que su esposo había fallecido y que nada se oponía a que hiciéramos público el compromiso. Hacía días que me había fijado en su extraña actitud. De pronto, sin el menor aviso, me lo confesó todo, presa del mayor abatimiento. Habló de su odio hacia su brutal esposo, de su amor por mí y de la horrible solución que encontró. ¡El veneno! ¡Dios mío! ¡Fue un asesinato a sangre fría!

Vi la repulsión y el horror reflejados en el rostro de Ackroyd del mismo modo en que debió verlos Mrs. Ferrars. Ackroyd no es de ese tipo de enamorados exaltados que lo excusan todo llevados por su pasión. Es un buen ciudadano. Sus profundas convicciones morales y su respeto a la ley sin duda le apartaron de ella tras la terrible confidencia.

—¡Me lo confesó todo! —repitió en voz baja—. Había alguien que lo sabía también desde el principio, alguien que la chantajeaba, exigiendo importantes cantidades. Fue esa tensión la que la llevó al borde de la locura.

—¿Quién es ese hombre?

De pronto surgió ante mis ojos el cuadro de Ralph Paton y de Mrs. Ferrars en íntimo conciliábulo y, por un momento, sentí una gran ansiedad. ¡Y si...! ¡Pero era imposible! Recordé la franqueza del saludo de Ralph aquella misma tarde. ¡Era absurdo!

—No quiso decirme su nombre —dijo Ackroyd lentamente—. No precisó tampoco que se tratara de un hombre, pero desde luego...

—Claro —interrumpí—. Debe de haber sido un hombre. ¿Sospecha usted de alguien?

Por toda respuesta, Ackroyd lanzó un gruñido y se llevó las manos a la cabeza.

—¡No puede ser! Me vuelve loco pensar en algo así. No, ni siquiera a usted le diré la disparatada sospecha que ha pasado por mi cabeza. No añadiré más que esto. Algo que ella me dijo me hizo pensar que la persona en cuestión se encuentra actualmente bajo mi techo, pero es imposible. Debo de estar equivocado.

—¿Qué le contestó usted?

—¿Qué podía decirle? Comprendió, desde luego, el golpe que yo había recibido. Surgió entonces la cuestión de saber cuál era mi deber. Ella acababa de hacerme cómplice de aquel crimen. Se dio cuenta de todo antes que yo, pues estaba anonadado. Me pidió veinticuatro horas de plazo, me hizo prometer que no haría nada hasta transcurridas esas horas y rehusó terminantemente darme el nombre del chantajista que la había estado desangrando. Supongo que temía que fuera a encararme con él y lo descubriera todo. Me dijo que tendría noticias suyas antes de veinticuatro horas. ¡Dios mío! Le juro, Sheppard, que nunca pensé que pudiera suicidarse. ¡Yo la empujé a matarse!

—¡No, no! No exagere las cosas. Usted no es responsable de su muerte.

—La cuestión es: ¿qué voy a hacer? La pobre mujer ha muerto. ¿Por qué resucitar cosas pasadas?

—Estoy de acuerdo con usted.

—Pero queda otro asunto. ¿Cómo voy a desenmascarar al rufián que la impulsó al suicidio de un modo tan inexorable, como si la hubiese matado él mismo? Conocía su primer crimen y se cebó en ella como un buitre. Mrs. Ferrars ha pagado el precio de su delito. ¿Acaso él quedará impune?

—Comprendo. Usted quiere desenmascararle. Pero no debe olvidar que eso daría publicidad al asunto.

—He pensado en ello. Le he dado mil y una vueltas.

—Estoy de acuerdo con usted en que el sinvergüenza ha de recibir un castigo, pero hay que pensar en las consecuencias.

Ackroyd se levantó y se paseó por la habitación. Al cabo de unos segundos, se dejó caer nuevamente en una silla.

—Mire usted, Sheppard, dejémoslo así. Si no sabemos nada por ella, no daremos un paso.

—¿Qué quiere usted decir? —pregunté con curiosidad.

—Tengo la impresión de que ha dejado un mensaje para mí antes de morir.

Moví la cabeza.

—¿Le ha dejado una carta o algún tipo de mensaje?

—Estoy seguro de que sí, Sheppard. Y lo que es más: sospecho que, al escoger la muerte, deseó que se supiera todo, aunque sólo fuera para vengarse del hombre que la llevó a la desesperación. Creo que, de haberla visto entonces, me hubiese dicho su nombre, encargándome que le persiguiera.

Me miró fijamente.

—¿No cree usted en los presentimientos?

—Sí, sí, desde luego. Si, como usted dice, se recibiera algo de ella...

Callé. La puerta se abrió silenciosamente y Parker entró con una bandeja, en la que había algunas cartas.

—El correo de la noche, señor —dijo acercando la bandeja a Ackroyd.

Después recogió las tazas de café y se fue.

Mi atención, alejada por un momento de Ackroyd, volvió a concentrarse en él. Miraba como hipnotizado un sobre azul largo y estrecho. Había dejado caer las otras cartas al suelo.

—Su letra —dijo en un murmullo—. Debió de salir y echarla al correo anoche, antes..., antes...

Abrió el sobre y sacó una hoja de papel grueso. Levantó la vista rápidamente.

—¿Está seguro de haber cerrado la ventana?

—Segurísimo —dije sorprendido—. ¿Por qué?

—He tenido toda la noche la extraña sensación de que me vigilaban, de que me espiaban. ¿Qué es eso?

Se volvió bruscamente y le imité. A ambos nos había parecido oír un leve ruido en la puerta, como si alguien moviera el pomo. Me puse en pie y abrí la puerta. No había nadie.

—Son los nervios —murmuró Ackroyd.

Desdobló la hoja de papel y leyó en voz baja:

Mi amado, mi bien amado Roger: una vida exige otra, lo comprendo, lo he leído en tu cara esta tarde y estoy tomando el único camino que me queda. Te dejo el encargo de castigar a la persona que ha hecho un infierno de mi vida durante el último año. No he querido decirte antes su nombre, pero pienso escribírtelo ahora. No tengo hijos ni parientes en qué pensar y no temo a la publicidad. Si puedes, Roger, querido Roger, perdóname el mal que te quise hacer, puesto que al llegar la hora, no me vi con ánimo para realizar...

Ackroyd, con el dedo puesto para doblar la página, se detuvo.

—Perdóneme, Sheppard —comentó con voz temblorosa—, pero debo leer esto a solas. Lo escribió para mí personalmente.

Guardó la carta en el sobre y lo dejó en la mesa.

—Más tarde, cuando esté solo...

—No —grité impulsivamente—. Léala ahora.

Ackroyd me miró con sorpresa.

—Dispénseme —dije, enrojeciendo—. No quise decir que la leyera en voz alta, pero léala mientras estoy aquí.

Ackroyd meneó la cabeza.

—Prefiero esperar.

Algún motivo oculto me obligó a insistir.

—Cuando menos, lea el nombre del culpable.

Pero Ackroyd es tozudo. Cuanto más se le insiste para que haga una cosa, menos dispuesto está a dejarse convencer. Todos mis argumentos fueron en vano.

Habían entrado el correo a las nueve menos veinte. A las nueve menos diez, le dejé con la carta por leer. Vacilé con la mano en el picaporte, mirando hacia atrás y preguntándome si olvidaba algo. No recordé nada. Negando con la cabeza, salí y cerré la puerta.

Me sobresalté al ver a Parker a mi lado. Parecía cohibido y se me ocurrió que tal vez había estado escuchando detrás de la puerta. Aquel hombre tenía un rostro ancho y grasiento, en el cual brillaban unos ojillos de mirada viva.

—Mr. Ackroyd desea que no se le moleste —dije fríamente—. Me ha encargado que se lo dijera.

—Muy bien, señor. Creí haber oído el timbre.

Era una mentira tan burda que no me tomé la molestia de contestarle. En el vestíbulo, Parker me ayudó a ponerme el abrigo y salí a la calle. La luna se había escondido. La oscuridad era total y reinaba el más profundo silencio.

En el reloj del campanario de la iglesia daban las nueve cuando traspasé la verja de la mansión. Me encaminé a la izquierda, hacia el pueblo, y casi tropiezo con un individuo que se acercaba en la dirección opuesta.

—¿Es éste el camino de Fernly Park, caballero? —preguntó el desconocido, con voz ronca.

Le miré. Llevaba un sombrero caído sobre los ojos y el cuello de la americana vuelto hacia arriba. No veía sus facciones, pero parecía ser joven. Su voz era áspera y vulgar.

—Aquí está la entrada —dije.

—Gracias, señor. —Vaciló y después, sin venir a cuento, añadió—: Soy forastero, ¿sabe usted?

Se alejó y le vi cruzar la verja cuando le seguí con la mirada.

Lo más curioso fue que su voz me recordó a la de alguien conocido, pero sin que pudiera precisar quién. Diez minutos después llegaba a casa. Caroline estaba muerta de curiosidad por saber el motivo de mi regreso anticipado. Inventé un relato apropiado de los acontecimientos de la velada con el fin de satisfacer su curiosidad, pero tuve la desagradable impresión de que percibió el engaño.

A las diez me levanté, bostecé y dije que me iba a la cama. Caroline declaró que haría otro tanto.

Era viernes por la noche, y los viernes doy cuerda a los relojes de la casa. Lo hice como de costumbre mientras Caroline se cercioraba de que las criadas habían cerrado las puertas.

Eran las diez y cuarto cuando subimos la escalera. Ya casi estaba en el piso superior cuando el teléfono sonó abajo en el vestíbulo.

—Mrs. Bates —dijo Caroline.

—Lo suponía —contesté desconsolado.

Corrí escaleras abajo y atendí la llamada.

—¿Qué? ¡Qué! Desde luego. Voy enseguida.

Subí corriendo a mi cuarto, recogí el maletín y puse unas cuantas vendas de más en el interior.

—Parker ha telefoneado —le grité a Caroline—. Desde Fernly Park. Acaban de encontrar asesinado a Roger Ackroyd.

Capítulo 5

Crimen

Saqué mi coche en un segundo y me dirigí a Fernly Park. Bajé de un salto y toqué el timbre impaciente. Tardaban en abrirme, volví a llamar.

Oí entonces el ruido de la cadena y Parker, impasible como siempre, apareció en el umbral.

Lo aparté y entré en el vestíbulo.

—¿Dónde está? —pregunté secamente.

—Dispense, señor.

—Su amo, Mr. Ackroyd. No se quede mirándome de ese modo, hombre. ¿Ha avisado a la policía?

—¿La policía, señor? ¿Ha dicho la policía? —Parker me miraba como si viera un fantasma.

—¿Qué le pasa, Parker? Si, como dice usted, su amo ha sido asesinado...

Parker lanzó una exclamación ahogada.

—¿El amo? ¿Asesinado? ¡Imposible!

—¿No me ha telefoneado usted, hace cinco minutos, para decirme que habían encontrado asesinado a Mr. Ackroyd?

—¿Yo, señor? ¡De ninguna manera! ¡Jamás se me ocurriría hacer algo así!

—¿Quiere usted decir que se trata de una broma de mal gusto? ¿Que no le ha sucedido nada a Mr. Ackroyd?

—Dispense usted, señor. ¿Ha dado mi nombre la persona que ha telefoneado?

—Voy a repetirle sus palabras textualmente: «¿El doctor Sheppard? Soy Parker, el mayordomo de Fernly Park. ¿Quiere venir inmediatamente, señor? Mr. Ackroyd ha sido asesinado».

Parker y yo nos miramos, atónitos.

—¡Es una broma de muy mal gusto, señor! —opinó el mayordomo con voz indignada—. ¡Decir semejante cosa!

—¿Dónde está Mr. Ackroyd?

—Creo que sigue en el despacho, señor. Las señoras se han ido a dormir, y el comandante Blunt y Mr. Raymond están en la sala del billar.

—Voy a verle un momento. Sé que no quería que se le molestara, pero esta extraña broma me tiene intranquilo. Quiero comprobar personalmente que está bien.

—Sí, señor. Yo también me siento inquieto. Si no tiene usted inconveniente en que le acompañe hasta la puerta, señor...

—Claro que no. Venga conmigo.

Salí por la puerta de la derecha y, con Parker pisándome los talones, crucé el vestíbulo pequeño, donde una corta escalera lleva al dormitorio de Ackroyd, y llamé a la puerta del despacho.

Al no obtener respuesta, giré el pomo, pero la puerta estaba cerrada.

—Permítame, señor —dijo Parker.

Con una agilidad insospechada en un hombre de su corpulencia, se dejó caer de rodillas y acercó el ojo a la cerradura.

—La llave está puesta por dentro, señor —dijo, levantándose—. Mr. Ackroyd debió de encerrarse y es posible que se haya dormido.

Me incliné y comprobé lo que acababa de decir Parker.

—Está bien. Pero, de todos modos, voy a despertar a su amo. No me iré tranquilo a casa hasta saber de sus labios que está bien. —Moví el tirador de la puerta al tiempo que llamaba—: ¡Ackroyd! ¡Ackroyd! ¡Abra un momento nada más!

Tampoco entonces obtuve respuesta. Miré por encima del hombro.

—No quisiera sembrar la alarma en la casa —le dije a Parker, vacilando.

El mayordomo fue a cerrar la puerta del vestíbulo principal.

—Así no oirán nada, señor. La sala del billar se encuentra al otro lado de la casa, al igual que las dependencias y los dormitorios de las señoras.

Hice una señal de asentimiento y volví a dar golpes en la puerta, gritando todo lo que pude por el ojo de la cerradura:

—¡Ackroyd! Soy Sheppard. Déjeme entrar.

Nada, el silencio más absoluto. No se oía la menor señal de vida al otro lado de la puerta cerrada. Crucé una mirada con el mayordomo.

—Mire usted, Parker. Voy a echar la puerta abajo o, mejor dicho, lo haremos entre los dos. Yo asumo la responsabilidad.

—Como usted quiera, señor —dijo el mayordomo, algo indeciso.

—Es necesario. Estoy sumamente inquieto respecto a Mr. Ackroyd.

Miré alrededor y cogí una pesada silla de roble que había en el vestíbulo. Parker la sujetó también por uno de sus extremos y avanzamos ambos al asalto. Una, dos y hasta tres veces golpeamos la cerradura con todas nuestras fuerzas. Cedió al tercer embate y entramos tambaleándonos en la habitación.

Ackroyd estaba sentado, tal como lo había dejado, en su sillón, colocado delante del fuego. Tenía la cabeza caída a un lado y, saliendo del cuello de su chaqueta, se veía un objeto de metal brillante y retorcido.

Avanzamos hasta encontrarnos a un paso de la inmóvil figura. El mayordomo respiró hondamente y exclamó:

—¡Apuñalado por la espalda! ¡Horrible! —Se enjugó la frente, empapada de sudor, con el pañuelo, y alargó la mano hacia el puño de la daga.

—¡No toque usted eso! —dije rápidamente—. Vaya a telefonear enseguida a la policía. Dígales lo que ha ocurrido y avise luego a Mr. Raymond y al comandante Blunt.

—Muy bien, señor.

Parker se alejó, enjugándose de nuevo la frente.

Hice lo poco que era preciso hacer. Tuve la precaución de no cambiar la posición del cuerpo y de no tocar la daga. No adelantaríamos nada con eso. Hacía ya un buen rato que Ackroyd había muerto.

Oí de pronto la voz del joven Raymond, horrorizado e incrédulo.

—¿Qué dice usted? ¡Es imposible! ¿Dónde está el doctor?

Apareció impetuoso en el umbral de la puerta y entonces se detuvo con el rostro blanco como la cera. Una mano le apartó y Blunt entró en el cuarto.

—¡Dios mío! —exclamó Raymond a sus espaldas—. ¡Es cierto!

Blunt se acercó al cadáver. Me pareció que, al igual que Parker, iba a poner la mano sobre el puño de la daga. Le detuve.

—No deben tocar nada —expliqué—. La policía tiene que verlo todo tal como está ahora.

Blunt hizo un gesto de asentimiento. Su rostro se mostraba impasible, aunque me pareció ver señales de emoción bajo su máscara de entereza. Geoffrey Raymond se había reunido con nosotros y contemplaba el cuerpo por encima del hombro de Blunt.

—Es terrible —dijo en voz baja.

Había recuperado la compostura, pero, cuando se quitó las gafas y las limpió, noté que la mano le temblaba.

—Supongo que habrá sido un robo —dijo—. ¿Por

dónde ha entrado el criminal? ¿Por la ventana? ¿Ha desaparecido algo? —Se acercó a la mesa.

—¿Cree que se trata de un robo? —le pregunté ansioso.

—¿Qué otra cosa puede ser? Supongo que hay que descartar la idea de un suicidio.

—Nadie puede apuñalarse de ese modo —afirmé—. Se trata de un crimen. Pero ¿cuál es el motivo?

—Roger no tenía un solo enemigo en el mundo —señaló Blunt en voz baja—. Esto es cosa de ladrones. Pero ¿qué buscaban? Parece que todo está en su sitio.

Echó una ojeada por el cuarto. Raymond continuaba arreglando los papeles de la mesa.

—No me parece que falte nada y esos cajones no muestran señales de haber sido forzados —observó finalmente el secretario—. Es muy misterioso.

Blunt negó con la cabeza.

—Hay unas cuantas cartas en el suelo —dijo.

Tres o cuatro cartas yacían donde Ackroyd las había dejado caer horas antes. Sin embargo, el sobre azul que contenía la carta de Mrs. Ferrars había desaparecido. Me disponía a decirlo, cuando se oyó un timbre en el vestíbulo, luego un murmullo confuso de voces y, un minuto después, apareció Parker acompañado de nuestro inspector local y de un agente.

—Buenas noches, caballeros —dijo el inspector—. Siento en el alma lo ocurrido. Mr. Ackroyd era una bellísima persona. El mayordomo me dice que ha sido un crimen. ¿No hay posibilidad de que se trate de un accidente o de un suicidio, doctor?

—En absoluto.

—¡Ah! Mal asunto. —Se acercó al cuerpo—. ¿Alguien lo ha tocado?

—Aparte de lo necesario para cerciorarme de que no daba señales de vida, lo cual ha sido fácil, no he tocado el cuerpo para nada.

—¡Ah! Y todo parece indicar que el criminal ha escapado por el momento. Ahora, haga el favor de explicármelo todo. ¿Quién ha encontrado el cuerpo?

Relaté las circunstancias detalladamente.

—¿Una llamada telefónica, dice usted? ¿Del mayordomo?

—Una llamada que no he hecho —declaró Parker con la mayor seriedad—. No me he acercado al teléfono en toda la noche. Los demás pueden corroborar que digo la verdad.

—Eso es muy extraño. ¿Le ha parecido que era la voz de Parker, doctor?

—No estoy seguro. No he fijado. Creí, desde luego, que se trataba de él.

—Es natural. Pues bien, usted ha llegado aquí, ha echado la puerta abajo y ha encontrado al pobre Ackroyd tal como está ahora. ¿Cuánto tiempo cree usted que llevaba muerto, doctor?

—Media hora, tal vez algo más —declaré.

—¿La puerta estaba cerrada por dentro? ¿Y la ventana?

—Yo mismo la había cerrado con el pasador a petición de Mr. Ackroyd.

El inspector se acercó a la ventana y descorrió las cortinas.

—Sin embargo, ahora está abierta.

En efecto, la parte inferior de la ventana estaba completamente abierta. El inspector sacó del bolsillo una linterna e inspeccionó el alféizar por la parte de fuera.

—Por aquí es por donde ha entrado y salido —dijo—. Miren.

La intensa luz de la linterna revelaba claramente unas huellas que parecían hechas por unos zapatos con tacones de goma. Una de las huellas, muy nítida, se dirigía a la casa; y otra, un tanto superpuesta a la primera, se alejaba de ella.

—¡Claro como el agua! —dijo el inspector—. ¿Falta algo de valor?

Raymond meneó la cabeza.

—No hemos observado nada. Mr. Ackroyd nunca guardaba objetos de valor en este cuarto.

—Un hombre encuentra una ventana abierta, entra en la casa, ve a Mr. Ackroyd sentado ahí, tal vez durmiendo, le apuñala por la espalda, pierde la sangre fría y escapa, pero ha dejado huellas muy claras —dedujo el inspector—. No será difícil encontrarlo. ¿No han visto forasteros sospechosos por los alrededores?

—¡Oh! —exclamé de pronto.

—¿Qué pasa, doctor?

—He visto un hombre esta noche cuando salía de la casa. Me ha preguntado por dónde se iba a Fernly Park.

—¿A qué hora sería?

—A las nueve. El campanario daba las horas cuando cruzaba la verja.

—¿Puede describírmelo?

Lo hice lo mejor que pude.

El inspector se volvió hacia el mayordomo.

—¿Alguien que responda a esas señas ha llamado a la puerta?

—No, señor. Nadie ha llamado en toda la noche.

—¿Y por la puerta trasera?

—No lo creo posible, señor, si bien voy a asegurarme.

Se encaminó hacia la puerta, pero el inspector levantó una mano.

—No, gracias. Yo haré las preguntas. Aunque antes deseo fijar el tiempo con más exactitud. ¿Quién vio a Mr. Ackroyd con vida por última vez y a qué hora?

—Creo que habré sido yo. Cuando he salido a..., déjeme pensar..., a las nueve menos diez aproximadamente. Me había dicho que no deseaba ser molestado y he transmitido la orden a Parker.

—Eso mismo, señor —dijo el mayordomo respetuosamente.

—Mr. Ackroyd estaba vivo a las nueve y media —intercaló Raymond—. Le he oído hablar aquí dentro a esa hora.

—¿Con quién hablaba?

—Eso no lo sé. Desde luego, entonces he pensado que el doctor Sheppard estaba con él. Quería preguntarle algo sobre unos papeles que ocupaban mi atención, pero, cuando he escuchado voces, he recordado su deseo de hablar con el doctor sin que le molestaran y lo he dejado para otra ocasión. ¿Ahora resulta que el doctor ya se había ido?

Asentí.

—Estaba en casa a las nueve y cuarto —concreté—. No he vuelto a salir hasta que he recibido la llamada telefónica.

—¿Quién estaría con él a las nueve y media? —inquirió el inspector—. ¿No era usted, señor...?

—Comandante Blunt —le informé.

—¿Comandante Hector Blunt? —preguntó el inspector con un tono más respetuoso.

Blunt se limitó a hacer un brusco movimiento afirmativo.

—Creo haberle visto aquí en otra ocasión, señor —dijo el inspector—. Aquella vez no le reconocí, pero usted estuvo en Fernly Park en mayo del año pasado.

—En junio —corrigió Blunt.

—Eso es. En junio. Tal como acabo de decir, ¿usted no estaba con Mr. Ackroyd a las nueve y media?

—No le he vuelto a ver después de la cena —señaló.

El inspector se volvió de nuevo hacia Raymond.

—¿No ha oído nada de la conversación, señor?

—Sólo una frase —comentó el secretario—. Y pensando, como suponía, que era el doctor Sheppard quien se encontraba con Mr. Ackroyd, esa frase me ha parecido extraña. Si no recuerdo mal, las palabras textuales de Mr. Ackroyd han sido éstas: «Las demandas de dinero han sido tan frecuentes últimamente que temo que me será imposible acceder a su petición». Me he alejado enseguida, desde luego, de modo que no he escuchado nada más. Pero me me ha asombrado porque el doctor Sheppard...

—¡No pide dinero para él ni para los demás! —manifesté.

—Una petición de dinero —dijo el inspector, pensativo—. Quizá sea una pista muy interesante. Parker —le preguntó al mayordomo de pronto—, ¿dice usted que nadie ha entrado por la puerta principal esta noche?

—Así es, señor.

—Entonces, cabe suponer que fue Mr. Ackroyd quien hizo entrar a ese forastero. Pero no acabo de entenderlo.

El inspector parecía estar soñando despierto durante unos instantes.

—Una cosa está clara —dijo cuando por fin salió de su ensimismamiento—. Mr. Ackroyd gozaba de buena salud a las nueve y media. Ésta es la última hora, según sabemos, en que aún vivía.

Parker tosió levemente, lo que hizo atraer de nuevo la mirada del inspector hacia él.

—Dispense usted, señor. Miss Flora le ha visto después de esa hora.

—¿Miss Flora?

—Sí, señor, a eso de las diez menos cuarto. Después de verle me ha dicho que Mr. Ackroyd no quería que le molestaran esta noche.

—¿Mr. Ackroyd la había enviado a darle este recado?

—No exactamente, señor. Yo iba a entrar una bandeja con whisky y soda cuando miss Flora, que salía de este cuarto, me ha detenido para decirme que su tío no quería que se le molestara.

El inspector miró al mayordomo con más atención de la que le había prestado hasta ese momento.

—A usted ya le habían avisado de que Mr. Ackroyd quería estar solo, ¿verdad?

Parker empezó a tartamudear y las manos le temblaron.

—Sí, señor. Es verdad, señor.

—Sin embargo, se proponía entrar.

—No me acordaba, señor. Yo traigo siempre el whisky a esa hora y pregunto si Mr. Ackroyd no desea nada más y he creído..., en fin, hacía como siempre.

Entonces fue cuando empecé a darme cuenta de que Parker era presa de una agitación muy sospechosa. Temblaba como si estuviese inquieto.

—¡Ejem! Es preciso que vea a miss Ackroyd de inmediato —ordenó el inspector—. De momento dejaremos este cuarto como está, y volveré en cuanto sepa lo que ella tenga que decirme. La única precaución que voy a tomar es cerrar la ventana.

Después de esto, salió al vestíbulo y le seguimos. Se detuvo un momento para mirar hacia la pequeña escalera y habló por encima del hombro al agente.

—Jones, usted se queda aquí. No deje entrar a nadie en este cuarto.

—Dispense, señor —intervino Parker cortésmente—, pero, si cierra la puerta que da al vestíbulo central, nadie podrá entrar en esta parte de la casa. Esta escalera tan sólo lleva al dormitorio y al cuarto de baño de Mr. Ackroyd. No hay comunicación alguna con el resto de la casa. Hace años había una puerta, pero Mr. Ackroyd la hizo tapiar. Le gustaba saber que sus habitaciones eran completamente privadas.

Para dejar las cosas claras y ubicar el escenario de los hechos, he incluido un bosquejo del ala derecha de la casa. La escalera pequeña conduce, como explicó Parker, a un gran dormitorio (son dos dormitorios convertidos en uno), un cuarto de baño y un lavabo.

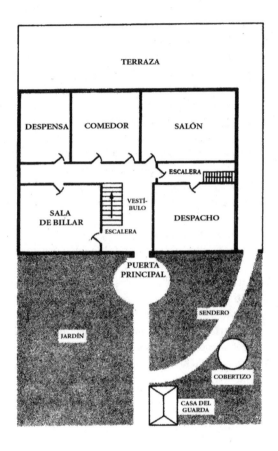

El inspector estudió la disposición de la casa con una sola mirada. Salimos al vestíbulo. Cerró la puerta y se guardó la llave en el bolsillo. Dio instrucciones en voz baja al agente y éste se alejó.

—Tenemos que ocuparnos de esas huellas que hemos descubierto —explicó el inspector—. Pero, ante todo, deseo hablar con miss Ackroyd. Es la última persona que ha visto al difunto con vida. ¿Está enterada de lo sucedido?

Raymond negó con la cabeza.

—¡Pues bien, es conveniente no decírselo de inmediato! Contestará mejor a mis preguntas si no sabe qué le ha sucedido a su tío. Dígale que han robado y pregúntele si tendría la bondad de vestirse y bajar para contestar a unas cuantas preguntas.

Raymond subió deprisa la escalera para cumplir el recado.

—Miss Ackroyd bajará dentro de un minuto —dijo al volver—. Le he dicho lo que usted me ha indicado.

Antes de que transcurriesen cinco minutos, Flora bajó la escalera. Llevaba un quimono de seda de color rosa y parecía ansiosa y excitada.

El inspector se adelantó.

—Buenas noches, miss Ackroyd —dijo cortésmente—. Alguien ha intentado robarles y deseamos que nos ayude. ¿Este cuarto es el del billar? Entre usted y siéntese.

Flora se sentó sosegadamente en el ancho diván que corría a lo largo de la pared y miró al inspector.

—No acierto a comprender. ¿Qué es lo que han robado? ¿Qué desea usted que le diga?

—Verá, miss Ackroyd, Parker dice que usted ha salido del despacho de su tío a las diez menos cuarto, más o menos. ¿Es eso cierto?

—Absolutamente cierto. He ido a darle las buenas noches.

—¿La hora es exacta?

—No puedo decírselo con precisión. Tal vez un poco más tarde.

—¿Su tío estaba solo o alguien le acompañaba?

—Estaba solo. El doctor Sheppard se había ido.

—¿Se fijó usted en la ventana? ¿Estaba abierta o cerrada?

—No puedo asegurarlo. Las cortinas estaban corridas.

—Exactamente. ¿Su tío parecía tranquilo y normal?

—Diría que sí.

—¿Tendría usted la bondad de decirnos con precisión cómo se desarrolló la escena?

Flora calló un momento, como si recapacitara.

—He entrado diciendo: «Buenas noches, tío. Me voy a la cama. Estoy cansada». Él ha preferido una especie de gruñido y me acerqué para besarle. Después ha dicho algo respecto a mi vestido, que le parecía bonito, y ha añadido que me fuera enseguida, porque tenía trabajo. Entonces, me he retirado.

—¿No le ha dicho nada en particular para que no le molestaran?

—Sí, olvidaba decirlo. Me ha rogado: «Dile a Parker que no quiero nada más esta noche y que no venga a molestarme». He encontrado a Parker delante de la puerta y le he transmitido el recado de mi tío.

—¡Bien! —dijo el inspector.

—¿No quiere usted decirme qué es lo que han robado?

—No estamos seguros —contestó el inspector, vacilando.

Una mirada de alarma transformó el rostro de la muchacha, que se puso en pie de un salto.

—¿Qué pasa? ¡Está escondiéndome algo!

Blunt se interpuso entre ella y el inspector, con su flema habitual. Flora alargó ligeramente una mano, que Blunt cogió entre las suyas, acariciándola como si fuera la de un niño, y la joven se volvió hacia él como si algo en su actitud y en su intensidad le prometiese consuelo y amparo.

—Es una mala noticia, Flora —dijo despacio—. Una mala noticia para todos nosotros. Su tío Roger...

—¿Sí?

—Será un golpe para usted. El pobre Roger ha muerto.

Flora se alejó de él con los ojos muy abiertos, horrorizada.

—¿Cuándo? —murmuró.

—Muy poco después de que usted le haya dejado, creo —dijo Blunt con tono grave.

Flora levantó una mano hasta su garganta, lanzó un leve grito y me apresuré a sujetarla al ver que caía. Se había desmayado y con la ayuda de Blunt la llevamos arriba y la colocamos en su cama. Entonces fui a despertar a Mrs. Ackroyd y a comunicarle la noticia. Flora no tardó en volver en sí y la llevé con su madre, y le expliqué claramente cómo debía cuidarla. Después bajé a reunirme con los demás.

Capítulo 6

La daga tunecina

Encontré al inspector cuando salía por la puerta que comunicaba con la cocina.

—¿Cómo se encuentra la muchacha, doctor?

—Ha vuelto en sí y su madre la acompaña.

—Muy bien. He preguntado a los criados y todos declaran que nadie ha llamado a la puerta trasera esta noche. Su descripción de aquel desconocido es demasiado vaga. ¿No puede decirnos algo más concreto?

—Me temo que no —dije a mi pesar—. La noche era oscura, y ese sujeto llevaba el cuello de la chaqueta subido hasta las orejas y el sombrero encasquetado hasta los ojos.

—¡Hummm! —farfulló el inspector—. Podría haberlo hecho para esconder sus facciones. ¿Está usted seguro de que no se trata de alguien que conoce?

Contesté que no, aunque con menos decisión de la que hubiera deseado.

Recordé mi impresión de que la voz del forastero no me era del todo desconocida. Se lo comenté inmediatamente al inspector.

—¿Dice usted que era una voz áspera, de hombre inculto?

Convine en ello, pero se me ocurrió que la aspereza era tal vez exagerada. Si, como el inspector sospechaba, aquel hombre pretendía esconder su rostro, de igual modo trataría de disfrazar su voz.

—¿Quiere usted acompañarme al despacho, doctor? Hay una o dos cosas que deseo preguntarle.

Asentí. El inspector Davis abrió la puerta del vestíbulo, la franqueamos y volvió a cerrarla.

—No queremos que se nos moleste —comentó muy serio—, y tampoco que nos oigan. ¿Qué es eso del chantaje?

—¡Chantaje! —exclamé asombrado.

—¿Acaso es fruto de la imaginación de Parker o hay algo de verdad en ello?

—Si Parker ha oído hablar de chantaje —manifesté lentamente—, debe de haber sido desde detrás de esta puerta, con el oído pegado al ojo de la cerradura.

Davis asintió.

—¡Muy probable! Verá usted, he indagado lo que Parker ha hecho esta noche. Para serle franco, no me gusta su actitud. Creo que sabe algo y, cuando he empezado a preguntarle a fondo, me ha contado esa historia del chantaje.

Tomé una rápida decisión.

—Me alegro de que usted haya sacado el tema. No sabía qué hacer: si hablar ahora o esperar una ocasión más favorable. He decidido decírselo todo ahora. ¿Qué le parece?

Sin más dilaciones, le conté lo sucedido aquella noche, tal como acabo de relatarlo en estas páginas. El inspector escuchó con muchísima atención, intercalando de vez en cuando alguna pregunta.

—Es una de las historias más extraordinarias que he oído —opinó cuando terminé—. ¿Dice usted que la carta ha desaparecido? ¡Malo, muy malo! Nos lleva a lo que andábamos buscando, un motivo para el crimen.

—Lo entiendo perfectamente.

—¿Dice usted que Mr. Ackroyd le confió sus sospechas de que alguien de la casa estaba implicado en el asunto? «Alguien» es una expresión ambigua.

—¿No cree usted que Parker pueda ser el hombre que buscamos?

—Eso parece. Es indudable que estaba escuchando detrás de la puerta cuando usted salió. Más tarde, miss Ackroyd le encuentra dispuesto a entrar en el despacho. Digamos que lo intenta de nuevo cuando ella se aleja. Apuñala a Ackroyd, cierra la puerta por dentro, abre la ventana y sale. Después vuelve a entrar por la puerta lateral que ha dejado abierta. ¿Qué le parece?

—Hay algo que se opone a esta teoría. Si Ackroyd hubiese continuado la lectura de esa carta después de retirarme, como era su intención, no creo que hubiera permanecido una hora allí sentado reflexionando. Habría llamado a Parker inmediatamente, acusándole en el acto y armando un magnífico escándalo. Recuerde que Ackroyd era un hombre de temperamento colérico.

—Tal vez no haya tenido tiempo de continuar leyendo la carta enseguida —sugirió el inspector—. Sabemos que alguien estaba con él a las nueve y media. Si se presentó en cuanto usted se marchó y después miss Ackroyd ha entrado en el despacho para darle las buenas noches, no ha podido reanudar la lectura de la carta hasta cerca de las diez.

—¿Y la llamada telefónica?

—Parker la habrá realizado, tal vez antes de pensar en la puerta cerrada y la ventana abierta. Luego habrá cambiado de idea o el pánico se habrá apoderado de él y habrá decidido negarlo. Puede usted estar seguro de que eso es lo que ha sucedido.

—¿Usted cree? —dije en tono de duda.

—De todos modos, rastrearemos la llamada a través de la central telefónica. Si se efectuó desde esta casa, no veo cómo otra persona, que no fuera él mismo, ha podido hacerla. Lo que nos lleva al mayordomo, pero cálleselo. No conviene alarmarle hasta que tengamos más pruebas. Cuidaré de que no escape. Mientras tanto, vamos a dedicarnos al misterioso forastero.

Se levantó de la silla y se acercó a la figura inmóvil que yacía en el sillón.

—El arma debería darnos una pista —observó—. Es algo fuera de lo corriente, una antigüedad, según parece.

Se inclinó para estudiar el mango con atención y le oí dar un gruñido de satisfacción. Luego, cogió con mucho cuidado el arma más abajo del mango y, sin tocar la empuñadura, la sacó de la herida y dejó la hoja en un jarro de porcelana que adornaba la repisa de la chimenea.

—Una verdadera obra de arte. No debe de haber muchas como ésta en los alrededores.

Era realmente muy hermosa. La hoja era delgada y el puño delicadamente trabajado, compuesto de metales engarzados con un dibujo muy curioso. El inspector tocó el filo con un dedo e hizo una mueca significativa.

—¡Caramba! —exclamó—. Una criatura sería capaz de introducirla en el cuerpo de un hombre con la misma facilidad con que se corta un trozo de mantequilla. Es un juguete peligroso.

—¿Puedo examinar el cuerpo detenidamente? —pregunté.

—Hágalo.

Procedí a un examen exhaustivo.

—Y bien, ¿qué me dice? —inquirió el inspector cuando terminé.

—Le ahorraré el lenguaje técnico. Lo dejaremos para la investigación. El golpe ha sido asestado con la mano derecha de un hombre que estaba de pie detrás de la víctima, y la muerte ha debido de ser instantánea. A juzgar por la expresión del rostro del difunto, es de presumir que el ataque fue inesperado. Tal vez ha muerto sin saber quién le agredía.

—Los mayordomos acostumbran a caminar como gatos —dijo el inspector—. No habrá mucho misterio en este crimen. Mire la empuñadura de esta daga.

La miré.

—No las verá usted —bajó el tono de voz—, pero yo sí. ¡Huellas dactilares!

Se alejó unos pasos para comprobar el efecto de sus palabras.

—Sí —admití—. Lo suponía.

No veo por qué se debe suponer que carezco de inteligencia. Leo historias de detectives, los periódicos y soy un hombre de regular habilidad. Si hubiera habido huellas de los dedos de un pie en el puño de una daga, eso hubiera sido muy distinto y yo habría demostrado gran sorpresa y temor.

Me parece que el inspector sintió contrariedad al ver que no me dejaba impresionar. Cogió el jarro de porcelana y me invitó a acompañarle a la sala del billar.

—A ver si Mr. Raymond puede decirnos algo respecto a esta daga —explicó.

Cerró la puerta y nos encaminamos a la sala del billar, donde encontramos a Raymond. El inspector le enseñó el arma.

—¿La ha visto antes?

—Creo que el comandante Blunt se la regaló a Mr. Ackroyd. Procede de Marruecos, un momento, no, de Túnez. ¿Es el arma del crimen? ¡Es extraordinaria! Parece imposible. Sin embargo, es muy difícil que haya dos dagas iguales. ¿Puedo ir a buscar al comandante Blunt?

Sin esperar respuesta, se alejó a la carrera.

—Simpático muchacho —dijo el inspector—. Parece honrado e ingenuo.

Asentí. Durante los dos años que Geoffrey había sido secretario de Ackroyd nunca le había visto de mal humor. Además, sabía que se había mostrado siempre muy eficiente.

Al cabo de unos minutos, Raymond volvió acompañado de Blunt.

—Tenía razón —explicó Raymond con voz excitada—. Es la daga tunecina.

—El comandante todavía no la ha visto —objetó el inspector.

—Me fijé en ella al entrar en el despacho —dijo el aludido.

—¿La ha reconocido?

Blunt asintió.

—No ha dicho usted nada —añadió el inspector con suspicacia.

—El momento no era apropiado. Es peligroso decir según qué cosas en el momento inoportuno.

Sostuvo la mirada del inspector con serenidad. El policía le ofreció el arma.

—¿Está usted seguro, señor? ¿Reconoce esta daga?

—Absolutamente. No me cabe la menor duda.

—¿Dónde solían guardar esta antigüedad? ¿Puede usted decírmelo?

El secretario fue el que contestó:

—En el salón, en la vitrina para la plata.

—¿Qué? —exclamé.

Los demás me miraron.

—Diga, doctor —me alentó el inspector.

—No es nada.

—¿Sí, doctor? —repitió el inspector con más ánimo.

—Un detalle —expliqué, como excusándome—. Cuando he llegado esta noche para cenar, he oído el ruido de la tapa de esa vitrina que se cerraba en el salón.

Advertí mucho escepticismo y cierta duda en la expresión del inspector.

—¿Cómo sabe que se trataba de la vitrina?

Me vi obligado a explicárselo en detalle, operación larga y aburrida, que hubiera preferido no tener que realizar.

El inspector me escuchó con atención hasta que terminé.

—¿Estaba en su sitio la daga cuando usted miró el contenido del mueble?

—No lo sé. No me fijé. Pero, desde luego, es posible que estuviera.

—Lo mejor será llamar al ama de llaves —observó el inspector mientras pulsaba el timbre.

Pocos minutos después, miss Russell, a la que Parker había ido a buscar, entró en la estancia.

—No creo haberme acercado a la vitrina —dijo cuando el inspector le hizo la pregunta—. He echado una mirada a las flores. ¡Ah, sí, ahora me acuerdo! La vitrina estaba abierta, cuando debía estar cerrada, y bajé la tapa.

Miró al inspector con aire de reto.

—Comprendo. ¿Puede usted decirme si esta daga estaba en su sitio entonces?

Miss Russell miró el arma con serenidad.

—No puedo asegurarlo. No me entretuve mirando. Sabía que la familia iba a bajar de un momento a otro y deseaba salir de allí.

—Gracias —dijo el inspector.

Hubo un leve titubeo en su voz, como si deseara hacerle nuevas preguntas, pero miss Russell interpretó las palabras como si fueran de despedida y salió del cuarto.

—Una señora de armas tomar, ¿no? —comentó el inspector—. Vamos a ver. Esa vitrina se encuentra frente a una de las ventanas, ¿verdad, doctor?

Raymond contestó por mí.

—Sí, la de la izquierda.

—¿Y la ventana estaba abierta?

—Ambas, completamente.

—Bueno, no creo necesario ahondar más en la cuestión de momento. Alguien pudo coger esa daga cuando quiso y ahora no es prioritario saber exactamente cuándo lo hizo. Volveré durante la mañana con el jefe de policía, Mr. Raymond. Hasta entonces conservaré la llave de esa puerta. Quiero que el coronel Melrose lo vea todo tal cual. Sé que está cenando al otro lado del condado y que pasará la noche fuera.

Vimos al inspector apoderarse del jarro.

—Tendré que envolver esto con cuidado —comentó—. Será una prueba importante en más de un sentido.

Pocos minutos después, al salir de la sala del billar con Raymond, éste soltó una risita divertida.

Noté la presión de su mano en mi brazo y seguí la dirección de su mirada. El inspector Davis parecía solicitar la opinión de Parker sobre un pequeño diario de bolsillo.

—Un poco obvio —murmuró mi compañero—. ¡De modo que Parker resulta sospechoso! Vamos a proporcionar al inspector unas muestras de nuestras huellas digitales.

Cogió dos tarjetas de la cartera, las limpió con su pañuelo de seda, me alargó una y se quedó con la otra. Luego, con una alegre mueca, las entregó al inspector de policía.

—Souvenirs. Número uno, doctor Sheppard. Número dos, mi humilde persona. Mañana por la mañana tendrá otra del comandante Blunt.

La juventud es esencialmente alegre y despreocupada. Ni el brutal asesinato de su amigo y patrón consiguió entristecer a Geoffrey por mucho tiempo.

¡Tal vez sea preferible esa conducta! Lo ignoro, pues hace mucho tiempo que he perdido mi capacidad de reacción.

Era muy tarde cuando regresé y esperaba que Caroline se hubiera ido a la cama. Podía haber adivinado que no, conociéndola como la conozco. Me había preparado una taza de chocolate, que me sirvió muy caliente, y, mientras lo bebía, me sonsacó toda la historia de la velada. No mencioné el chantaje y me limité a darle los detalles del crimen.

—La policía sospecha de Parker —dije, poniéndome en pie para irme a la cama—. ¡Todo parece indicar que es el culpable!

—¡Parker! —exclamó mi hermana—. ¡Qué desatino! Ese inspector debe de ser tonto. ¡Parker! ¡No digas sandeces!

Tras esa oscura declaración nos fuimos a descansar.

Capítulo 7

Me entero de la profesión de mi vecino

Al día siguiente hice las visitas a marchas forzadas. Mi excusa era que no tenía casos graves que atender. Al regresar, Caroline salió a recibirme al vestíbulo.

—Flora Ackroyd está aquí —susurró excitada.

Caroline se dirigió hacia nuestra pequeña sala de estar y yo la seguí.

—¿Qué? —A duras penas disimulé mi sorpresa.

—Está ansiosa por verte y hace media hora que espera.

Flora estaba sentada en el sofá, al lado de la ventana de nuestro saloncito. Vestida de negro, se retorcía las manos con nerviosismo. Al ver su rostro, me sorprendí. Estaba blanca como el papel, pero cuando habló lo hizo con la misma serenidad y decisión que de costumbre.

—Doctor Sheppard, he venido a pedirle que me ayude.

—¡Desde luego, cuente con ello, querida! —contestó Caroline.

No creo que Flora deseara que mi hermana estuviera presente durante nuestra entrevista. Estoy seguro de que hubiera preferido hablarme a solas, pero no quería perder tiempo e hizo de tripas corazón.

—Deseo que me acompañe a The Larches.

—¡A The Larches! —exclamé sorprendido.

—¿Para ver a ese extraño vecino? —preguntó Caroline.

—Sí. Ya saben ustedes quién es, ¿verdad?

—Creemos que se trata de un peluquero jubilado —le comenté.

Los ojos azules de Flora se abrieron desmesuradamente.

—¡Pero si es Hércules Poirot! Ya sabe usted a quién me refiero. El detective privado. Dicen que ha hecho cosas maravillosas, como los detectives de las novelas. Se retiró hace un año y ha venido a vivir aquí. Mi tío sabía quién era, pero prometió no decírselo a nadie, porque monsieur Poirot deseaba vivir con tranquilidad, sin que la gente le molestara.

—Así que ésa es su profesión.

—Habrá oído usted hablar de él...

—Soy un viejo fósil, a tenor de lo que dice Caroline. Pero sí, he oído hablar de él.

—¡Es extraordinario! —exclamó Caroline.

Ignoro a qué se refería; tal vez a sus intentos fallidos por descubrir la identidad del vecino.

—¿Quiere usted ir a verle? —pregunté—. ¿Por qué?

—Para que investigue este crimen, desde luego —dijo Caroline bruscamente—. ¡No seas estúpido, James!

No soy estúpido, pero Caroline no siempre comprende a qué me refiero.

—¿No confía usted en el inspector Davis? —continué.

—Claro que no —exclamó Caroline—. Yo tampoco.

Parecía como si el muerto fuera el tío de Caroline.

—¿Cómo sabe usted que aceptará el caso? Recuerde que se ha retirado de su actividad.

—Ahí está el problema —dijo Flora—. Debo persuadirle.

—¿Está usted segura de obrar bien? —añadí.

—Desde luego que sí —exclamó mi hermana—. La acompañaré yo si quiere.

—Prefiero que sea el doctor el que me acompañe si a usted no le importa, miss Sheppard —rogó Flora.

Evidentemente, la muchacha conocía la importancia de

ir al grano en ciertas ocasiones. Con Caroline, cualquier alusión encubierta hubiera resultado inútil.

—Verá usted —explicó, empleando el tacto después de la franqueza—, Mr. Sheppard es médico, ha descubierto el cuerpo y podrá dar toda clase de detalles a monsieur Poirot.

—Comprendo, comprendo —asintió Caroline a regañadientes.

Me paseé un par de veces por la sala.

—Flora, déjese guiar por mí. Le aconsejo que no meta a ese detective en el caso.

Flora se levantó de un salto y sus mejillas se arrebolaron.

—Sé por qué lo dice —exclamó—. Pero, precisamente por ese motivo, estoy ansiosa por ir a verle. Usted tiene miedo, pero yo no. Conozco a Ralph mejor que usted.

—¡Ralph! —dijo Caroline—. ¿Qué tiene Ralph que ver con todo esto?

Ninguno de los dos le hicimos caso.

—Ralph quizá sea débil —continuó Flora—. Puede haber cometido locuras en el pasado, incluso cosas malvadas, pero no mataría a nadie.

—No, no —exclamé—. Nunca he pensado en él.

—Entonces —preguntó Flora—, ¿por qué fue usted al Three Boars anoche al volver a su casa, después de encontrar el cuerpo de mi tío?

Callé momentáneamente. Esperaba que mi visita hubiese pasado inadvertida.

—¿Cómo lo sabe? —repliqué al cabo de unos segundos.

—He ido a la posada esta mañana —dijo Flora—. Los criados me han dicho que Ralph estaba allí...

La interrumpí.

—¿Ignoraba usted que estuviera en King's Abbot?

—Sí. Y he quedado muy sorprendida cuando en la posada he preguntado por él. Supongo que me han contado lo mismo que a usted anoche, es decir, que salió a eso de las nueve y... no volvió.

Sus ojos me miraron desafiantes y, como si contestara a algo que viera en los míos, exclamó:

—¿Y por qué no puede haber ido... donde le haya dado la gana? Quizá haya regresado a Londres...

—¿Y dejar el equipaje en la posada? —pregunté con tacto.

Flora dio una ligera patada en el suelo.

—Tanto da, pero tiene que haber una explicación plausible.

—¿Por eso desea ver a Hércules Poirot? ¿No es preferible dejar las cosas como están? La policía no sospecha de Ralph en lo más mínimo, recuérdelo. Trabajan en otra dirección.

—¡Pero si precisamente sospechan de él! —exclamó la muchacha—. Un hombre ha llegado esta mañana a Cranchester, un tal inspector Raglan, un individuo horrible, de mirada astuta y modales untuosos. He sabido que ha estado en el Three Boars esta mañana antes que yo. Me han explicado su visita y las preguntas que ha hecho. Debe de creer que Ralph es el culpable.

—Si es así, la opinión ha cambiado desde anoche —dije lentamente—. ¿No cree en la teoría de que Parker es el criminal?

—¡Claro, Parker! —dijo mi hermana con un bufido.

Flora dio un paso adelante y puso una mano sobre mi hombro.

—Doctor Sheppard, vamos inmediatamente a ver a ese monsieur Poirot. Él descubrirá la verdad.

—Mi querida Flora —dije con suavidad, cubriendo su mano con la mía—. ¿Está usted segura de que es la verdad lo que buscamos?

La muchacha me miró, inclinando la cabeza.

—Usted no está seguro, pero yo sí. Conozco a Ralph mejor que nadie.

—Está claro que él no lo ha hecho —afirmó Caroline,

que a duras penas había conseguido guardar silencio—. Ralph puede ser extravagante, pero es un buen muchacho. Sus modales son perfectos.

Deseaba decirle a Caroline que un buen número de asesinos poseen modales irreprochables, pero la presencia de Flora me contuvo. Puesto que la muchacha estaba decidida, me veía obligado a complacerla, y nos pusimos en camino de inmediato antes de que mi hermana nos largara alguna otra declaración de las suyas que comenzaban con sus palabras favoritas: «Desde luego...».

Una anciana, cuya cabeza desaparecía bajo un inmenso gorro bretón, nos anunció que Poirot estaba en casa.

Nos acompañó hasta un salón pulcro y ordenado, y, al cabo de unos minutos de espera, mi amigo de la víspera se presentó ante nosotros.

—Monsieur *le docteur* —comentó sonriente—. Mademoiselle.

Se inclinó ante Flora.

—Tal vez haya oído usted hablar —dije— de la tragedia de anoche.

Su rostro adquirió cierta gravedad.

—Sí, estoy enterado. Algo horrible. Le expreso mi más sentido pésame, mademoiselle Ackroyd. ¿En qué puedo servirles?

—Miss Ackroyd desea que usted... —comencé.

—Encuentre al asesino —terminó Flora con voz vibrante.

—Comprendo. Pero la policía se encargará de ello, ¿verdad?

—Pueden equivocarse —dijo Flora—. Están a punto de cometer un error, según creo. Por favor, monsieur Poirot, ¿no quiere ayudarnos? Si es cuestión de dinero...

Poirot levantó la mano.

—No hablemos de eso, se lo ruego, mademoiselle. No es que no me interese el dinero. —Por un segundo apareció un brillo en sus ojos—. El dinero significa mucho para mí, ahora y siempre. Pero quiero que entienda claramente que, si me meto en este asunto, lo llevaré hasta el final. ¡Un buen perro no pierde jamás un rastro, recuérdelo! Tal vez después de estas palabras desee dejar el asunto al cuidado de la policía local.

—Quiero saber la verdad —dijo Flora, mirándole a los ojos.

—¿Toda la verdad?

—Toda la verdad.

—Entonces acepto. Y espero que no le pese haber pronunciado estas palabras. Ahora, deme los detalles.

—El doctor Sheppard lo hará mejor que yo.

Empecé una cuidadosa narración, que incluía todos los hechos que acabo de relatar.

Poirot escuchaba con atención, intercalando una pregunta de vez en cuando, pero casi siempre en silencio, con los ojos fijos en el techo.

Terminé mi historia con la partida del inspector y la mía de Fernly Park la noche anterior.

—Ahora —exigió Flora cuando concluí—, dígale lo de Ralph.

Vacilé, pero su mirada imperiosa me instó a complacerla.

—Cuando anoche regresó a su casa, ¿fue primero al Three Boars? —preguntó Poirot cuando acabé mi relato—. ¿Por qué?

Me detuve un momento para escoger mis palabras con cuidado.

—Pensé que alguien debía informarle de la muerte de su tío. Después de salir de Fernly Park, se me ocurrió que posiblemente nadie, aparte de mí y de Mr. Ackroyd, estaba enterado de su presencia en el pueblo.

Poirot asintió.

—¿Fue ése el único motivo que le llevó allí?

—El único —afirmé tajante.

—¿No era para..., cómo lo diría..., tranquilizarse usted respecto a *ce jeune homme*?

—¿Tranquilizarme?

—Pienso, monsieur *le docteur,* que usted comprende muy bien lo que quiero decir, aunque pretenda lo contrario. Creo que hubiera sido un alivio para usted descubrir que el capitán Paton no se había movido de la posada en toda la noche.

—Nada de eso —manifesté con un tono concluyente.

El detective me miró con expresión seria mientras movía la cabeza.

—No tiene usted en mí la misma confianza que miss Flora. Pero no importa. Lo que tenemos que estudiar es esto: el capitán Paton ha desaparecido en circunstancias que requieren una explicación. No voy a ocultarles que el asunto me parece grave. Sin embargo, puede haber una explicación muy sencilla.

—¡Es lo que yo digo! —exclamó Flora ansiosa.

Poirot no dijo nada más sobre ese punto. En cambio, propuso una visita inmediata a la policía local. Consideró preferible que Flora regresara a su casa y que yo lo acompañase para presentarle al funcionario encargado del caso.

Así lo hicimos. Encontramos al inspector Davis frente a la comisaría; daba la sensación de estar preocupado. Le acompañaba el coronel Melrose, el jefe de policía y otro hombre en quien, después de la descripción de Flora que lo trató de «comadreja», no me fue difícil reconocer al inspector Raglan, de Cranchester.

Conozco bastante bien a Melrose; y le presenté a Poirot y le expliqué la situación. El jefe de policía pareció ofendido, y el inspector Raglan torció visiblemente el gesto. Sin embargo, Davis exteriorizó un sentimiento de satisfacción al ver la contrariedad reflejada en los rostros de sus superiores.

—El caso va a ser claro como el agua —dijo Raglan—.

No hay necesidad de que los aficionados vengan a entrometerse. Cualquier hombre un poco listo podía haberse dado cuenta de la situación anoche y no habríamos perdido doce horas.

Lanzó una mirada vengativa al pobre Davis, que la recibió impávido.

—La familia de Mr. Ackroyd debe, desde luego, hacer lo que crea conveniente —opinó Melrose—. Pero no podemos permitir que las investigaciones oficiales se vean entorpecidas de ningún modo. Conozco, desde luego, la gran reputación de monsieur Poirot —añadió en un tono cortés.

—Por desgracia, la policía no puede hacerse propaganda —se lamentó Raglan.

Poirot fue quien salvó la situación.

—Es cierto que me he retirado del mundo. No tenía intención de volver a cuidarme de ningún caso y temo, por encima de todo, la publicidad. Debo rogarles que, en caso de que logre contribuir a la solución del misterio, no se mencione mi nombre.

La expresión del inspector Raglan se suavizó ligeramente.

—He oído hablar de sus notables éxitos —observó el coronel más amablemente.

—He tenido gratas experiencias —comentó Poirot—. Pero la mayoría de mis éxitos los he logrado con ayuda de la policía. Admiro a la policía inglesa. Si el inspector Raglan me permite asistirle, me sentiré, a la vez, honrado y halagado.

La actitud del inspector se volvió aún más conciliadora.

El coronel Melrose me llevó a un aparte.

—Según he oído decir, ese individuo ha hecho cosas notables —murmuró—. Desde luego, no deseamos tener que llamar a Scotland Yard. Raglan da la impresión de estar seguro de sí mismo, pero no sé si estoy por completo de acuerdo con sus teorías. Verá usted, yo conozco a las partes interesadas mejor que él. Ese hombre no parece buscar la gloria, ¿verdad? ¿Trabajaría con nosotros sin querer ocupar el primer puesto?

—¡A la mayor gloria del inspector Raglan! —contesté solemne.

—Bien, bien —asintió Melrose. Se dirigió al detective—: Monsieur Poirot, vamos a ponerle al corriente de los últimos detalles del caso.

—Gracias. Mi amigo, el doctor Sheppard, ha mencionado que las sospechas recaían en el mayordomo.

—¡Pamplinas! —dijo Raglan al instante—. Todos los criados de la clase alta son tan susceptibles que obran de un modo sospechoso sin motivo alguno.

—¿Las huellas dactilares? —pregunté.

—No se parecen en nada a las de Parker. —Sonrió levemente y dijo—: Ni a las suyas ni a las de Mr. Raymond tampoco.

—¿Qué me dicen de las del capitán Paton? —preguntó Poirot.

Despertó en mí cierta admiración secreta por su manera de coger el toro por los cuernos y vi asomar una mirada de respeto en los ojos del inspector.

—Veo que no deja usted que la hierba le crezca bajo los pies, monsieur Poirot. Será un verdadero placer trabajar con usted. Tomaremos las huellas dactilares de ese joven en cuanto le pongamos las manos encima.

—Creo que va por mal camino, inspector —señaló el coronel un poco mosqueado—. Conozco a Ralph Paton desde que era un chiquillo. No llegaría nunca al asesinato.

—Tal vez no —repuso con voz serena el inspector.

—¿Qué pruebas hay contra él? —inquirí.

—Anoche salió a las nueve. Se le vio en los alrededores de Fernly Park a eso de las nueve y media. Desde entonces ha desaparecido. Creemos que se encuentra en una difícil situación pecuniaria. Tengo aquí un par de sus zapatos, calzado con tacones de goma. Tenía dos pares casi exactamente iguales. Voy a compararlos ahora con las huellas. La policía se ocupa de que nadie las toque.

—Vamos allá enseguida —dijo el coronel—. Usted y monsieur Poirot nos acompañarán, ¿verdad?

Todos aceptamos y subimos al automóvil del coronel. El inspector estaba tan ansioso por comparar inmediatamente las huellas que pidió que le dejáramos bajar ante la casa del guarda. A medio camino entre ésta y la puerta principal, un sendero lleva a la terraza y a la ventana del despacho de Ackroyd.

—¿Quiere ir con el inspector, monsieur Poirot? —preguntó el jefe de policía—. ¿O prefiere examinar el despacho?

Poirot escogió esto último. Parker nos abrió la puerta. Estaba sereno y se mostró sumamente respetuoso. Parecía haberse repuesto del pánico de la noche anterior.

El coronel sacó una llave de su bolsillo, abrió la puerta del pequeño vestíbulo y entramos en el despacho.

—Excepto porque ya se han llevado el cuerpo, monsieur Poirot, el cuarto está exactamente igual que anoche.

—¿Dónde encontraron el cadáver? ¿Aquí?

Con toda la exactitud posible, describí la posición de Ackroyd. El sillón continuaba delante del hogar.

Poirot se acercó al sillón y se sentó.

—¿Dónde estaba la carta azul cuando dejó la habitación?

—Mr. Ackroyd la había dejado en esta mesita, a su derecha.

Poirot asintió.

—Aparte de eso, ¿estaba todo en su sitio?

—Creo que sí.

—Coronel Melrose, ¿tendría usted la bondad de sentarse en este sillón un minuto? Gracias. Ahora, monsieur *le docteur*, haga el favor de indicarme la posición exacta de la daga.

Así lo hice mientras él permanecía en el umbral.

—El puño de la daga era visible desde la puerta. Tanto usted como Parker lo vieron inmediatamente.

—Sí.

Poirot se acercó a la ventana.

—¿La luz estaba encendida cuando descubrieron el cuerpo? —preguntó por encima del hombro.

Asentí y me acerqué a él mientras estudiaba las huellas de la ventana.

—Los tacones de goma son del mismo tipo que los de los zapatos del capitán —dijo.

Volvió al centro de la habitación. Su mirada experta lo escudriñó todo sin perder detalle.

—¿Es usted buen observador, doctor Sheppard?

—Creo que sí —contesté sorprendido.

—Veo que había fuego en el hogar. Cuando usted echó la puerta abajo y encontró a Mr. Ackroyd muerto, ¿cómo estaba el fuego? ¿Bajo?

Solté una risita de mortificación.

—No puedo decírselo. No me fijé. Tal vez Mr. Raymond o el comandante Blunt...

El belga meneó la cabeza, sonriendo levemente.

—Hay que proceder siempre con método. He cometido un error de juicio al hacerle esta pregunta. A cada hombre, su propia ciencia. Podrá usted darme los detalles del aspecto del paciente, nada se le escaparía en ese terreno. Si deseara información sobre los papeles de esa mesa, Mr. Raymond habría notado lo que había que ver. Para saber el estado del fuego, debo preguntarlo al hombre cuyo deber consiste en observar esa clase de cosas. Con su permiso.

Se acercó a la chimenea y pulsó el timbre.

Parker se presentó al cabo de dos minutos.

—¿Han llamado, señores?

—Entre, Parker —dijo Melrose—. Este caballero quiere preguntarle algo.

Parker mostró una respetuosa atención hacia Poirot.

—Parker, cuando usted echó abajo la puerta con el doctor Sheppard anoche y encontró a su amo muerto, ¿cómo estaba el fuego?

—Muy bajo, señor —contestó sin dilación—. Estaba casi apagado.

—¡Ah! —profirió Poirot. La exclamación parecía triunfante. Después dijo—: Mire usted a su alrededor, mi buen Parker. ¿Se encuentra esta habitación exactamente como estaba entonces?

El mayordomo miró alrededor y después a las ventanas.

—Las cortinas estaban corridas, señor, y la luz encendida.

Poirot hizo una señal de aprobación.

—¿Nada más?

—Sí, señor. Este sillón estaba algo mal colocado.

Señaló un sillón de orejas situado a la izquierda de la puerta, entre ésta y la mesa. Adjunto un plano del despacho con el sillón en cuestión marcado con una X.

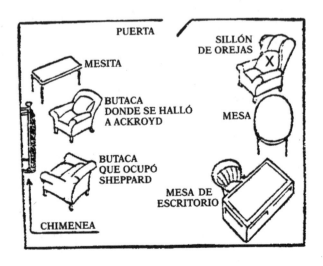

—Enséñeme cómo estaba.

El mayordomo apartó unos dos palmos el sillón de la pared, dándole media vuelta, de modo que el asiento estuviera frente a la puerta.

—*Voilà ce qui est curieux!* —murmuró Poirot—. Me parece que nadie se sentaría en un sillón colocado de ese modo. ¿Quién volvió a ponerlo en su sitio? ¿Usted, amigo mío?

—No, señor —dijo Parker—. Estaba demasiado trastornado después de ver al amo.

Poirot me miró.

—¿Fue usted, doctor?

Meneé la cabeza.

—Volvía a estar en su sitio cuando llegué con la policía, señor —apuntó Parker—. Estoy seguro de ello.

—¡Curioso! —repitió Poirot.

—Raymond o Blunt pueden haberlo movido —sugerí—. Seguramente no tiene importancia.

—Ninguna. Por eso es tan interesante —declaró Poirot.

—Dispénseme un minuto —dijo Melrose, y salió del cuarto acompañado de Parker.

—¿Cree usted que Parker dice la verdad? —pregunté.

—Respecto al sillón, sí. En otros detalles, lo ignoro. Descubrirá usted, monsieur *le docteur*, si se encuentra ante otros casos como éste, que todos tienen algo en común.

—¿Qué?

—Todos los que andan mezclados en el asunto tienen algo que esconder.

—¿Yo también? —pregunté sonriente.

Poirot me miró con atención.

—Creo que sí.

—Pero...

—¿Me ha dicho usted todo lo que sabía del joven Paton? —Esbozó una sonrisa al ver mi confusión—. No tema usted. No insisto, porque me enteraré de todo a su debido tiempo.

—Quisiera que me hablara de sus métodos —manifesté precipitadamente para disimular mi desconcierto—. Por ejemplo, ¿lo del fuego?

—¡Ah! Eso es muy sencillo. Usted dejó a Mr. Ackroyd a las nueve menos diez, ¿verdad?

—Sí, exacto.

—La ventana estaba cerrada, el pestillo echado y la puerta abierta. A las diez y cuarto, cuando se descubre el cuerpo, la puerta está cerrada y la ventana abierta. ¿Quién la ha abierto? Se deduce que únicamente Mr. Ackroyd ha podido hacerlo y por uno de estos motivos: porque reinara en el cuarto un calor insoportable, aunque, puesto que el fuego estaba bajo y la temperatura sufrió un descenso notable anoche, hay que descartar tal posibilidad, o porque dejara entrar a alguien por ese lugar. Siendo así, debía de tratarse de una persona a la que conociera muy bien, ya que momentos antes había demostrado inquietud respecto a la ventana en cuestión.

—Parece muy sencillo.

—Todo es sencillo si se ordenan los hechos con método. Lo que nos interesa ahora es identificar a la persona que anoche se encontraba con él a las nueve y media. Todo señala que fue el individuo que se introdujo por la ventana y, aunque Mr. Ackroyd habló con miss Flora más tarde, no podemos esclarecer el misterio hasta saber quién era el visitante. La ventana podía haber quedado abierta después de franquear la entrada al asesino y éste introducirse en la estancia, o acaso la misma persona se introdujese otra vez. ¡Ah! Aquí tenemos al coronel.

Melrose estaba muy animado.

—Hemos comprobado por fin que la llamada al doctor Sheppard de anoche a las diez y cuarto no se hizo desde aquí, sino desde un teléfono público de la estación de King's Abbot. Y a las 10.23 el tren correo nocturno sale para Liverpool.

Capítulo 8

El inspector Raglan
se muestra confiado

Nos miramos unos a otros.

—Supongo que hará usted averiguaciones en la estación —dije.

—Por supuesto, pero no confío mucho en los resultados. Ya sabe cómo es esa estación.

En efecto, lo sabía. King's Abbot es un pueblecito, pero su estación es un nudo importante. La mayoría de los grandes expresos se detienen aquí. Se añaden o se quitan vagones, se forman convoyes. Hay dos o tres cabinas de teléfono. A esa hora de la noche, llegan tres trenes de cercanías que enlazan con el expreso del norte, que llega a las 10.19 y sale a las 10.23.

En esos momentos, la estación está en ebullición y hay pocas probabilidades de que destaque una persona determinada que esté telefoneando o subiendo al expreso.

—¿Por qué telefonear? —preguntó Melrose—. Eso es lo que encuentro extraordinario. No tiene sentido.

Poirot enderezó un adorno de porcelana de una de las estanterías.

—No dude de que existe un motivo —afirmó por encima del hombro.

—Pero ¿cuál?

—Cuando sepamos eso, lo sabremos todo. Este caso es curioso y muy interesante.

Había algo indescriptible en su modo de pronunciar estas últimas palabras. Me pareció que consideraba el caso desde un ángulo especial y no logré adivinar el porqué.

Fue hasta la ventana y permaneció allí, mirando al exterior.

—¿Dice usted que eran las nueve, doctor Sheppard, cuando encontró al forastero delante de la verja?

—Sí. Oí las campanadas del reloj de la iglesia.

—¿Cuánto tiempo necesitaría el forastero para llegar a la casa, a esta ventana, por ejemplo?

—Cinco minutos por la parte exterior de la casa; dos o tres tan sólo si hubiese tomado el sendero de la derecha que trae directamente hasta aquí.

—Para eso sería preciso que conociese el camino. ¿Cómo podría explicarse? Significaría que había estado aquí antes, que conocía el terreno.

—Es verdad —exclamó Melrose.

—Sin duda, podríamos averiguar si Mr. Ackroyd había recibido a algún forastero durante la semana pasada.

—El joven Raymond podrá decírnoslo —señalé.

—O Parker —sugirió Melrose.

—*Ou tous les deux* —añadió Poirot sonriente.

El coronel fue en busca de Raymond y llamó una vez más a Parker. Melrose volvió enseguida acompañado del secretario. Le presentó a Poirot. Geoffrey estaba tan alegre y sereno como siempre. Pareció sorprendido y encantado de conocer en persona al belga.

—No sabía que viviese usted entre nosotros de incógnito, monsieur Poirot. Será un gran privilegio verle trabajar. ¡Pero qué hace!

Poirot había estado hasta entonces de pie a la izquierda de la puerta. De pronto, se apartó y vi que, mientras le daba la espalda, había apartado el sillón hasta colocarlo en la posición indicada por Parker.

—¿Quiere usted que me siente en el sillón mientras me

extrae una muestra de sangre? —preguntó Raymond de buen humor—. ¿Qué piensa usted hacer?

—Mr. Raymond, este sillón se encontraba así cuando encontraron a Mr. Ackroyd muerto. Alguien volvió a ponerlo en su sitio. ¿Fue usted?

—No, no fui yo —contestó el secretario sin vacilar—. No recuerdo siquiera que estuviese en esa posición. No obstante, debe de ser así, puesto que usted lo dice. Otra persona lo habrá cambiado de posición. ¿Han destruido alguna pista al hacerlo? ¡Qué lástima!

—No tiene importancia —dijo el detective—. Lo que deseo preguntarle es lo siguiente, Mr. Raymond: ¿ha venido algún forastero a ver a Mr. Ackroyd durante esta última semana?

El secretario reflexionó un minuto o dos con el entrecejo fruncido y, durante la pausa, Parker se presentó en respuesta a la llamada.

—No —dijo Raymond—. No recuerdo a nadie. ¿Y usted, Parker?

—¿Perdón, señor?

—¿Ha venido algún extraño a ver a Mr. Ackroyd esta semana?

El mayordomo reflexionó unos segundos.

—Vino un joven el miércoles, señor. Creo que era de Curtis & Troute.

Raymond hizo un gesto de impaciencia.

—Lo recuerdo, pero este caballero no se refiere a esa clase de extraños.

Se volvió hacia Poirot.

—Mr. Ackroyd pensaba comprar un dictáfono —explicó—. Eso nos hubiera permitido hacer más trabajo en menos tiempo. La firma en cuestión nos envió un representante, pero no llegamos a un acuerdo. Mr. Ackroyd no se decidió a comprarlo.

Poirot miró al mayordomo.

—¿Puede usted describirme a ese joven, mi buen Parker?

—Era rubio, señor, y de baja estatura. Bien vestido, llevaba un traje azul marino. Un muchacho muy presentable, señor, para ser un sencillo empleado.

Poirot se volvió hacia mí.

—El hombre que usted vio ante la verja era alto, ¿verdad, doctor?

—Sí. Mediría un metro ochenta por lo menos.

—Entonces, no van por ahí los tiros —declaró el belga—. Gracias, Parker.

El mayordomo se dirigió a Raymond.

—Mr. Hammond acaba de llegar, señor. Desea saber si puede ser útil en algo y le gustaría hablar un momento con usted.

—Voy enseguida —dijo el joven, y salió apresuradamente.

Poirot interrogó al jefe de policía con la mirada.

—Es el notario de la familia —aclaró el jefe.

—Mr. Raymond está muy atareado —murmuró Poirot—. Parece diligente.

—Creo que Mr. Ackroyd le consideraba un secretario muy valioso.

—¿Hace tiempo que está aquí?

—Unos dos años.

—Desempeña sus funciones concienzudamente, de eso estoy seguro. ¿Cuáles son sus diversiones? ¿Es aficionado a algún deporte?

—Los secretarios particulares no tienen mucho tiempo para divertirse —señaló el coronel, con una sonrisa—. Creo que Raymond juega al golf y, en verano, al tenis.

—¿No va a las carreras de caballos?

—No creo que le interesen.

Poirot asintió y dio la sensación de perder todo interés por el asunto. Lanzó una mirada al despacho.

—He visto lo que había que ver, me parece.

Yo también eché una ojeada.

—Si estas paredes pudiesen hablar... —murmuré.

Poirot movió la cabeza.

—No basta con una lengua. También deberían tener ojos y oídos. Pero no esté demasiado seguro de que estas cosas inertes —tocó ligeramente la estantería al hablar— permanezcan siempre mudas. A veces me hablan: las sillas y las mesas me envían su mensaje. —Se volvió hacia la puerta.

—¿Qué mensaje? —exclamé—. ¿Qué le han dicho hoy?

Miró por encima del hombro y frunció las cejas enigmáticamente.

—Una ventana abierta. Una puerta cerrada. Un sillón que ha cambiado de sitio. A las tres cosas les digo: ¿por qué? Y no encuentro respuesta.

Sacudió la cabeza, hinchó el pecho y se quedó mirándonos y pestañeando. Tenía un aspecto sumamente ridículo y parecía convencido de su propia importancia.

Por un momento pensé que quizá no fuera tan buen detective como decían. ¿Acaso no se debería su gran reputación a una serie de felices casualidades? Creo que la misma idea asaltó al coronel, que frunció el entrecejo.

—¿Desea usted ver algo más, monsieur Poirot? —preguntó el coronel bruscamente.

—¿Tal vez tendrá usted la bondad de enseñarme la vitrina de donde fue extraída el arma? Después de esto no abusaré más de su amabilidad.

Fuimos al salón. Pero, por el camino, el policía detuvo al coronel y, tras cambiar con él unas palabras, éste se excusó y nos dejó solos.

Le enseñé la vitrina a Poirot y, después de abrir y cerrar dos o tres veces la tapa, el detective abrió la ventana y salió a la terraza; yo le seguí.

El inspector Raglan doblaba la esquina de la casa y se acercaba hacia nosotros. Parecía satisfecho de sí mismo.

—¡Ah, ah, monsieur Poirot! Este asunto nos dará poco trabajo. Lo siento. Un muchacho como él echado a perder.

Poirot cambió de expresión y habló con gran mesura.

—Temo que no voy a serle de gran utilidad en este caso, entonces.

—Otro día será —añadió Raglan con amabilidad—. Aunque no tenemos crímenes a diario en este tranquilo rinconcito del mundo.

Poirot le miró con admiración.

—Ha trabajado usted con una rapidez maravillosa —observó—. ¿Cómo ha llegado a este resultado, si me permite preguntárselo?

—Por supuesto. Ante todo con método. Eso es lo que digo siempre: método.

—¡Ah! —exclamó su interlocutor—. Éste es también mi lema. Método, orden y las pequeñas células grises.

—¿Las células grises? —dijo el inspector, asombrado.

—Las pequeñas células grises del cerebro —explicó el belga.

—¡Desde luego! Supongo que todos las usamos.

—Más o menos. Hay diferencias de calidad. Además, es preciso tener en cuenta la psicología de un crimen. Hay que estudiarla.

—¡Ah! Usted es partidario de esa teoría del psicoanálisis. Mire, yo soy un hombre sencillo.

—Estoy seguro de que Mr. Raglan no estaría de acuerdo —le interrumpió Poirot con una leve reverencia.

Raglan, un tanto sorprendido, le devolvió la cortesía.

—No me entiende —añadió con una sonrisa—. Son las confusiones derivadas de hablar idiomas distintos. Me refiero a cómo he empezado a trabajar. Ante todo, método. Mr. Ackroyd fue visto vivo a las diez menos cuarto por su sobrina, miss Flora Ackroyd. Éste es el hecho número uno, ¿verdad?

—Si usted lo dice...

—Pues bien, así es. A las diez y media el doctor, aquí presente, afirma que Mr. Ackroyd lleva muerto una media hora. ¿No es así, doctor?

—Así es, media hora o algo más.

—Muy bien. Eso nos da exactamente un cuarto de hora, durante el cual debe de haberse cometido el crimen. He hecho una lista de todos los habitantes de la casa, apuntando al lado de cada uno el lugar donde se encontraban y lo que hacían entre las diez menos cuarto y las diez de la noche.

Alargó una hoja de papel a Poirot. La leí por encima del hombro de éste. Decía, en una letra muy clara, lo siguiente:

Comandante Blunt:
En la sala del billar con Mr. Raymond. (Este último confirma el hecho.)

Mr. Raymond:
En la sala del billar. (Ver comandante Blunt.)

Mrs. Ackroyd:
A las 9.45 presenció la partida de billar. Se fue a la cama a las 9.55. (Raymond y Blunt la vieron subir la escalera.)

Flora Ackroyd:
Fue directamente del despacho de su tío a su cuarto del piso superior. (Confirmado por Parker y Elsie Dale, la camarera.)

Criados:

Parker:
Mayordomo. Fue directamente a la cocina. (Confirmado por miss Russell, el ama de llaves, que

bajó a hablarle a las 9.47 y se estuvo allí por lo menos diez minutos.)

Miss Russell:
(Ver Parker.) Habló con Elsie Dale, la camarera, arriba, a las 9.45.

Ursula Bourne:
Camarera. Estuvo en su cuarto hasta las 9.55. Luego en el comedor del servicio.

Mrs. Cooper:
Cocinera. Estaba en el comedor del servicio.

Gladys Jones:
Segunda camarera. Estaba en el comedor del servicio.

Elsie Dale:
Arriba, en su dormitorio. Vista por miss Russell y miss Flora Ackroyd.

Mary Thripp:
Ayudante de la cocinera. Estaba en el comedor del servicio.

—La cocinera lleva aquí siete años, la camarera dieciocho meses y Parker un año. Los demás son nuevos en la casa. Excepto Parker, que resulta algo sospechoso, todos parecen excelentes personas.

—Una lista muy completa —dijo Poirot, devolviéndola a su propietario—. Estoy seguro de que Parker no ha cometido el crimen —añadió gravemente.

—Lo mismo dice mi hermana —interrumpí—. Y acostumbra a tener razón.

Nadie de los allí presentes hizo el menor caso de mi observación.

—Ahora llegamos a un detalle muy grave —continuó el inspector—. La mujer que vive frente a la entrada, Mary Black, corría las cortinas anoche cuando vio a Ralph Paton entrar por la verja y acercarse a la casa.

—¿Está segura de eso? —pregunté ansioso.

—Completamente segura. Le conoce muy bien de vista. Andaba con paso rápido y tomó el sendero que lleva en pocos minutos a la terraza.

—¿Qué hora sería? —preguntó Poirot impávido.

—Exactamente las nueve y veinticinco —contestó el inspector—. La cosa está clara como el agua. A las nueve y veinticinco el capitán Paton pasó por delante de la entrada. A las nueve y media, más o menos, Mr. Geoffrey Raymond oye a alguien pedir dinero, petición que Mr. Ackroyd rehúsa. ¿Qué ocurre luego? El capitán Paton se marcha por el mismo sitio por el que ha entrado: por la ventana. Recorre la terraza, furioso y desilusionado. Llega delante de la ventana abierta del salón. Digamos que entonces eran las diez menos cuarto. Miss Flora Ackroyd está dando las buenas noches a su tío. El comandante Blunt, Mr. Raymond y Mrs. Ackroyd están en la sala del billar. El salón está vacío. Se introduce en la estancia, coge la daga de la vitrina y vuelve a la ventana del despacho. Se quita los zapatos, se desliza en el interior y... no entraré en más detalles. Vuelve a salir y huye. No tiene el valor de regresar a la posada. Se va a la estación y telefonea desde allí.

—¿Por qué? —dijo Poirot.

Me sobresalté al oír la interrupción. Estaba inclinado y en sus ojos brillaba una extraña luz verde.

Raglan se mostró desconcertado por la pregunta.

—Es difícil decir exactamente por qué lo hizo —manifestó—. Los asesinos suelen hacer cosas asombrosas. Lo sabría si estuviese en el cuerpo de policía. Los más hábiles cometen a veces errores estúpidos. Venga y le enseñaré las huellas.

Le seguimos por la terraza hasta la ventana del despacho. Allí, a una orden de Raglan, un agente le entregó los zapatos de Paton que habían recogido en la posada.

El inspector los colocó sobre las huellas.

—Como verá, huellas y zapatos coinciden. Es decir, no son los mismos zapatos que dejaron estas huellas, pues se fue con ellos. Éste es un par absolutamente igual, pero más viejo. Vea cómo la goma está gastada.

—Mucha gente lleva zapatos con tacones de goma —dijo Poirot.

—Es verdad. No daría mucha importancia a las huellas si no fuera por los demás indicios.

—El capitán Paton es un joven muy alocado —opinó Poirot pensativamente—. Ha dejado numerosas huellas de su presencia.

—Verá usted. Era una noche seca y hermosa. No dejó huellas en la terraza ni en el sendero de grava, pero por desgracia para él debió de haber un escape de agua al final del sendero. Mire aquí.

Un estrecho sendero de grava desembocaba en la terraza a pocos pasos. A unos cuantos metros de su extremo, el suelo estaba húmedo y fangoso. Más allá de aquel punto húmedo se veían de nuevo huellas de pisadas y entre ellas las de los zapatos de tacones de goma.

Poirot siguió un trecho del sendero acompañado por el inspector.

—¿Se ha fijado usted en las huellas de mujer? —dijo de pronto.

El inspector se echó a reír.

—Desde luego, pero distintas mujeres han pasado por aquí, al igual que hombres. Es un atajo muy usado. Identificar todas esas huellas sería una tarea imposible. Después de todo, las de la ventana son las únicas importantes.

Poirot asintió.

—Es inútil ir más lejos —añadió el inspector, cuando llegamos a corta distancia del camino de entrada—. Aquí todo está otra vez cubierto de grava y no veremos nada.

Poirot hizo una seña significativa, pero tenía la vista fija en un pequeño cobertizo, situado a la izquierda del sendero y al que llevaba un camino estrecho.

Poirot se entretuvo allí hasta que el inspector regresó a la casa. Entonces me miró.

—¡Usted debe de haber sido enviado por Dios para reemplazar a mi amigo Hastings! —exclamó jocosamente—. Observo que no se aleja de mi lado. ¿Qué le parece la idea de ir a inspeccionar ese cobertizo, doctor Sheppard? Me interesa.

Fue hasta la puerta y la abrió. El interior estaba muy oscuro. Sólo se veían un par de sillas rústicas, un juego de croquet y algunas tumbonas plegadas.

La conducta de mi nuevo amigo me asombró. Se había dejado caer de rodillas y se arrastraba por el suelo. De vez en cuando meneaba la cabeza, como si no estuviera satisfecho. Finalmente se sentó en cuclillas.

—Nada. Claro que no había que esperarlo, pero habría ayudado mucho.

Calló y se irguió de pronto. Alargó la mano hacia una de las sillas rústicas y cogió algo que colgaba de ésta.

—¿Qué es eso? —exclamé—. ¿Qué ha encontrado?

Sonrió, abriendo la mano para que viera lo que tenía en la palma. Era un pedacito de batista blanca y almidonada.

Lo cogí para examinarlo con curiosidad y se lo devolví a continuación.

—¿Qué le parece esto, amigo mío? —preguntó, mirándome fijamente.

—Un trozo de un pañuelo —sugerí, encogiéndome de hombros.

Dio un respingo y recogió una pluma del suelo. Me pareció una pluma de oca.

—¿Y esto? —gritó triunfalmente—. ¿Qué le parece esto?

Me limité a contemplarlo.

Se puso la pluma en el bolsillo y miró de nuevo el pedazo de tela blanca.

—Un trozo de pañuelo —dijo—. Tal vez tiene usted razón. Pero recuerde esto: en un buen lavado no debe almidonarse un pañuelo.

Asintió con aire de triunfo y guardó con cuidado el pedazo de tela en su cuaderno de notas.

Capítulo 9

El estanque
de los peces dorados

Regresamos a la casa juntos. No se veía al inspector por ninguna parte. Poirot se detuvo en la terraza y, de espaldas al edificio, volvió lentamente la cabeza a todos lados.

—*Une belle propriété!* —dijo con tono convencido—. ¿Quién la hereda?

Sus palabras fueron un golpe para mí. Cosa extraña. Hasta entonces la cuestión de la herencia no se me había ocurrido. Poirot me miraba con atención.

—Una idea nueva para usted, ¿verdad? ¿No había pensado en ello antes?

—No —confesé—. Y lo siento.

Volvió a mirarme con curiosidad.

—¿Qué quiere decir con eso? No, no —añadió al ver que iba a hablar—. *Inutile!* No me diría la verdad.

—Todo el mundo tiene algo que esconder —dije, sonriendo.

—Eso mismo.

—¿Sigue creyéndolo?

—Más que nunca, amigo mío. Pero no es nada fácil ocultarle cosas a Hércules Poirot. Tiene la especialidad de descubrirlas.

Bajó la escalinata del jardín.

—Paseemos un poco —dijo por encima del hombro—. El día es agradable.

Le seguí. Me llevó por un sendero situado a la izquierda y bordeado de tejos. Un camino, que llevaba al centro del jardín, se abrió delante de nosotros: estaba ribeteado de flores y terminaba en una plazoleta redonda empedrada, donde había un banco de piedra y un estanque con pececillos dorados. En vez de seguir andando, Poirot subió por un sendero que zigzagueaba por una pendiente poblada de árboles. En un punto habían cortado los árboles y colocado un banco. Se admiraba desde allí una vista espléndida de la campiña y se dominaba la plazoleta del estanque.

—Inglaterra es muy hermosa —afirmó Poirot, abarcando el paisaje con la vista. Sonrió y prosiguió—: También lo son las muchachas inglesas. —Bajó el tono—. Chitón, amigo mío, mire el bonito cuadro que se presenta a nuestros pies.

Entonces fue cuando vi a Flora. Llegaba por el sendero que acabábamos de dejar y tarareaba una canción. Bailaba más que andaba y, a pesar de su vestido negro, su actitud denotaba alegría. Hizo una pirueta sobre la punta de los pies y su vestido negro flotó en torno a ella. Al mismo tiempo echó atrás la cabeza y se puso a reír. En aquel momento, un hombre surgió de entre los árboles. Era Hector Blunt.

La muchacha se quedó mirándole y su expresión cambió ligeramente.

—Me ha asustado usted. No le había visto.

Blunt no dijo nada. Miró a la joven durante un par de minutos sin abrir la boca.

—Lo que me gusta en usted —dijo Flora con algo de malicia— es su alegre conversación.

Me pareció ver a Blunt ruborizarse muy ligeramente. Cuando habló, su voz sonó distinta, con acento de humildad.

—Nunca he sido un gran orador, ni cuando era joven.

—De eso hace muchos años, supongo —dijo Flora gravemente.

Me fijé en su risita ahogada, pero me dio la sensación de que Blunt no se daba cuenta.

—Sí. Muchos años.

—¿Qué efecto produce ser un Matusalén? —dijo Flora.

Esta vez la risa era más aparente, pero Blunt estaba ensimismado.

—¿Recuerda usted a aquel individuo que vendió su alma al diablo para recobrar la juventud? Hay una ópera sobre esta historia.

—¿Habla de *Fausto*?

—Eso mismo. Bonita historia. Algunos de nosotros lo haríamos si fuese posible.

—Cualquiera diría, al oírle, que usted se cae de viejo —exclamó Flora entre irritada y divertida.

Blunt hizo una pausa. Apartó luego la mirada de Flora y, mientras observaba un árbol situado a algunos pasos, dijo que ya era hora de regresar a África.

—¿Va usted a preparar una nueva expedición de caza?

—Sí, a eso me dedico.

—Usted mató al animal cuya cabeza adorna el vestíbulo, ¿verdad?

Blunt asintió con un gesto y dijo vacilando:

—¿Le gustaría recibir algunas pieles? En ese caso se las enviaría.

—¡Oh, sí, gracias! —exclamó Flora—. ¿Se acordará?

—No lo olvidaré —prometió Blunt, añadiendo en un arranque de confianza—: Es hora de que me vaya. Esta vida no está hecha para mí. No sé adaptarme a ella. Soy un hombre rudo que no ha sabido adaptarse a la sociedad en la que vive. No recuerdo nunca lo que conviene decir según las ocasiones. Sí, es hora de que me vaya.

—Pero usted no se irá enseguida —exclamó Flora—. Ahora que estamos tan trastornados. ¡Por favor, si usted se va...! —Se volvió un poco.

—¿Desea que me quede? —preguntó Blunt.

Hablaba deliberadamente, pero con gran sencillez.

—Todos nosotros lo deseamos.

—Hablo de usted en particular —dijo Blunt con gran franqueza.

Flora lo miró fijamente.

—Deseo que se quede. Si no le importa.

—No me importa.

Hubo un momento de silencio. Se sentaron en el banco de piedra, delante del estanque de los pececillos dorados. Era evidente que ninguno de los dos sabía qué decir.

—¡El día es precioso! —declaró Flora—. ¿Sabe? Me siento feliz a pesar de todo. Es horrible, ¿verdad?

—Es muy natural. Usted no había visto a su tío hasta hace un par de años. Es lógico que no sienta una gran pena. También es lógico ser sincero con uno mismo.

—Hay algo en usted que irradia consuelo —continuó Flora—. Explica las cosas de una forma tan sencilla...

—Es que, por regla general, todo es sencillo —replicó el cazador.

—No siempre.

La muchacha había bajado la voz, y vi cómo Blunt se volvía a mirarla. Era evidente que tradujo a su modo su cambio de tono, puesto que después de una breve pausa dijo de un modo bastante brusco:

—No se preocupe usted. Al muchacho no le pasará nada. El inspector es un asno. Todo el mundo lo sabe. Es absurdo pensar que pueda haberlo hecho. Eso es obra de un ladrón cualquiera. No hay otra explicación.

—¿Usted lo cree así? —Flora se volvió para mirarle.

—¿Y usted no?

—Yo sí, claro.

Hubo una nueva pausa. De pronto, Flora exclamó:

—Voy a confesarle por qué me siento tan feliz esta mañana. Aunque me tache de mujer sin corazón, prefiero decírselo. Es porque ha venido el notario, Mr. Hammond.

Nos ha hablado del testamento. El tío Roger me ha dejado veinte mil libras. Piénselo. Veinte mil hermosas libras.

Blunt pareció sorprendido.

—¿Tanto representan para usted?

—¡Que si representan! Pues lo son todo: libertad, vida, el fin de tantas maquinaciones, mentiras y miserias.

—¿Mentiras? —dijo Blunt con voz adusta.

Flora vaciló un momento.

—Ya sabe a qué me refiero —explicó finalmente—. Eso de fingir que se agradece la ropa usada que los parientes ricos le regalan a una, los trajes y los sombreros del año anterior.

—No entiendo de vestidos de mujeres, pero hubiera dicho que usted viste siempre muy elegante.

—Caro lo pago —dijo Flora en voz baja—. No hablemos de esas cosas que me asquean. Soy tan feliz y libre. Libre de hacer lo que quiera. Libre de no...

Se detuvo de pronto.

—¿Libre de qué? —se apresuró a preguntar Blunt.

—Lo he olvidado. Nada importante.

Blunt tenía un bastón en la mano y lo metió en el estanque, tratando de alcanzar algo.

—¿Qué está usted haciendo, comandante?

—Hay algo brillante más abajo. No sé qué será. Parece un broche de oro. He removido el barro y ha desaparecido.

—Tal vez sea una corona —sugirió Flora—, como la que Melisenda vio en el agua.

—¡Melisenda! —murmuró Blunt—. Es un personaje de ópera, ¿verdad?

—Sí. Usted parece saber mucho sobre ópera.

—Tengo amigos que me invitan a veces —explicó el cazador, con tono melancólico—. Extraño modo de divertirse. Arman más ruido que los indígenas con sus tamtanes.

Flora se echó a reír.

—Recuerdo a Melisenda —continuó Blunt—. Se casa con un viejo que podría ser su padre.

Echó un guijarro al agua y, cambiando de actitud, se volvió hacia Flora.

—¿No puedo hacer nada, miss Ackroyd? Me refiero a Paton. Comprendo la ansiedad que usted sufre.

—Gracias —contestó Flora fríamente—. No se puede hacer nada. A Ralph no va a sucederle ningún contratiempo. He encontrado al mejor detective del mundo y se encargará de descubrir la verdad.

Hacía un momento que nuestra posición me incomodaba. No estábamos precisamente escuchando a escondidas la conversación de Flora y de su compañero, pues sólo tenían que levantar la cabeza para vernos. Sin embargo, cuando intenté avisarles de nuestra presencia, mi compañero me contuvo cogiéndome del brazo, y entonces entendí su deseo de que pasáramos inadvertidos. Pero, al oír las últimas palabras de Flora, Poirot decidió actuar. Se irguió rápidamente y se aclaró la voz.

—Les pido perdón —gritó—. No puedo permitir que mademoiselle me cumplimente de esta manera, llamando la atención sobre mi persona. Dicen que los que escuchan a los demás no oyen nada bueno de ellos. Pero esta vez no ha sido así. Para no ruborizarme, me reúno con ustedes y me excuso.

Bajó rápidamente el sendero y yo le seguí. Nos reunimos con ellos al lado del estanque.

—¡Monsieur Poirot! —dijo Flora—. Supongo que ha oído hablar de él.

Poirot se inclinó.

—Conozco al comandante por su reputación —dijo cortésmente— y me alegro de conocerle, monsieur. Necesito una información que usted puede proporcionarme.

Blunt le miró unos instantes, esperando que continuara.

—¿Cuándo vio usted vivo a Mr. Ackroyd por última vez?

—Cuando cenábamos.

—¿No le vio ni le oyó después?

—No le vi, pero oí su voz.

—¿Cómo es eso?

—Yo paseaba por la terraza.

—Perdone, ¿a qué hora?

—A eso de las nueve y media. Daba un paseo mientras fumaba y pasé frente a la ventana del salón. Oí a Ackroyd hablando en su despacho.

Poirot se inclinó y arrancó un microscópico hierbajo.

—¿Cómo pudo oír las voces del despacho desde aquel punto de la terraza?

Poirot no miraba a Blunt, pero yo tenía la vista fija en él y, con gran sorpresa por mi parte, éste se ruborizó.

—Fui hasta la esquina —explicó a regañadientes.

—¿De veras?

De la manera más suave posible, Poirot insistió en recabar más información.

—Creí ver a una mujer que desaparecía entre los matorrales. Me llamó la atención una cosa blanca. Quizá me equivoqué. Mientras estaba en la esquina de la terraza, oí la voz de Ackroyd hablándole a su secretario.

—¿Hablaba con Raymond?

—Sí, eso es lo que supuse entonces, pero resulta que no era cierto.

—¿Mr. Ackroyd no le llamó por su nombre?

—No.

—Entonces, ¿qué le hizo pensar que se trataba de ese joven?

—Di por descontado que se trataba de Raymond —se explicó Blunt a duras penas—, porque antes de salir había dicho que iba a llevar unos papeles a Ackroyd. Nunca se me había ocurrido que pudiese tratarse de otra persona.

—¿Recuerda usted las palabras?

—Siento decirle que no. Era algo intrascendente, y sólo oí dos o tres palabras. Estaba pensando en otra cosa.

—No tiene importancia. ¿Volvió usted a colocar un sillón contra la pared cuando entró en el despacho, después de que fuera descubierto el cuerpo?

—¿Un sillón? No, señor, en absoluto. ¿Por qué había de hacerlo?

Poirot se encogió de hombros sin contestar y se volvió hacia Flora.

—Hay algo que me gustaría saber de usted, mademoiselle. Cuando estaba mirando el contenido de la vitrina con el doctor Sheppard, ¿la daga estaba o no en su sitio?

Flora irguió la cabeza.

—El inspector Raglan me lo ha preguntado ya —dijo con resentimiento—. Se lo he dicho y se lo repito a usted. Estoy completamente segura de que la daga no estaba allí. Él cree que sí y que Ralph la cogió más tarde. No me cree. Está convencido de que lo digo con el fin de salvar a Ralph.

—¿Acaso no es cierto? —pregunté gravemente.

Flora dio una ligera patada en el suelo.

—¿Usted también, doctor Sheppard? ¡Esto es el colmo!

Con gran tacto, Poirot cambió de tema.

—¡Tiene usted razón, comandante! Algo brilla en este estanque. Vamos a ver si lo pesco.

Se arrodilló delante del agua, se arremangó hasta el codo y hundió la mano lentamente con el fin de no enturbiar el agua. Pero, a pesar de sus precauciones, el fango se arremolinó y se vio obligado a retirar el brazo sin haber cogido nada.

Miró con tristeza el lodo que le cubría la piel. Le ofrecí un pañuelo, que aceptó con fervientes manifestaciones de agradecimiento. Blunt consultó su reloj.

—Casi es hora de almorzar —dijo—. Lo mejor será regresar a casa.

—¿Almorzará con nosotros, monsieur Poirot? —preguntó Flora—. Me gustaría que conociese a mi madre. Ella quiere mucho a Ralph.

—¡Encantado, mademoiselle!

—¿Usted también se queda, doctor Sheppard?

Vacilé.

—Se lo ruego.

Deseaba quedarme, de modo que acepté la invitación sin poner más reparos.

Nos encaminamos a la casa. Flora y Blunt abrían la marcha.

—¡Qué cabellera! —exclamó Poirot en voz baja, señalando a Flora—. ¡Oro de ley! Formarán una hermosa pareja con el moreno y guapo capitán Paton, ¿verdad?

Le miré con una pregunta muda en los ojos, pero empezó a sacudir un brazo para secar unas cuantas gotas de agua microscópicas que tenía en una manga de la chaqueta. Aquel hombre me sugería a menudo la idea de un gato, con sus ojos verdes y sus gestos imprevistos.

—Todo eso por nada —dije comprensivamente—. Me pregunto qué es lo que habría en el estanque.

—¿Le gustaría verlo?

Le miré con extrañeza e incliné la cabeza.

—Mi buen amigo —manifestó con un tono de reproche—. Hércules Poirot no corre el riesgo de estropear su atuendo sin estar seguro de alcanzar lo que se propone. Lo contrario sería ridículo y absurdo. Y nunca soy lo primero.

—Pero usted ha sacado la mano vacía —objeté.

—Hay ocasiones en que es necesario obrar con discreción. ¿Nunca oculta nada a sus enfermos, doctor? Lo dudo, como tampoco oculta nada a su excelente hermana, ¿verdad? Antes de enseñar mi mano vacía, he dejado caer su contenido en la otra. Verá usted lo que es.

Abrió la mano izquierda. En la palma había una sortija de oro, una alianza de mujer.

La cogí.

—Mire usted dentro —ordenó Poirot.

Así lo hice y leí una inscripción en caracteres sumamente pequeños:

Recuerdo de R. 13 de marzo

Miré a Poirot, pero estaba atareado estudiando su rostro en un espejo de bolsillo. Toda su atención estaba concentrada en su bigote y no en mí. Comprendí que no tenía
intención de mostrarse comunicativo.

Capítulo 10

La camarera

Encontramos a Mrs. Ackroyd en el vestíbulo. La acompañaba un hombre seco, de expresión agresiva y penetrantes ojos grises. Tenía el aspecto de ser un hombre de leyes.

—Mr. Hammond almuerza con nosotros —dijo Mrs. Ackroyd—. ¿Conoce al comandante Blunt, Mr. Hammond? ¿Y al querido doctor Sheppard? Otro amigo íntimo del pobre Roger. Además...

Se detuvo para mirar a Hércules Poirot con perplejidad.

—Es monsieur Poirot, mamá —intervino Flora—. Te hablé de él esta mañana.

—Sí, sí —asintió la mujer vagamente—. Por supuesto, querida, por supuesto. Encontrará a Ralph, ¿verdad?

—Descubrirá quién ha matado a mi tío —exclamó Flora.

—¡Oh, querida! ¡Por favor! Ten compasión de mis nervios. Estoy deshecha al pensar que ha tenido que ser un accidente. Roger era tan aficionado a las antigüedades... Su mano debió de resbalar...

Esta teoría fue recibida en medio de un cortés silencio.

Vi que Poirot se acercaba al abogado y le hablaba a media voz, en tono confidencial. Se retiraron al hueco de la ventana. Me reuní con ellos.

—¿Tal vez molesto? —pregunté.

—De ningún modo —exclamó Poirot amablemente—. Usted y yo, monsieur *le docteur*, investigamos este asunto codo con codo. Sin usted estaría perdido. Deseo que el bueno de Mr. Hammond me facilite una pequeña información.

—Entiendo que usted actúa en nombre del capitán Ralph Paton —dijo el abogado con cautela.

—Nada de eso. Obro en interés de la justicia. Miss Ackroyd me ha pedido que investigue la muerte de su tío.

Hammond pareció sorprendido.

—No puedo creer que el capitán Paton tenga algo que ver en este crimen. Sin embargo, las apariencias lo acusan. ¡El mero hecho de sus problemas financieros...!

—¿Andaba apurado? —repitió Poirot con viveza.

El abogado se encogió de hombros.

—Es un estado crónico en Ralph —dijo de forma adusta—. El dinero se le escurría entre las manos como el agua. Siempre tenía que recurrir a su padrastro.

—¿Lo había hecho así en estos últimos tiempos? ¿Durante el último año, por ejemplo?

—No puedo decirlo. Mr. Ackroyd no me dijo nada de ese tema.

—Comprendo, Mr. Hammond. Creo que usted está al corriente de las disposiciones testamentarias de Mr. Ackroyd.

—Desde luego. Ése es el motivo de mi presencia aquí hoy.

—Así pues, en vista de que actúo en nombre de miss Ackroyd, no le importará darme a conocer los términos del testamento.

—Son muy sencillos. Descartando la fraseología legal y después de hacer constar algunos legados y dádivas...

—¿Que son...? —lo interrumpió Poirot.

Hammond pareció sorprendido.

—Mil libras a su ama de llaves, miss Russell; cincuenta

libras a la cocinera, Emma Cooper; quinientas libras a su secretario, Mr. Geoffrey Raymond; luego, a varios hospitales...

Poirot levantó la mano.

—La parte benéfica no me interesa.

—Pues bien, la renta de diez mil libras en valores debe ser pagada a Mrs. Cecil Ackroyd mientras viva. Miss Flora Ackroyd hereda inmediatamente la cantidad de veinte mil libras. El resto, incluyendo esta propiedad y las acciones de la firma Ackroyd & Son, es para su hijo adoptivo, Ralph Paton.

—¿Mr. Ackroyd poseía una gran fortuna?

—Una fortuna cuantiosa. El capitán será un joven muy rico.

Hubo un silencio. Poirot y el abogado se miraban.

—Mr. Hammond —llamó la voz quejumbrosa de Mrs. Ackroyd, desde el otro extremo de la estancia.

El abogado se le acercó. Poirot me cogió del brazo y me llevó a la ventana.

—¡Mire usted los lirios! —observó en voz alta—. Son magníficos, ¿verdad? Tan altos y erguidos. ¡Qué imagen tan hermosa!

Al mismo tiempo, noté la presión de su mano en mi brazo y añadió en voz baja:

—¿Desea usted ayudarme de veras y tomar parte en esta investigación?

—Sí —contesté con entusiasmo—. Me gustaría muchísimo. No puede figurarse lo aburrida que es la vida que llevo. Nunca ocurre nada que rompa la monotonía.

—Bien. Entonces seremos colegas. Dentro de unos momentos creo que el comandante Blunt se nos unirá. No se encuentra a sus anchas con la buena mamá. Hay algunas cosas que deseo saber, pero no quiero que el comandante piense que me interesa conocerlas. ¿Comprende? A usted le tocará hacer las preguntas.

—¿Qué quiere que pregunte?

—Deseo que pronuncie usted el nombre de Mrs. Ferrars.

—¡Ya!

—Hable de ella de un modo natural. Pregúntele si se encontraba aquí cuando su esposo murió. ¿Comprende usted lo que quiero decir? Mientras contesta, estudie su rostro con disimulo. *C'est compris?*

No hubo tiempo para más, pues, en aquel instante, tal como había pronosticado Poirot, Blunt dejó a los demás del modo brusco que le era peculiar y se acercó a nosotros.

Propuse dar un paseo por la terraza y aceptó. Poirot se quedó atrás.

Me incliné con el fin de examinar de cerca una rosa tardía.

—¡Cómo cambian las cosas en el transcurso de unos días! —observé—. Estuve aquí el miércoles y recuerdo haberme paseado por esta misma terraza con un Ackroyd lleno de vida. Han pasado tres días. Ackroyd ha muerto, ¡pobre! Mrs. Ferrars, también. La conoció usted, ¿verdad?

Blunt asintió.

—¿La vio usted desde que llegó aquí?

—Fui a saludarla con Ackroyd. Me parece que el martes pasado. Era una mujer encantadora, pero había algo extraño en ella. No descubría nunca su juego.

Observé con atención sus ojos grises. No percibí en ellos ningún cambio.

—Supongo que la había visto antes.

—La última vez que estuve aquí. Ella y su esposo acababan de instalarse. —Se detuvo un instante y añadió—: Es extraño, pero desde entonces Mrs. Ferrars cambió mucho.

—¿En qué sentido?

—Aparentaba diez años más.

—¿Estaba usted aquí cuando su esposo murió? —pregunté, procurando hablar del modo más natural del mundo.

—No, y, por lo que he oído decir, el mundo no perdió gran cosa con su muerte. Esta opinión carece tal vez de espíritu caritativo, pero es la expresión de la verdad.

Le di la razón.

—Ashley Ferrars —comenté con cautela— no era lo que se llama un esposo modélico.

—Un canalla, eso es lo que era.

—No. Sólo un hombre que tenía demasiado dinero.

—¡Ah! ¡El dinero! Todas las desgracias del mundo son atribuibles a él o a su carencia.

—¿Cuál de estos dos casos, comandante Blunt, coincide con el suyo?

—Me basta con lo que tengo para satisfacer mis deseos. Soy uno de esos afortunados mortales.

—¡Claro que sí!

—Lo cierto es que de momento no me sobra el dinero. Heredé el año pasado y, como un imbécil, me dejé persuadir para invertirlo en una empresa dudosa.

Le expresé mi simpatía y le expliqué mi caso, bastante similar. Sonó el gong y nos dirigimos al comedor.

Poirot me llevó aparte.

—*Eh bien!* ¿Qué le parece?

—Es inocente. Estoy plenamente convencido.

—¿Nada inquietante?

—Heredó el año pasado. Pero ¿por qué no? Juraría que el hombre es honrado.

—¡Sin duda, sin duda! —dijo Poirot, sosegándome—. No se alarme usted.

Me hablaba como a un niño rebelde.

Después del almuerzo, Mrs. Ackroyd me hizo sentar en el sofá, a su lado.

—No puedo evitar sentirme algo ofendida —murmuró, sacando a relucir un pañuelito de esos que a todas luces no sirven para enjugar las lágrimas—. Quiero decir, ofendida por la falta de confianza de Roger en mí. Esas veinte mil libras debió dejármelas a mí y no a Flora. Hay que confiar en que una madre defenderá los intereses de un hijo. Y hacer lo que él ha hecho supone, a mi modo de ver, falta de confianza.

—Olvida usted, Mrs. Ackroyd, que Flora era sobrina de Roger, hija de un hermano. Hubiera sido distinto si usted, en vez de cuñada, hubiese sido su hermana.

—Creo que, considerando que soy la viuda del pobre Cecil, debió obrar de otro modo —dijo la dama, tocándose ligeramente las pestañas con el pañuelito—. Pero Roger era siempre muy peculiar, por no decir mezquino, cuando se trataba de dinero. La posición de Flora y la mía propia han sido muy difíciles. No le daba a la pobre niña ni un céntimo para sus gastos. Pagaba las facturas, ya lo sabe usted, pero incluso eso lo hacía a regañadientes y preguntando por qué necesitaba tantos trapos. Claro, un hombre ignora... Ahora he olvidado lo que iba a decir. ¡Ah, sí! No teníamos ni un céntimo nuestro, ¿comprende? Flora se resentía. Quería a su tío, desde luego, pero cualquier muchacha se hubiera resentido de su modo de ser. Debo decir que Roger tenía ideas extrañas cuando se trataba del dinero. No quería siquiera comprar toallas nuevas, aunque le dije que las viejas estaban agujereadas. Luego —prosiguió Mrs. Ackroyd, cambiando el orden de las ideas del modo que era característico en ella—, mire que dejar tanto dinero mil libras. Figúrese, mil libras a esa mujer.

—¿Qué mujer?

—La Russell. Tiene algo extraño, siempre lo he dicho, pero Roger no quería oír nada en contra de ella. Decía que era una mujer de gran fuerza de carácter y que la admiraba y respetaba. Siempre hablaba de su rectitud, de su independencia y de su valor moral. Creo que esconde algo. Hizo cuanto pudo para casarse con Roger, pero yo obstaculicé sus intentos. Siempre me ha odiado. Es natural, puesto que descubrí sus intenciones.

Empecé a preguntarme cómo podría detener la ola de elocuencia de Mrs. Ackroyd y escaparme.

Hammond me facilitó la ocasión cuando se acercó para despedirse. Aproveché la oportunidad y me levanté.

—¿Dónde preferiría usted que se celebrase la investigación judicial? —dije—. ¿Aquí o en el Three Boars?

Mrs. Ackroyd me miró boquiabierta.

—¿La investigación? —preguntó consternada—. ¿Habrá una investigación judicial?

Hammond tosió ligeramente y murmuró: «Es inevitable, en estas circunstancias», en dos breves ladridos.

—Pero ¿el doctor Sheppard no podría lograr que...?

—Mi poder de persuasión tiene sus límites —contesté con brusquedad.

—Pero si su muerte fue un accidente...

—Él fue asesinado, Mrs. Ackroyd —dije brutalmente.

Lanzó un leve gemido.

—La teoría de un accidente no se sostendría ni un minuto.

Mrs. Ackroyd me miraba anonadada. No tuve compasión por lo que pensé que sería su tonto temor a las cosas desagradables.

—Si me interrogan, ¿tendré que contestar a todas las preguntas que me hagan?

—No se lo aseguro, pero creo que Mr. Raymond la librará de ello. Conoce todas las circunstancias y puede identificar a la víctima.

El abogado asintió con un gesto.

—No tema usted, Mrs. Ackroyd. Procurarán ahorrarle todos los interrogatorios desagradables. Ahora, en cuanto a dinero, ¿tiene lo que necesita de momento? Quiero decir —añadió al ver que ella lo miraba sin comprenderlo—, si tiene usted dinero en efectivo en casa. De lo contrario, le mandaría lo que necesitara.

—No creo que le falte —dijo Raymond que estaba de

pie a su lado—. Mr. Ackroyd cobró un cheque de cien libras ayer mismo.

—¿De cien libras?

—Sí, para salarios y otros gastos que vencían hoy. Sigue intacto.

—¿Dónde está el dinero? ¿En su escritorio?

—No. Acostumbraba a guardarlo en su dormitorio, en una vieja caja de cartón. Extraña idea, ¿verdad?

—Creo —dijo el abogado— que haríamos bien en asegurarnos, antes de marcharnos, de que el dinero está ahí.

—De acuerdo —asintió el secretario—. Lo llevaré arriba ahora mismo. ¡Ah! Me olvidaba..., la puerta sigue cerrada.

Por Parker nos enteramos de que Raglan se encontraba en el cuarto del ama de llaves, haciéndole unas cuantas preguntas suplementarias. Unos minutos después, el inspector se unió a nosotros en el vestíbulo y trajo la llave. Abrió la puerta y subimos la corta escalera. En lo alto, encontramos la puerta del dormitorio abierta. La estancia permanecía a oscuras, las cortinas corridas y la cama tal como estaba la víspera. El inspector apartó las cortinas, dejando penetrar los rayos del sol. Raymond se acercó a una mesa de palo santo y abrió el cajón superior.

—¿Guardaba su dinero en un cajón abierto? —exclamó el inspector—. ¡Figúrense!

El secretario se ruborizó levemente.

—Mr. Ackroyd confiaba en la honradez de todos sus criados.

—Desde luego —se apresuró a contestar el inspector.

Raymond cogió una caja del cajón, la abrió y sacó un grueso fajo de billetes.

—¡Aquí tiene el dinero! —dijo—. Encontrará intacto el centenar de libras. Lo sé porque Mr. Ackroyd lo puso en la caja en mi presencia, anoche, cuando se vestía para la cena y, desde luego, no se ha tocado desde entonces.

Hammond se apoderó del fajo y contó los billetes. Levantó la vista casi inmediatamente.

—Ha dicho usted un centenar de libras, pero aquí sólo hay sesenta.

—¡Imposible! —exclamó Raymond, dando un respingo.

Tomó los billetes y los contó a su vez.

Hammond tenía razón. Sólo había sesenta libras.

—¡No lo entiendo! —exclamó el secretario en el colmo del asombro.

—¿Vio usted cómo Mr. Ackroyd guardaba este dinero anoche mientras se vestía para la cena? —preguntó Poirot—. ¿Está seguro de que no había pagado nada hasta entonces?

—Segurísimo. Me dijo textualmente: «No quiero bajar al comedor con cien libras en el bolsillo. Hacen demasiado bulto».

—Entonces el asunto está claro —dijo Poirot—. Pagó esas cuarenta libras algo más tarde o fueron robadas.

—Exacto —asintió el inspector. Se volvió hacia Mrs. Ackroyd—. ¿Cuál de las criadas estuvo ayer en esta habitación?

—Supongo que la camarera entraría a última hora para preparar la cama.

—¿Quién es? ¿Qué sabe usted de ella?

—No hace mucho que está en la casa —contestó Mrs. Ackroyd—. Es una muchacha del campo, sencilla y buena chica.

—Deberíamos aclarar este asunto —afirmó el inspector—. Si Mr. Ackroyd pagó esta suma en persona, tal vez esté relacionado con el crimen. ¿Cree usted que los demás criados son todos de confianza?

—Diría que sí.

—¿Nunca faltó nada antes de hoy?

—No.

—¿Nadie del servicio se ha despedido?

—La otra camarera se marcha.

—¿Cuándo?

—Me parece que dio aviso ayer.

—¿Se lo dijo a usted?

—Oh, no. Yo no me ocupo del servicio. Miss Russell es quien se cuida de esas cosas.

El inspector reflexionó un momento. Inclinó la cabeza y observó:

—Voy a decirle unas palabras a Miss Russell y, de paso, veré a esa muchacha, Dale.

Poirot y yo lo acompañamos al cuarto del ama de llaves. Miss Russell nos recibió con su sangre fría habitual.

Hacía cinco meses que Elsie Dale trabajaba en Fernly Park. Era una buena chica, trabajadora y que se hacía respetar. Tenía buenas referencias. Era la persona menos indicada para coger algo que no le perteneciera.

—¿Y la otra camarera?

—Ella también es una chica excelente, muy pacífica y trabajadora.

—¿Por qué se va, entonces? —preguntó el inspector.

Miss Russell apretó los labios.

—No tengo nada que ver con su marcha. Me parece que Mr. Ackroyd la regañó ayer por la tarde. Su obligación era limpiar el despacho y creo que tocó unos papeles de la mesa. El señor se enfadó, y la muchacha dijo que se iría. ¿Quieren hablar con ella?

El inspector aceptó. Yo me había fijado en la muchacha cuando servía el almuerzo. Era alta, con una mata de pelo castaño recogida en la nuca, y tenía unos grandes ojos grises de mirada firme. Se presentó al llamarla el ama de llaves y permaneció muy erguida delante de nosotros, mirándonos con sus ojazos.

—¿Usted se llama Ursula Bourne? —le preguntó el inspector.

—Sí, señor.

—¿Se va usted de la casa?

—Sí, señor.

—¿Por qué?

—Cambié de sitio unos papeles de la mesa de Mr. Ackroyd. Se enfadó y le dije que lo mejor sería que me fuera. Él me contestó que sí y que lo hiciera cuanto antes.

—¿Se encontraba usted en el dormitorio de Mr. Ackroyd anoche para preparar la cama?

—No, señor. Eso es trabajo de Elsie. Yo nunca entro en esas habitaciones.

—Debo decirle, hija mía, que una importante cantidad de dinero ha desaparecido del cuarto de Mr. Ackroyd.

Por fin la vi cambiar de expresión y un intenso rubor le cubrió el rostro.

—No sé nada de ese dinero. Si usted cree que yo lo cogí y que el señor me despidió por eso, se equivoca.

—No la acuso de haberlo robado. No se enfade.

La muchacha lo miró fríamente.

—Si lo desea, puede registrar mi habitación —señaló desdeñosamente—. Pero no encontrará nada.

Poirot intervino de pronto.

—Fue ayer por la tarde cuando Mr. Ackroyd la despidió o usted se despidió, ¿verdad?

La muchacha asintió.

—¿Cuánto tiempo duró la entrevista?

—¿La entrevista?

—Sí, la entrevista entre usted y Mr. Ackroyd en el despacho.

—No lo sé.

—¿Veinte minutos? ¿Media hora?

—Algo así.

—¿No duró más?

—Más de media hora, no.

—Gracias, mademoiselle.

Miré a Poirot con curiosidad. Estaba ordenando los objetos que cubrían la mesa y los ojos le brillaban de un modo peculiar.

—Gracias, basta con eso —dijo el inspector.

Ursula se marchó, y Raglan se volvió hacia miss Russell.

—¿Cuánto tiempo hace que está aquí? ¿Tiene usted una copia de las referencias que le dieron de ella?

Sin contestar a la primera pregunta, miss Russell se acercó a un archivador, abrió uno de los cajones y sacó un puñado de cartas sujetas por una pinza. Escogió una de ellas y se la ofreció al inspector.

—No está mal. Mrs. Richard Folliott, Marby Grange, Marby. ¿Quién es esa mujer?

—Pertenece a una buena familia del condado.

—Bien. —El inspector le devolvió el sobre—. Vamos a interrogar a la otra camarera, Elsie Dale.

Era una muchacha alta y gruesa, rubia, de rostro agradable, pero de expresión algo estúpida. Contestó de buena gana a nuestras preguntas y se mostró muy disgustada al enterarse de la desaparición del dinero.

—No creo que esconda nada —observó el inspector después de despedirla—. ¿Y Parker?

Miss Russell apretó nuevamente los labios y no contestó.

—Tengo el presentimiento de que este hombre nos reserva una sorpresa —continuó el inspector—. Lo cierto es que no veo cuándo tuvo la oportunidad de hacerlo. Sus ocupaciones lo mantienen atareado después de la cena y cuenta con una buena coartada para la velada. Lo sé porque le he dedicado una especial atención. Gracias, miss Russell. De momento dejaremos las cosas como están. Es muy probable que Mr. Ackroyd dispusiera del dinero en persona.

El ama de llaves nos dio las buenas tardes y nos alejamos.

Salí de la casa junto a Poirot.

—Me pregunto —dije, rompiendo el silencio— qué papeles serían los que esa muchacha tocó para que Ackroyd se enfureciera de ese modo. Quizá ahí esté la clave del misterio.

—El secretario dijo que no había papeles de importancia en la mesa —recordó Poirot.

—Sí, pero... —Me detuve.

—¿Le parece extraño que Ackroyd se enfadara tanto por una nimiedad?

—Sí, lo confieso.

—Pero ¿es realmente una nimiedad?

—Desde luego —admití—. No sabemos qué había en esos papeles. Pero Raymond dijo...

—Deje a Mr. Raymond fuera de la cuestión un minuto. ¿Qué le ha parecido la muchacha?

—¿Qué muchacha? ¿La camarera?

—Sí, Ursula Bourne.

—Me ha parecido una buena chica.

Poirot repitió a continuación mis palabras, pero puso el énfasis en la segunda de ellas.

—Le *ha parecido* una buena chica.

Sacó algo del bolsillo y me lo alargó.

—Mire, amigo mío. Voy a enseñarle algo.

El papel era la lista que el inspector le había dado a Poirot horas antes. Seguí la línea que marcaba el dedo del belga y vi una pequeña cruz hecha con lápiz ante el nombre de Ursula.

—Tal vez no se ha fijado usted, mi buen amigo, pero en esta lista hay una persona cuya coartada no tiene confirmación: Ursula Bourne.

—¿No creerá usted...?

—Doctor Sheppard, no me atrevo a creer nada. Ursula Bourne quizá mató a Ackroyd, pero confieso que no veo el motivo para ello. ¿Y usted?

Me miraba fijamente, tanto que me sentí algo molesto.

—¿Y usted? —insistió.

—Ni el menor motivo —respondí con firmeza.

Poirot desvió la mirada, frunció el entrecejo y murmuró:

—Puesto que el chantajista era un hombre, no puede ser ella.

Tosí ligeramente.

—En cuanto a eso... —empecé, vacilando.

Poirot se volvió hacia mí.

—¿Qué iba a decir?

—Nada, nada. Sólo que, en su carta, Mrs. Ferrars mencionaba a una persona sin especificar su nombre, pero Ackroyd y yo dimos por descontado que se trataba de un hombre.

Poirot no parecía escucharme. Y murmuraba entre dientes.

—Es posible, después de todo... Sí, es posible, pero entonces debo ordenar mis ideas de nuevo. ¡Método, orden! Nunca lo he necesitado tanto. Todo tiene que encajar en su sitio o, de lo contrario, sigo una pista falsa. ¿Dónde se encuentra Marby?

—Al otro lado de Cranchester.

—¿A qué distancia?

—A unos veintidós kilómetros.

—¿Podría usted ir allí? ¿Mañana, por ejemplo?

—¿Mañana? Veamos. ¿Mañana es domingo? Sí, puedo arreglarlo. ¿Qué quiere que haga allí?

—Que vea a Mrs. Folliott y se entere de cuanto pueda respecto a Ursula Bourne.

—Muy bien, pero el encargo no es de los que me entusiasman demasiado, créame.

—No es hora de quejarse. La vida de un hombre depende tal vez de esto.

—¡Pobre Ralph! —dije suspirando—. ¿Usted cree en su inocencia?

Poirot me miró y su aspecto era muy grave.

—¿Quiere saber la verdad?

—Desde luego.

—Pues ahí va. Amigo mío, todo tiende a demostrar su culpabilidad.

—¿Qué?

—Sí, ese estúpido inspector, pues es un estúpido, no le quepa la menor duda, está convencido de que él es el culpable. Yo busco la verdad, y la verdad me lleva cada vez hacia Ralph Paton. Motivo, oportunidad, medios. Sin embargo, no dejaré ni un cabo suelto. He prometido a miss Flora hacer todo lo posible, y la pequeña estaba muy segura de su inocencia, muy segura.

Capítulo 11

Poirot me encarga
una visita

Al día siguiente por la tarde, al llamar a la puerta de Marby Grange, estaba un poco nervioso. Me preguntaba qué esperaba Poirot que encontrara. ¿Acaso deseaba permanecer en la sombra, como cuando interrogué al comandante Blunt? La aparición de una elegante camarera interrumpió mis meditaciones.

Mrs. Folliott estaba en casa. Me hicieron pasar a un gran salón, que contemplé con curiosidad mientras esperaba a la dueña de la mansión. Había allí algunos hermosos jarrones de porcelana, grabados y muchos almohadones y cortinajes. Era, a todas luces, un salón femenino. Al entrar Mrs. Folliott, una mujer alta, de cabellos castaños algo despeinados y una sonrisa encantadora, dejé la contemplación de un Bartolozzi que colgaba de una de las paredes.

—¿El doctor Sheppard?

—Sí, así me llamo. Debo pedirle mil perdones por molestarla, pero deseo informes de una camarera que usted empleó hace algún tiempo llamada Ursula Bourne.

Al oír el nombre, la sonrisa desapareció de su rostro y su cordialidad dejó sitio a una marcada frialdad.

—¿Ursula Bourne?

—Sí. ¿Tal vez no recuerda usted el nombre?

—Sí, lo recuerdo muy bien.

—Dejó de trabajar aquí hace un año, según creo.

—Sí, sí, así es.

—¿Cumplió bien su cometido mientras trabajó en su casa?

—Sí.

—¿Cuánto tiempo estuvo a su servicio?

—Un año o dos. No lo recuerdo con exactitud. Es muy capaz. Estoy segura de que quedará satisfecho de su trabajo. No sabía que se iba de Fernly Park.

—¿Puede usted decirme algo más de ella?

—¿De ella?

—Sí. ¿De dónde viene, quién es su familia?

La expresión de Mrs. Folliott se volvió todavía más seria.

—No lo sé.

—¿Dónde sirvió antes de entrar en su casa?

—Lo siento, pero no lo recuerdo.

Un ligero enfado se unía ahora a su frialdad. Irguió la cabeza con un gesto que me era vagamente familiar.

—¿Son realmente necesarias todas estas preguntas?

—No, en absoluto —dije, fingiendo sorpresa y como excusándome—. No pensaba que le molestaría contestarlas. Lo siento mucho.

Su enfado se desvaneció y quedó confusa.

—No me molesta responder a sus preguntas, le aseguro que no. Pero me extrañan, nada más.

Una de las ventajas de ser médico es que casi siempre se adivina si la gente miente. La actitud de Mrs. Folliott me daba a entender que le molestaban muchísimo mis preguntas. Estaba inquieta, contrariada. Era evidente que escondía algún secreto. La juzgué como a una mujer que no estaba acostumbrada a esconder sus emociones, ni a mentir, por lo que se sentía violenta al tener que hacerlo. Hasta un niño se hubiera dado cuenta de ello.

Pero también estaba claro que no tenía la intención de decirme nada más. No me enteraría a través de Mrs. Folliott de ningún misterio relacionado con Ursula Bourne.

Vencido, me excusé una vez más y salí de la casa.

Fui a ver a dos enfermos y llegué a casa a eso de las seis. Caroline me esperaba con el té preparado y su rostro revelaba esa excitación peculiar que conocía tan bien. Estaba buscando información o bien tenía noticias interesantes que comunicar. Me pregunté cuál de las dos cosas sería.

—He tenido una tarde interesantísima —empezó, cuando me dejaba caer en mi sillón y alargaba los pies hacia el fuego, que ardía alegremente.

—¿De veras? ¿Ha venido, quizá, miss Gannett? —Esa digna mujer es una de nuestras principales cotillas.

—Piensa, piensa bien, a ver si lo adivinas —dijo Caroline muy complacida.

Fui dando nombres hasta acabar con todos los informadores de mi hermana. Ésta continuaba negando con la cabeza de un modo triunfante. Al final me lo dijo.

—¡Monsieur Poirot! ¿Qué te parece?

Me parecía un sinfín de cosas, pero tuve el cuidado de no decírselas a Caroline.

—¿Por qué ha venido?

—Para verme, naturalmente. Me ha dicho que, conociendo a mi hermano como lo conoce, esperaba tener el placer de conocer a su encantadora hermana, quiero decir tu encantadora hermana.

—¿De qué ha hablado?

—Mucho de él y de los casos que le han sido confiados. Conoce al príncipe Paul de Mauritania, el que acaba de casarse con una bailarina.

—¿Sí?

—Hace unos días leí un párrafo muy interesante sobre ella en *Society Snippets* donde se decía que era en realidad una gran duquesa rusa, una de las hijas del zar, que logró escapar de los bolcheviques. Pues bien, resulta que Poirot descubrió un crimen misterioso en el que iban a verse involucrados. El príncipe Paul estaba loco de gratitud.

—¿No le regaló un alfiler de corbata con una esmeralda del tamaño de un huevo de paloma? —pregunté sarcásticamente.

—No me lo ha dicho, ¿por qué?

—Por nada. Creía que era la costumbre, por lo menos así es en las novelas de detectives. El superdetective tiene siempre sus habitaciones llenas de rubíes, perlas y esmeraldas, regaladas por sus reales clientes.

—Es muy interesante escuchar esas historias de boca de sus protagonistas —dijo mi hermana, complacida.

Debería serlo, por lo menos para Caroline. Yo no podía dejar de admirar el ingenio de Poirot que supo escoger el tema que más complacía a una solterona de un pequeño pueblo.

—¿Te ha dicho que la bailarina era realmente una gran duquesa?

—No estaba autorizado a revelarlo —contestó Caroline, dándose aires de importancia.

Me pregunté hasta qué punto Poirot habría alterado la verdad al hablar con mi hermana. Era posible que no hubiera dicho nada, sino dejado creer mucho frunciendo las cejas o encogiéndose de hombros.

—Después de eso, supongo que estás dispuesta a comer en su mano.

—No seas vulgar, James. No sé dónde aprendes esas expresiones tan ordinarias.

—Probablemente en casa de mis enfermos, que son mi único lazo con el mundo exterior. Por desgracia, no hay entre ellos príncipes reales ni interesantes *émigrés* rusos.

Caroline se subió las gafas sobre la frente y miró con atención.

—Estás de mal humor, James. Debe de ser el hígado. Toma una píldora azul esta noche.

Al verme en mi casa, nadie diría nunca que soy doctor en medicina. Caroline receta tanto para mí como para ella.

—¡Maldito sea mi hígado! —dije con irritación—. ¿Habéis hablado del crimen?

—Naturalmente, James. ¿Acaso se puede hablar de otra cosa en este pueblo? He conseguido aclararle algunos puntos a monsieur Poirot, que se ha mostrado muy agradecido. Dice que tengo el instinto de un verdadero detective y una intuición maravillosa de la naturaleza humana.

Caroline se parecía a un gato harto de leche. Ronroneaba de placer.

—Ha hablado mucho de las células grises del cerebro y de sus funciones. Dice que las suyas son de primera calidad.

—No me extraña —observé amargamente—. La modestia no se cuenta entre sus cualidades.

—Me gustaría, James, que no fueras tan criticón. Monsieur Poirot considera muy importante que Ralph aparezca cuanto antes y que explique cómo empleó su tiempo. Afirma que su desaparición producirá una impresión malísima en la investigación.

—¿Qué le has contestado?

—Que estaba de acuerdo con él —dijo mi hermana, con aire de suficiencia—. Además, le he explicado cómo la gente juzga los hechos.

—Caroline —manifesté con un tono grave—, ¿le has dicho a monsieur Poirot lo que oíste en el bosque el otro día?

—Sí —contestó Caroline muy ufana.

Me levanté y empecé a andar por el cuarto.

—Supongo que sabes lo que haces —señalé con nerviosismo—. Le estás poniendo la cuerda al cuello a Ralph Paton tan seguro como tú estás sentada en esa silla.

—Nada de eso —comentó Caroline sin inmutarse—. Lo que me ha extrañado muchísimo es que tú no se lo hayas dicho.

—Me he guardado muy bien de hacerlo. Quiero mucho al chico.

—Yo también. Por eso digo que piensas en tonterías. No creo que Ralph haya asesinado a su tío, de modo que la verdad no puede hacerle daño, y debemos ayudar a monsieur Poirot en todo lo que podamos. Piensa en la posibilidad de que Ralph estuviera con la misma chica la noche del crimen y, si es así, tiene una coartada perfecta.

—Si tiene una coartada, ¿por qué no viene a decirlo?

—Teme perjudicar a la chica. Pero, si monsieur Poirot la encuentra y le hace ver que es su obligación, se presentará por sí misma para demostrar la inocencia de Ralph.

—Me parece que te has imaginado una novela romántica. Lees demasiada literatura barata, Caroline. Siempre te lo he dicho.

Volví a sentarme en mi sillón.

—¿Poirot te ha preguntado algo más?

—Sólo respecto a los enfermos que recibiste aquella mañana.

—¿Los enfermos? —repetí sin comprender.

—Sí, los del consultorio. Cuántos y quiénes eran.

—¿Quieres hacerme creer que has sido capaz de decirle eso?

Caroline es realmente sorprendente.

—¿Por qué no? —inquirió con tono triunfal—. Veo el sendero que lleva a la puerta de tu consultorio desde esta ventana y tengo una memoria excelente, James. Mucho mejor que la tuya, si permites que te lo diga.

—¡Estoy convencido de ello!

Mi hermana prosiguió, contando con los dedos:

—Vino la vieja Mrs. Bennett y el muchacho de la granja que tenía un dedo herido; Dolly Grice, para que le quitaras una aguja que se clavó en el dedo; el camarero norteamericano del transatlántico. Déjame contar, llevamos cuatro. Sí, y el viejo George Evans, con su úlcera. Además...

Se detuvo de golpe.

—¿Sí?

Caroline creó el clímax apropiado y triunfal para sisear con su mejor estilo y ayudada por las muchas eses a su disposición.

—Miss Russell.

Se recostó en su silla y me miró fijamente. Y cuando mi hermana te mira así es imposible no darse cuenta.

—No sé a qué te refieres —dije, mintiendo con descaro—. ¿Por qué no había de venir miss Russell a consultarme por su rodilla enferma?

—¡Qué rodilla enferma ni qué narices! ¡Monsergas! Tiene la rodilla tan enferma como tú y yo. Lo que buscaba era otra cosa.

—¿Qué?

Caroline tuvo que confesar que lo ignoraba.

—¡Pero ten por seguro que eso es lo que monsieur Poirot deseaba saber! Esa mujer esconde algo y él lo sabe.

—Es la misma reflexión que Mrs. Ackroyd me hizo ayer —exclamé—. Decía que miss Russell tenía un cargo en la conciencia.

—¡Ah! —exclamó mi hermana misteriosamente—. Mrs. Ackroyd. ¡Otra que tal!

—¿Otra qué?

Caroline rehusó explicar sus observaciones. Se limitó a asentir varias veces, dobló su labor y subió a su cuarto para ponerse la blusa de seda de color malva y el medallón de oro, que era su atuendo para cenar.

Me quedé mirando el fuego y pensando en las palabras de Caroline. ¿Habría venido Poirot en realidad para obtener informes sobre miss Russell, o la mente tortuosa de Caroline había interpretado sus reflexiones según sus propias ideas?

La conducta de miss Russell aquella mañana no había sido sospechosa, pero recordaba su insistencia sobre el tópico de las drogas y los venenos. Sin embargo, eso no probaba nada. Ackroyd no había muerto envenenado. A pesar de eso, era extraño.

Oí la voz de Caroline llamándome desde lo alto de la escalera:

—James, vas a retrasarte para la cena.

Eché carbón al fuego y subí obedientemente.

Conviene tener paz en casa a cualquier precio.

Capítulo 12

En torno a la mesa

La investigación judicial se celebró el lunes.

No me propongo entrar en detalles, pues tendría que repetir lo ya expuesto. Debido a un acuerdo con la policía, se dijo muy poca cosa en público. Declaré la causa de la muerte de Ackroyd y la hora probable de ésta. La ausencia de Ralph Paton fue comentada por el juez de instrucción sin insistir demasiado.

Después, Poirot y yo hablamos con el inspector Raglan. Éste parecía muy preocupado.

—Esto pinta mal, monsieur Poirot. Trato de juzgar las cosas con justicia y mesura. Soy hijo de aquí y he visto muchas veces al capitán en Cranchester. No deseo probar su culpabilidad, pero pinta mal lo mire por donde lo mire. Si es inocente, ¿por qué no se presenta? Los indicios parecen culparle, pero quizá tenga una explicación plausible. ¿Por qué no viene y la da?

El inspector no nos lo decía todo. La descripción de Ralph se había enviado a todos los puertos y estaciones de ferrocarril de Inglaterra. La policía andaba en su busca en todas partes. Se vigilaban sus habitaciones en Londres y las casas que frecuentaba. Con semejante cordón policial, parecía imposible que escapara a la justicia. No llevaba equipaje y se le suponía sin dinero.

—Nadie lo vio en la estación aquella noche —continuó Raglan—. Sin embargo, se le conoce muy bien allí y era de suponer que alguien se hubiese fijado en él. Tampoco tenemos noticias de Liverpool.

—¿Usted cree que fue a Liverpool? —inquirió Poirot.

—Es posible. La llamada telefónica de la estación llegó tres minutos antes de salir el expreso de Liverpool. Seguramente los dos hechos estén relacionados.

—A menos que lo hayan hecho para que sigamos una pista falsa. La llamada telefónica quizá responda a ese motivo.

—Es posible —confesó el inspector—. ¿Cree usted que ésa es la explicación a la llamada?

—Amigo mío —dijo Poirot—, ¡yo no sé nada! Pero voy a decirle algo: creo que, al dar con la explicación de esa llamada, encontraremos la del crimen.

—Ya nos dijo algo por el estilo antes —observé, mirándole con curiosidad.

Poirot asintió.

—Siempre vuelvo a lo mismo —declaró Poirot con gran seriedad.

—Me parece que no tiene nada que ver —afirmé.

—No digo tanto —exclamó el inspector—. Pero he de confesar que monsieur Poirot le da demasiada importancia. Tenemos pistas mejores que ésa. Las huellas dactilares en la daga, por ejemplo.

Poirot demostró de pronto, como siempre que se ponía nervioso, su origen extranjero.

—Monsieur *l'inspecteur*, tenga cuidado con la calle... *Comment dire?* Con el callejón que no lleva a ninguna parte.

Raglan se lo quedó mirando, pero yo me adelanté.

—¿Quiere usted decir el callejón sin salida?

—Eso mismo, el callejón sin salida, el que no lleva a ninguna parte. Eso puede ocurrirle con las huellas de la daga: a lo mejor no lo llevan a ninguna parte.

—No veo el porqué —contestó Raglan—. Supongo que se refiere a la posibilidad de que estén trucadas. He leído que eso se hace, aunque no lo he visto nunca en la práctica. Pero, reales o falsas, tienen que llevar a alguna parte.

Poirot se limitó a encogerse de hombros al tiempo que abría los brazos.

El inspector nos enseñó varias ampliaciones de las huellas y habló en términos técnicos de sus características.

—Veamos —dijo finalmente, molesto por la actitud indiferente de Poirot—, ¿está dispuesto a admitir que esas huellas las dejó alguien que se encontraba en la casa aquella noche?

—*Bien entendu!*

—Pues bien, he tomado las huellas de todos los de la casa, empezando por la vieja y acabando por la cocinera.

No creo que le gustase a Mrs. Ackroyd oír lo de «vieja». Calculo que debe de gastar sumas considerables en cosméticos.

—Las de todo el mundo —repitió el inspector, nervioso.

—Incluso las mías —dije con voz adusta.

—Pues bien, ninguna encaja. Eso nos deja dos alternativas: Ralph Paton o el misterioso forastero de quien nos habla el doctor. Cuando les atrapemos...

—... tal vez hayamos perdido un tiempo valioso —interrumpió Poirot.

—No le entiendo.

—Dice usted que ha tomado las huellas de todos los de la casa. ¿Está seguro, monsieur *l'inspecteur*?

—Segurísimo.

—¿Sin olvidar a nadie?

—Sin olvidar a nadie.

—¿Los vivos y los muertos?

Durante un segundo el inspector se quedó desorientado e interpretó aquello como una observación religiosa. Luego, reaccionó lentamente.

—¿Qué quiere usted decir?

—¡El muerto, monsieur *l'inspecteur*!

Raglan necesitó unos minutos para comprenderlo.

—Insinúo —explicó Poirot plácidamente— que las huellas del puño de la daga pertenecen a Mr. Ackroyd en persona. Es fácil de comprobar. Todavía disponemos del cuerpo.

—¿Por qué? ¿Con qué fin? ¿No creerá usted en un suicidio?

—No, no. Mi teoría es que el criminal llevaba guantes, o la mano envuelta en un trapo. Después de asestar el golpe, cogió la mano de su víctima y la cerró sobre la empuñadura de la daga.

—¿Por qué?

Poirot volvió a encogerse de hombros.

—¡Para embrollar todavía más un caso complicado!

—Bien. Voy a comprobarlo. Pero dígame: ¿cómo se le ha ocurrido semejante idea?

—Cuando usted, con tanta amabilidad, me enseñó la daga y llamó mi atención sobre las huellas. Entiendo muy poco de esas cosas y confieso mi ignorancia, pero se me ha ocurrido que la posición de las huellas no es natural. No es así como yo hubiera empuñado una daga para asestar un golpe. Desde luego, con la mano derecha doblada hacia atrás por encima del hombro, era difícil colocarla en la posición correcta.

Raglan miró a Poirot, quien, fingiendo una indiferencia total, quitó una mota de polvo de la manga de su chaqueta.

—Es una idea —admitió el inspector—. Voy a comprobarlo en el acto, pero no se desanime si no da resultado.

Trataba de hablar amablemente con una voz que denotaba cierto aire protector y de superioridad. Poirot lo miró mientras se alejaba y se volvió hacia mí sonriente.

—Otra vez deberé tener más cuidado con su *amour propre*. Y ahora que estamos solos, ¿qué le parece a usted, mi buen amigo, si convocamos una pequeña reunión familiar?

La «pequeña reunión», como la llamaba Poirot, se efectuó media hora después. Nos sentamos en torno a la mesa del comedor de Fernly Park. Poirot se colocó en el extremo de la mesa, como el maestro de ceremonias de alguna velada fúnebre. Los criados no estaban presentes, de modo que éramos seis: Mrs. Ackroyd, Flora, Blunt, Raymond, Poirot y yo.

Cuando estuvimos todos sentados, Poirot se levantó y saludó.

—*Messieurs, mesdames*, les he reunido con un fin determinado. Para empezar, tengo que dirigir una súplica especial a mademoiselle.

—¿A mí? —dijo Flora.

—Mademoiselle, usted es la prometida del capitán Paton. Si alguien disfruta de su confianza, es usted. Le ruego encarecidamente que, si conoce su paradero, lo convenza para que salga al descubierto. Un momento —añadió al ver que Flora iba a protestar—. No diga nada hasta haber reflexionado. Mademoiselle, la posición del capitán peligra más con cada día que pasa. Si se hubiese presentado enseguida, por desfavorables que hubiesen sido para él los indicios recogidos, habría tenido probabilidades de explicarse, pero este silencio, la huida, ¿qué significan? Únicamente una cosa, es evidente: confirman su culpabilidad. Mademoiselle, si usted cree realmente en su inocencia, trate de persuadirle para que salga de su escondite antes de que sea demasiado tarde.

Flora se había puesto muy pálida.

—¡Demasiado tarde! —susurró.

Poirot se inclinó para mirarla fijamente a los ojos.

—Mire usted, mademoiselle. Papá Poirot es quien se lo pide, el viejo papá Poirot, que sabe muchas cosas y tiene mucha experiencia. No voy a hacerle caer en trampas, mademoiselle. ¿No quiere confiar en mí y decirme dónde se esconde?

La muchacha se levantó y se encaró con él.

—Monsieur Poirot, le juro solemnemente que ignoro dónde está Ralph y que no lo he visto ni he sabido de él ni durante ni después del día del crimen.

Volvió a sentarse. Poirot la contempló en silencio unos instantes y de pronto dio una palmada en la mesa.

—*Bien!* Ésta es la cuestión. —Su rostro adquirió una expresión dura—. Ahora hago un llamamiento a los demás que están sentados en torno a esta mesa: a Mrs. Ackroyd, al comandante Blunt, al doctor Sheppard, a Mr. Raymond. Todos eran amigos del desaparecido. ¡Si saben dónde se esconde Paton, hablen! —Hubo un largo silencio en el que Poirot nos miró a todos alternativamente—. Se lo ruego. ¡Hablen!

Hubo otro largo silencio hasta que Mrs. Ackroyd lo rompió.

—La verdad —se lamentó— es que la ausencia de Ralph es muy extraña, mucho. No presentarse en un momento como éste deja entrever que hay algo detrás de su actitud. No puedo dejar de pensar, querida Flora, que es una suerte que vuestro compromiso no se haya anunciado formalmente.

—¡Madre! —exclamó Flora con enfado.

—¡Es la Providencia! —declaró Mrs. Ackroyd—. Tengo una fe ciega en la Providencia, la divinidad que da forma a nuestros fines, como dicen unos bellos versos de Shakespeare.

—¡Estoy seguro, Mrs. Ackroyd, de que no hará responsable al Todopoderoso de todos los tobillos hinchados! —exclamó Raymond, cuya risa irresponsable retumbó en el comedor.

Supongo que Raymond lo dijo para relajar la tensión, pero Mrs. Ackroyd le lanzó una mirada de reproche mientras sacaba su pañuelo.

—¡Mi hija se ha ahorrado muchos disgustos! No es que piense un solo momento que el querido Ralph tenga algo que ver con la muerte del pobre Roger. No lo creo. Aunque también es cierto que tengo un corazón confiado. Desde la infancia soy así. Me cuesta mucho creer en la maldad ajena. Pero, desde luego, no hay que olvidar que cuando era niño tuvo que soportar algunos ataques aéreos. Dicen que a veces las secuelas tardan en manifestarse. Las personas no son responsables de sus actos, pierden el dominio sobre ellas mismas y no permiten que nadie les ayude.

—¡Mamá! ¿No creerás que Ralph es culpable?

—¡Vamos, Mrs. Ackroyd! —exclamó Blunt.

—No sé qué pensar —dijo Mrs. Ackroyd, lloriqueando—. Todo esto me trastorna. ¿Qué sería de la herencia, de esta finca, si se descubriera que Ralph es culpable?

Raymond apartó la silla de la mesa con violencia. El comandante permaneció inmóvil, mirando pensativamente a la dama.

—Algo así como una neurosis de guerra, ¿sabe? —continuó ella con obstinación—. Creo también que Roger le ataba muy corto con el dinero, con las mejores intenciones del mundo, desde luego. Veo que todos están indignados, sin embargo encuentro muy extraño que Ralph no se haya presentado y repito que me alegro de que el compromiso de Flora aún no se haya anunciado formalmente.

—Lo será mañana —afirmó miss Ackroyd con voz clara.

—¡Flora! —exclamó su madre, anonadada.

Flora se había vuelto hacia el secretario.

—Por favor, mande el anuncio a *The Morning Post* y a *The Times*, Mr. Raymond.

—Si usted lo juzga sensato, miss Ackroyd...

La muchacha se volvió impulsivamente hacia Blunt.

—Me comprende, ¿verdad? ¿Qué más puedo hacer? Tal

como están las cosas, debo permanecer al lado de Ralph. Debo hacerlo, ¿no?

Lo miraba con insistencia y, al cabo de un momento, Blunt asintió con brusquedad.

Mrs. Ackroyd se deshizo en protestas airadas, y Flora ni se inmutó. Raymond tomó la palabra:

—Aprecio sus motivos, miss Ackroyd. Pero ¿no cree usted que se precipita demasiado? Espere un día o dos.

—¡Mañana mismo! —protestó Flora—. Es inútil continuar así, mamá. A pesar de mis defectos, no soy desleal con mis amigos.

—Monsieur Poirot —exclamó la madre con lágrimas en los ojos—, ¿no puede usted hacer algo?

—No hay nada que hacer —interrumpió Blunt—. Actúa con corrección. Yo lo apruebo y la ayudaré en cuanto de mí dependa.

Flora le alargó la mano.

—Gracias, comandante.

—Mademoiselle —dijo Poirot—, permita usted a un anciano que la felicite por su valor y lealtad, pero no se ofenda si le pido..., si le pido solemnemente que retrase un par de días el anuncio del que habla.

Flora vaciló.

—Se lo ruego, tanto por el bien de Paton como por el suyo propio, mademoiselle. Veo que frunce el entrecejo. No comprende por qué lo digo, pero le aseguro que tengo un motivo. *Pas de blagues!* Usted puso el caso en mis manos. No ponga ahora trabas a mi cometido.

Flora reflexionó antes de contestar.

—No me gusta esa idea, pero haré lo que dice. —Volvió a sentarse.

—Y, ahora, *messieurs et mesdames* —dijo Poirot rápidamente—, continúo con lo que iba a decir. Compréndanme bien: quiero llegar a la verdad. Ésta, por fea que sea, es siempre curiosa y resulta hermosa para el que la busca con afán. Tengo muchos años, mis facultades no son ya lo que eran. —Aquí esperaba a todas luces una contradicción—. Es muy probable que éste sea el último caso en el que intervendré, pero Hércules Poirot no acabará con un fracaso. *Messieurs et mesdames,* les advierto que quiero saber y sabré a pesar de todos ustedes.

Pronunció las últimas palabras como un reto. Nos estremecimos todos, excepto Geoffrey Raymond, que continuó de buen humor e impávido como de costumbre.

—¿Qué quiere usted sugerir con «a pesar de todos nosotros»? —preguntó, arqueando las cejas.

—Pues eso, monsieur. Exactamente eso. Cada uno de los aquí presentes me oculta algo. —Levantó una mano al subir un coro de débiles protestas—. Sí, sí, sé muy bien lo que digo. Puede ser algo sin importancia, trivial, que se supone que tiene que ver con el caso, pero ahí está. Cada uno de ustedes tiene algo que esconder. Confiésenlo, ¿tengo razón o no?

Su mirada, cargada de acusación y de reto, dio la vuelta a la mesa y todas las miradas se rindieron ante la suya, incluso la mía.

—Ya me han contestado —dijo Poirot con una risita extraña. Se levantó—. Les hago un llamamiento. ¡Díganme la verdad, toda la verdad! —Todos permanecieron en silencio—. ¿Nadie quiere hablar? —Volvió a reír—. *C'est dommage.*

Y salió del comedor.

Capítulo 13

La pluma de oca

Aquella noche, después de cenar, fui a casa de Poirot a instancias suyas. Caroline estaba contrariada cuando me vio alejarme. Creo que le hubiera gustado acompañarme.

Poirot me recibió con mucha cordialidad. Había una botella de whisky irlandés —que detesto— en una mesita, junto con un sifón y un vaso. Él bebía chocolate caliente. Más tarde descubrí que se trataba de su bebida favorita.

Me preguntó cortésmente por mi hermana, afirmando que era una mujer muy interesante.

—Temo que le haya hecho subir los humos a la cabeza —dije con brusquedad—. Me refiero al domingo por la tarde.

Se echó a reír alegremente.

—Me gusta siempre recurrir a los expertos —observó sin matizar sus palabras.

—Se habrá enterado usted de todas las habladurías del pueblo. De lo cierto y de lo falso.

—Y de unas informaciones valiosísimas —añadió tranquilamente.

—¿Que son...?

Poirot meneó la cabeza.

—¿Por qué no me dijo usted la verdad? En un pueblo como éste, las andanzas de Ralph Paton acabarían por saberse. Si su hermana no hubiera atravesado el bosque aquel día, otra persona lo hubiera hecho.

—Es probable —admití—, pero ¿a qué demostrar tanto interés por mis enfermos?

Poirot se sonrió levemente.

—Sólo por uno de ellos, doctor, sólo por uno.

—¿El último?

—Miss Russell es una persona muy interesante —replicó, evasivo.

—¿Está usted de acuerdo con mi hermana y con Mrs. Ackroyd en que nos esconde algo?

—¿Eso dicen?

—¿Acaso no se lo dio a entender mi hermana?

—*C'est possible!*

—No tiene motivo en que fundarse.

—*Les femmes* —generalizó Poirot— son unos seres maravillosos. Inventan, se dejan llevar por su fantasía y milagrosamente aciertan la verdad. Las mujeres observan de un modo inconsciente mil detalles íntimos, sin saber lo que hacen. Sus subconscientes mezclan esas cositas unas con otras y a eso le llaman intuición. Yo tengo mucha experiencia en psicología. Conozco bien todo eso.

Sacó el pecho con aire de importancia y su aspecto era tan ridículo que me costó un gran esfuerzo no echarme a reír.

Bebió un trago de chocolate y se secó el bigote cuidadosamente.

—Quisiera que me dijera lo que piensa en realidad —exclamé de pronto.

Poirot dejó su taza en la mesa.

—¿De verdad?

—Sí.

—Usted ha visto lo mismo que yo. Nuestros razonamientos deberían coincidir.

—Temo que se burla de mí —dije secamente—. No tengo experiencia en esos asuntos.

Poirot me miró con indulgencia.

—Usted se parece al niño que quiere saber cómo funcionan las máquinas. Quiere contemplar el asunto, no en calidad de médico de familia, sino con el ojo de un detective muy experimentado y que no siente cariño por nadie, para quien todos son extraños e igualmente sospechosos.

—No se equivoca.

—Voy a ofrecerle un pequeño discurso. Lo más importante es obtener un relato exacto de lo que ocurrió aquella noche, teniendo siempre en cuenta que la persona que habla quizá mienta.

Arqueé las cejas.

—¡Ésa es una actitud sumamente desconfiada!

—Pero necesaria, se lo aseguro. Ante todo, el doctor Sheppard sale de la casa a las nueve menos diez. ¿Cómo lo sé?

—Porque yo se lo he dicho.

—Sin embargo, usted puede disfrazar la verdad, o su reloj quizá no funcione con exactitud. No obstante, Parker también dice que usted dejó la casa a las nueve menos diez, de modo que aceptamos esta declaración y continuamos. A las nueve usted encuentra un hombre, aquí llegamos a lo que llamaremos la «historia del misterioso forastero» frente a la verja de entrada. ¿Cómo puedo saber que ocurrió así?

—Yo se lo dije —empecé de nuevo, pero Poirot me interrumpió con un gesto de impaciencia.

—Se muestra poco inteligente esta noche, amigo mío. Usted sabe que es así, pero ¿cómo lo voy a saber yo? *Eh bien*, puedo decirle que el misterioso forastero no es una alucinación que usted haya sufrido, porque la doncella de una tal miss Gannett lo vio unos minutos antes que usted y a ella también le preguntó el camino de Fernly Park. Aceptemos, pues, el hecho de su presencia y podremos estar seguros de dos cosas: que no se le conocía en el vecindario y que no deseaba mantener en secreto su visita a Fernly Park, puesto que preguntó dos veces el camino.

—Comprendo.

—He procurado averiguar pormenores de ese hombre. Bebió una copa en el Three Boars, y la camarera dice que hablaba con acento norteamericano y que mencionó la circunstancia de que acababa de llegar de Estados Unidos. ¿Le pareció a usted que tenía algo de acento?

—Creo que sí —dije, recapacitando—, pero muy ligero.

—*Précisément*. También está esto, que como recordará recogí en el pequeño cobertizo.

Me enseñaba la pluma de oca. Lo miré con curiosidad y recordé algo que había leído.

Poirot, que me estaba mirando, asintió.

—Sí, heroína, «nieve». Los adictos llevan una pluma como ésta y con ella aspiran la droga.

—¡Diacetilmorfina! —murmuré enseguida.

—Ese sistema de tomar la droga es muy común en América del Norte. Es otra prueba de que el hombre vino de Canadá o de Estados Unidos.

—¿Por qué le llamó la atención el cobertizo?

—Mi amigo el inspector estaba convencido de que quien siguió el sendero lo hizo para llegar cuanto antes a la casa, pero tan pronto como vi el pequeño cobertizo me di cuenta de que sería el camino seguido por quien lo empleara como lugar de cita. Parece lógico, puesto que el forastero no se presentó ni en la puerta trasera ni en la entrada principal. ¿Quizá alguien de la casa fue a reunirse con él? En ese supuesto, ¿qué lugar más adecuado que el pequeño cobertizo? Busqué en el interior para ver si daba con algunas huellas y encontré dos: el pedazo de batista y la pluma.

—¿Qué dice usted del pedazo de batista? —pregunté con interés.

Poirot frunció las cejas.

—No emplea usted las células grises —observó secamente—. No es muy difícil de deducir.

—Pues no se me ocurre nada. —Cambié de tema—. De todos modos, ese hombre fue a reunirse con alguien en el cobertizo. ¿Quién sería?

—Ahí está la cuestión. ¿Recuerda usted que Mrs. Ackroyd y su hija vivían en Canadá antes de venir aquí?

—¿Se refería usted a eso al acusarlas de esconder la verdad?

—Quizá. Ahora, otra cosa. ¿Qué le pareció la historia de la camarera?

—¿Qué historia?

—La historia de su despido. ¿Se necesita acaso media hora para despedir a una criada? ¿Era creíble la historia de los papeles importantes? Además, recuerde que, a pesar de que dice que estaba en su cuarto entre las nueve y media y las diez, nadie puede confirmar su declaración.

—Usted me sorprende.

—Para mí todo va aclarándose. *Bien!* Explíqueme ahora sus propias ideas y teorías.

Saqué una hoja de papel del bolsillo.

—He apuntado unas cuantas cosillas —dije como disculpándome.

—Excelente. Tiene usted método. Veamos.

Empecé a leer con cierta turbación.

—Hay que considerarlo todo lógicamente.

—Eso mismo acostumbraba decir mi pobre Hastings —interrumpió Poirot—, pero por desgracia, nunca lo hacía.

—Punto número uno. Se oyó a Mr. Ackroyd hablar con alguien a las nueve y media.

»Punto número dos. Ralph Paton debió de entrar por la ventana a una hora cualquiera de la noche, como lo prueban las huellas de sus zapatos.

»Punto número tres. Mr. Ackroyd estaba nervioso

aquella noche y sólo hubiera dejado entrar a alguien conocido.

»Punto número cuatro. La persona con quien se encontraba Mr. Ackroyd a las nueve y media pedía dinero. Sabemos que Ralph Paton estaba apurado.

»Estos cuatro puntos tienden a demostrar que la persona que se encontraba con Mr. Ackroyd a las nueve y media era Paton, pero sabemos que Mr. Ackroyd estaba vivo a las diez menos cuarto y, en consecuencia, no fue Paton quien lo mató. Ralph dejó la ventana abierta y el criminal entró por ella después de que Ralph se hubo alejado.

—¿Quién fue el criminal?

—El forastero norteamericano. Es posible que estuviese de acuerdo con Parker y quizá Parker fuera quien hiciese a Mrs. Ferrars víctima de un chantaje. De ser así, Parker puede haber oído lo suficiente para comprender que la cosa iba a descubrirse, habérselo dicho a su cómplice y éste cometer el crimen con la daga que Parker le entregó.

—Es una teoría —admitió Poirot—. Decididamente, sus células grises funcionan. Pero deja muchas cosas sin explicar.

—¿Cuáles?

—La llamada telefónica, el sillón cambiado de sitio.

—¿Cree realmente que este último detalle es importante?

—Tal vez no —admitió mi amigo—. Puede haberse movido por accidente, y Raymond o Blunt haberlo colocado en su sitio inconscientemente, por estar en estado de choque. Además, están las cuarenta libras que han desaparecido.

—Que Ackroyd entregó a Ralph —sugerí—. Quizá Ackroyd cedió después de rehusar.

—¡Eso deja todavía una cosa sin explicación!

—¿Cuál?

—¿Por qué está Blunt tan seguro de que era Raymond el que hablaba con Mr. Ackroyd a las nueve y media?

—Nos lo ha explicado él mismo.

—¿Lo cree así? No insisto. Pero dígame, en cambio, ¿cuáles eran los motivos de Ralph Paton para desaparecer?

—Eso es harina de otro costal. Tendré que hablarle como médico. Ralph debió de perder el dominio de sus nervios. Si descubrió de repente que su tío había sido asesinado unos minutos después de que se alejara de su lado, y tal vez después de una entrevista tempestuosa, es muy posible que huyera sin pensar en las consecuencias de su acto. Muchos hombres han obrado en circunstancias similares como si fuesen culpables, a pesar de su inocencia.

—Sí, es verdad, pero es preciso tener en cuenta una cosa.

—Sé lo que va a decirme. ¡El motivo! Ralph hereda una fortuna considerable a la muerte de su tío.

—Éste es uno de los motivos.

—¿Uno?

—*Mais oui.* ¿No comprende usted que son tres los motivos que se nos presentan? Alguien robó el sobre azul y su contenido. Éste es otro de los motivos. ¡Chantaje! Ralph Paton era tal vez el hombre que hacía víctima de ese chantaje a Mrs. Ferrars. Recuerde que Hammond no estaba enterado de que Ralph hubiera pedido dinero a su tío últimamente, lo que hace pensar que se lo procuraba en otra parte. Luego está el hecho de que se encontraba en un lío que temía llegase a conocimiento de su tío y, finalmente, está el que usted acaba de mencionar.

—¡Dios mío! El caso se presenta cada vez más negro.

—¿De veras? Aquí es donde no estamos de acuerdo usted y yo. Tres motivos son muchos. Me inclino a creer que, después de todo, Ralph Paton es inocente.

Capítulo 14

Mrs. Ackroyd

Después de la conversación que acabo de relatar, me pareció que el asunto entraba en una fase distinta. Se puede dividir en dos partes bien diferenciadas. La primera empieza con la muerte de Ackroyd el viernes por la noche y acaba al atardecer del lunes siguiente. Es el relato fiel de lo ocurrido expuesto a Poirot. Yo estuve a su lado continuamente. Veía lo que él veía e hice lo que pude por adivinar sus pensamientos. Comprendo ahora que fracasé en este punto. Aunque Poirot me enseñó sus descubrimientos —por ejemplo, la alianza de oro— se calló las impresiones vitales y lógicas a las que llegó. Más adelante descubrí que este secretismo era una de sus principales características. Se permitía lanzar sugerencias sin ir más allá.

Como he dicho, mi relato hasta el lunes al atardecer pudo ser el de Poirot en persona. Él era Sherlock Holmes y yo el Dr. Watson. Pero, después del lunes, nuestros caminos se separaron. Poirot tenía trabajo. Me enteré de lo que hacía porque en King's Abbot se sabe todo, pero no me lo comunicaba de antemano.

Yo también tenía mis preocupaciones. Al recordarlo, lo que me llamaba la atención era que el asunto se parecía a un rompecabezas en el cual todos intervenían, aportando sus conocimientos particulares: un detalle, una observación, que contribuían a su solución. No obstante, a Poirot le tocó el honor de colocar todas esas piezas en su lugar correspondiente.

Algunos de los incidentes parecían entonces carentes de interés y de significado. Estaba, por ejemplo, la cuestión de los zapatos negros, pero eso vendrá después. Para poner las cosas por riguroso orden, debo empezar con la llamada de Mrs. Ackroyd.

Me vinieron a buscar el martes por la mañana de un modo tan urgente que me apresuré a ir a su lado, convencido de que la encontraría in extremis.

Mrs. Ackroyd estaba en la cama. Ésa fue una concesión por su parte a la etiqueta de la situación. Me alargó su huesuda mano y me señaló una silla junto al lecho.

—Bien, Mrs. Ackroyd. ¿Qué le pasa?

Le hablé con jovialidad, una característica de los médicos de cabecera.

—Estoy deshecha —afirmó con voz débil—, completamente deshecha. Es la impresión de la muerte del pobre Roger. Dicen que son cosas que no se sienten en el acto, ¿sabe usted? La reacción viene después.

Es una lástima que su profesión le impida a un médico decir algunas veces lo que piensa en realidad. Hubiera dado cualquier cosa por contestarle: «¡Tonterías!».

En vez de eso, le propuse tomar un tónico, que Mrs. Ackroyd aceptó enseguida. El primer movimiento del juego estaba hecho. No se me ocurrió en ningún momento que me había venido a buscar a causa del efecto que le causó la muerte de Roger, pero Mrs. Ackroyd es incapaz de seguir una línea recta, sea cual sea el asunto que tratar. Siempre recurre a medios tortuosos. Me pregunté con curiosidad por qué me habría mandado llamar.

—¡Luego está esa escena de ayer!

—¿Qué escena?

—Doctor, ¿cómo puede usted decir eso? ¿Acaso lo ha olvidado? Hablo de ese hombre horrible, de ese francés o belga, de su modo de maltratarnos a todos. Me trastornó completamente después de la muerte de Roger.

—Lo siento mucho, Mrs. Ackroyd.

—No sé qué es lo que se proponía, gritándonos como lo hizo. Sé cuál es mi deber y nunca soñaría con ocultar nada. He ayudado a la policía con todos los medios a mi alcance.

Mrs. Ackroyd se detuvo mientras yo contestaba:

—¡Sí, sí, desde luego! —Empezaba a vislumbrar de qué se trataba.

—Nadie puede acusarme de haber faltado a mi deber. Estoy segura de que el inspector Raglan está satisfecho. ¿Por qué tiene que meterse en todo ese forastero intrigante? Es el hombre más ridículo que he visto en mi vida. Se parece a un cómico francés de esos que salen en las revistas. No comprendo por qué Flora ha insistido en que se encargue del caso. No me lo dijo de antemano. Todo lo hizo por iniciativa propia. Flora es demasiado independiente. Soy una mujer de mundo y soy su madre. Debió dejar que la aconsejara...

Escuché en silencio.

—¿Qué pensará ese individuo? Me gustaría saberlo. ¿Se cree que escondo algo? Ayer me acusó.

Me encogí de hombros.

—No tiene importancia, Mrs. Ackroyd. Puesto que no esconde nada, lo que ha dicho no se refiere a usted.

La dama cambió de conversación, como era su costumbre.

—¡Los criados son tan fastidiosos! Hablan, charlan entre ellos. Luego se sabe y, probablemente, no hay nada de cierto en todo ello.

—¿Han hablado los criados? ¿De qué?

Mrs. Ackroyd me lanzó una mirada muy astuta que me hizo perder la calma.

—Estaba convencida de que usted lo sabría, doctor. Usted estuvo todo el tiempo con monsieur Poirot, ¿verdad?

—Sí, es cierto.

—Entonces, lo sabe. Fue esa muchacha, Ursula Bourne, ¿verdad? Desde luego, sale de la casa y trata de hacer todo el mal posible. Es una mujer despechada. Todas son iguales. Y usted que estaba allí, doctor, sabrá exactamente lo que dijo. Me preocupa la idea de que se formen impresiones erróneas.

»Después de todo, hay pequeños detalles que no se explican a la policía, ¿verdad? A veces son cosas familiares que no tienen nada que ver con el crimen. Pero, si la muchacha se sentía despechada, puede haber inventado toda clase de mentiras.

Comprendí que Mrs. Ackroyd estaba verdaderamente angustiada. Poirot no se había equivocado. De las seis personas reunidas en torno a la mesa ayer, Mrs. Ackroyd, por lo menos, tenía algo que esconder. A mí sólo me quedaba descubrir qué era.

—En su lugar, señora —dije bruscamente—, yo lo confesaría todo.

Lanzó un leve gemido.

—¡Oh, doctor! ¿Cómo puede ser tan brusco? Lo dice como si yo... ¡Pero si puedo explicarlo todo de un modo sencillo!

—¿Por qué no lo hace?

Mrs. Ackroyd cogió un pañuelo y empezó a lloriquear.

—He pensado, doctor, que usted podría decírselo a monsieur Poirot, explicárselo, ¿comprende? Es tan difícil para un extranjero darse cuenta de nuestro punto de vista... Usted no sabe, nadie sabe lo que he tenido que luchar. Mi vida ha sido un martirio, un largo martirio. No me gusta hablar mal de los muertos, pero es así. Todas todas las facturas, hasta las más pequeñas, tenían que ser comprobadas y estudiadas como si Roger sólo tuviese unos cuantos centenares de libras de renta, en vez de ser, como me dijo ayer Mr. Hammond, uno de los hombres más ricos de la comarca.

Mrs. Ackroyd se detuvo para enjugarse los ojos con el pañuelito.

—¿Me hablaba usted de facturas? —dije animándola.

—¡Esas horribles facturas! Algunas no las enseñaba siquiera a Roger. Eran cosas que un hombre no comprende. Habría dicho que no eran necesarias. Y, desde luego, iban en aumento y llegaban periódicamente.

Me miró suplicante, como si quisiera que me condoliera con ella por esta sorprendente peculiaridad.

—Es lo que suele ocurrir.

Su tono cambió y se hizo más incisivo.

—Le aseguro, doctor, que tenía los nervios deshechos. No podía dormir. Tenía palpitaciones extrañas. Finalmente, recibí una carta de un caballero escocés, perdón, eran dos, ambas de escoceses. La una, de Mr. Bruce MacPherson, y la otra era de Colin MacDonald. Qué coincidencia, ¿no?

—No lo creo —repliqué secamente—. En general, se las dan de escoceses, pero sospecho antecedentes semíticos en sus antepasados.

—De diez a diez mil libras, sólo contra un pagaré —murmuró Mrs. Ackroyd, rememorándolo—. Escribí a uno de ellos, pero hubo dificultades.

Se detuvo.

Comprendí que llegábamos a un terreno delicado. Nunca he conocido alguien a quien le costase tanto hablar sin ambages.

—Todo es cuestión de expectativas —prosiguió Mrs. Ackroyd—. Estaba convencida de que Roger pensaría en mí al hacer su testamento, pero no lo sabía con certeza. Pensé que si pudiese ver una copia de su testamento, no con el vulgar deseo de espiar, sino sólo para hacer mis propios cálculos... —Me miró de reojo. La posición era muy delicada. Afortunadamente, las palabras empleadas con tacto sirven para disfrazar la fealdad de los hechos desnudos.

—Sólo soy capaz de decirle esto a usted, querido doctor Sheppard —continuó precipitadamente—. Confío en que no se formará un juicio erróneo de mí y explicará a monsieur Poirot la cosa tal como es. El viernes por la tarde...

Se detuvo de nuevo y tragó saliva con dificultad.

—Sí, el viernes por la tarde... —repetí para animarla.

—Todo el mundo había salido, o así lo creí. Entré en el despacho de Roger y, cuando vi los papeles amontonados en la mesa, pensé de pronto: «¡A ver si Roger guarda su testamento en uno de los cajones de la mesa!». Soy muy impulsiva, siempre lo he sido, desde niña. Había dejado las llaves, un descuido imperdonable por su parte, en la cerradura del cajón superior.

—Comprendo. ¿De forma que usted registró la mesa? ¿Dio con el testamento?

Mrs. Ackroyd lanzó un leve grito y comprendí que no había actuado con la suficiente diplomacia.

—¡Qué horrible suena! No, no fue así.

—Claro que no —me apresuré a contestar—. Perdone mi torpe manera de decir las cosas.

—Los hombres son muy peculiares. En el lugar de mi querido Roger, no me habría importado dar a conocer las cláusulas de mi testamento, ¡pero los hombres son tan reservados que una se ve obligada a recurrir a pequeños subterfugios en defensa propia!

—¿Y el resultado de ese pequeño subterfugio?

—Eso iba a decirle. Cuando iba a abrir el cajón inferior, entró Ursula. Era una situación delicada. Cerré el cajón y me erguí, llamándole la atención sobre el polvo que había en la mesa. Pero no me gustó su mirada, respetuosa en apariencia y con un extraño brillo, casi de desdén. Sí, usted comprende lo que quiero decir. Nunca me ha gustado esa chica. Es una buena camarera, la llama a una «señora» y no rehúsa llevar cofia y delantal, lo que pocas hacen hoy día. Sabe contestar: «la señora no está en casa», cuando debe abrir la puerta en vez de Parker, y no hace ruidos extraños como las demás criadas cuando sirven la mesa. ¿Qué estaba diciendo?

—Decía usted que, a pesar de sus valiosas cualidades, no le gustaba esa chica, Ursula Bourne.

—No. Es rara. Hay algo que la diferencia de las demás. Creo que está demasiado bien educada. Ahora resulta difícil distinguir a las señoras de las criadas.

—¿Qué ocurrió luego?

—Nada. Roger entró. Creía que había ido a dar un paseo. Y dijo: «¿Qué ocurre aquí?», y yo le contesté: «Nada. He venido a buscar el *Punch*». Recogí la revista y salí. Bourne se quedó atrás. Lo oí preguntar a Roger si podía hablarle un momento. Yo me fui a mi cuarto para echarme un rato en la cama. Estaba completamente trastornada.

Hubo una pausa.

—¿Se lo explicará todo a monsieur Poirot, por favor? Usted mismo ve que se trata de una nimiedad, pero se mostró tan duro hablando de cosas que disimulábamos, que enseguida recordé ese incidente. Bourne puede haber inventado una historia extraordinaria con ello, pero usted lo aclarará todo, ¿verdad?

—¿No hay nada más? —dije—. ¿Me lo ha dicho usted todo?

—Sí —dijo Mrs. Ackroyd, vacilando ligeramente—. ¡Oh, sí! —repitió con mayor firmeza.

Me había fijado en su indecisión momentánea y comprendí que callaba algo. Una inspiración repentina me impulsó a hacerle la siguiente pregunta:

—Mrs. Ackroyd, ¿fue usted la que dejó la vitrina de la plata abierta?

Leí la respuesta en el rubor culpable que el colorete y los polvos no lograron disimular.

—¿Cómo lo sabe?

—¿Fue usted, pues?

—Sí. Verá usted. Había uno o dos objetos de plata antigua muy interesantes. Había leído algo sobre el asunto y vi una ilustración que representaba una pieza pequeñísima y que se vendió por una cantidad fabulosa en Christy's. Me pareció igual a una de las que había en la vitrina. Pensé en llevármela a Londres para que la tasaran. ¡Qué sorpresa tan agradable para Roger si de veras se trataba de un objeto de gran valor!

Me abstuve de hacer comentarios, aceptando la historia de Mrs. Ackroyd tal como la explicaba. Incluso evité preguntarle por qué había cogido lo que necesitaba de una forma tan subrepticia.

—¿Por qué dejó la tapa abierta? ¿Olvidó cerrarla?

—Me sobresalté —confesó ella—. Oí pisadas en la terraza, salí del cuarto y subí la escalera antes de que Parker le abriera la puerta a usted.

—Debió de ser miss Russell.

Mrs. Ackroyd me acababa de revelar un hecho muy interesante. No me importaba saber si sus intenciones respecto a la plata de Ackroyd fueron o no honradas. Lo que me interesaba era el hecho de que miss Russell había entrado en el salón por la ventana y que no me había equivocado al creer que estaba sin aliento por haber corrido. ¿Dónde habría estado? Pensé en el cobertizo y en el pedazo de batista.

—¡Me pregunto si miss Russell almidona sus pañuelos! —exclamé de pronto.

El asombro que se dibujó en el rostro de Mrs. Ackroyd me hizo volver a la realidad y me levanté.

—¿Cree usted que podrá explicárselo a monsieur Poirot? —preguntó ansiosa.

—Desde luego.

Me despedí después de verme obligado a escuchar nuevas justificaciones de su conducta.

La camarera estaba en el vestíbulo y me ayudó a ponerme el abrigo. La observé más de cerca que antes y me di cuenta de que había llorado.

—¿Cómo es que nos dijo que Mr. Ackroyd la llamó el viernes a su despacho y ahora me entero de que fue usted quien le pidió permiso para hablarle?

La muchacha no pudo resistir mi mirada.

—Pensaba irme de todos modos —contestó insegura.

No insistí. Me abrió la puerta y, cuando ya traspasaba el umbral, dijo de pronto en voz baja:

—Dispense, señor. ¿No hay noticias del capitán Paton?

Negué con la cabeza y la miré inquisitivamente.

—Pues debería volver —insistió ella con ojos suplicantes—. Sí, sí. ¡Debería volver! ¿Nadie sabe dónde está?

—¿Lo sabe usted acaso?

—No lo sé, pero quienquiera que sienta amistad por él le diría que debería volver.

Me entretuve pensando que tal vez la muchacha diría algo más. Su siguiente pregunta me sorprendió.

—¿Cuándo creen que se produjo el crimen? ¿Poco antes de las diez?

—Así es. Entre las diez menos cuarto y las diez.

—¿No antes? ¿No antes de las diez menos cuarto?

La miré con atención. Estaba claro que esperaba con ansiedad una respuesta afirmativa.

—No hay que pensar siquiera en ello. Miss Ackroyd saludó a su tío a las diez menos cuarto.

Se volvió, abatida.

«¡Hermosa chica! ¡Muy hermosa!», me dije cuando me alejaba.

Caroline estaba en casa. Había recibido la visita de Poirot y estaba sumamente complacida y orgullosa.

—Lo ayudo en su trabajo —me explicó.

Me sentí algo inquieto. Caroline es ya bastante difícil de manejar tal como es. ¿Qué ocurriría si alguien alentaba su instinto detectivesco?

—¿Y qué haces? ¿Te ha encomendado buscar a la misteriosa muchacha que acompañaba a Ralph Paton?

—No, eso ya lo hago por mi cuenta. Pero hay una cosa que monsieur Poirot desea que descubra para él.

—¿De qué se trata?

—Quiere saber si las botas de Ralph Paton eran negras o marrones —respondió Caroline con gran solemnidad.

Me quedé mirándola. Comprendo ahora que fui un estúpido en ese asunto de las botas, que no me di cuenta de su importancia.

—Eran unos zapatos marrones —dije—. Yo los vi.

—No se trata de zapatos, sino de botas, James. Monsieur Poirot desea saber si el par de botas que Ralph tenía en el hotel eran marrones o negras. Es un detalle esencial.

No sé si seré tonto, pero no acertaba a comprenderlo.

—¿Y cómo lo sabrás?

Caroline me dijo que eso no presentaba dificultad alguna. La mejor amiga de Annie, nuestra doncella, era la de miss Gannett, que se llama Clara. Esa tal Clara salía a pasear con el botones del Three Boars. Nada tan sencillo, pues. Con ayuda de miss Gannett, que prestaría lealmente su cooperación dejando la tarde libre a Clara, el asunto se llevaría a cabo con la máxima rapidez.

Cuando nos sentamos para almorzar, Caroline observó con indiferencia estudiada:

—En cuanto a las botas de Ralph Paton...

—Sí. ¿Qué ocurre con ellas?

—Monsieur Poirot creía que eran de color marrón, pero se equivocaba. Son negras.

Caroline asintió varias veces. Al parecer, pensaba que había superado a Poirot.

No le contesté. Me preocupaba la idea de que el color de un par de botas de Ralph Paton tuviera algo que ver con el caso.

Capítulo 15

Geoffrey Raymond

Aquel mismo día estaba destinado a recibir una nueva prueba del éxito de la táctica de Poirot. Su método estaba inspirado en el profundo conocimiento que tiene de la naturaleza humana. Una mezcla de temor y de remordimiento había arrancado la verdad a Mrs. Ackroyd. Fue la primera en reaccionar.

Por la tarde, cuando volví de mis visitas a los enfermos, Caroline me dijo que Geoffrey acababa de irse.

—¿Quería verme? —pregunté, mientras colgaba mi abrigo en el vestíbulo.

Caroline revoloteaba a mi alrededor.

—Quería ver a monsieur Poirot. Llegaba de The Larches. Monsieur Poirot había salido. Raymond pensó que tal vez estaría aquí, o que tú sabrías dónde encontrarle.

—No tengo la menor idea.

—He intentado hacerle esperar —dijo Caroline—, pero me ha dicho que quería volver a The Larches dentro de media hora y se ha ido al pueblo. Es una lástima, porque monsieur Poirot regresó exactamente un minuto después de irse Raymond.

—¿Ha venido aquí?

—No, ha entrado en su casa.

—¿Cómo lo sabes?

—Lo he visto por la ventana lateral —explicó Caroline.

Creía que el tema estaba zanjado, pero mi hermana no era de la misma opinión.

—¿No vas allá?

—¿Adónde?

—A The Larches, desde luego.

—¿Para qué, mi querida Caroline?

—Mr. Raymond quería verle con mucha urgencia. Así te enterarías de lo que ocurre.

Fruncí las cejas.

—La curiosidad no es mi peor vicio —observé con frialdad—. Puedo vivir tranquila sin saber al dedillo qué hacen o piensan mis vecinos.

—¡Tonterías, James! Tienes tantas ganas de saberlo como yo, pero no eres franco y te gusta disimular tu curiosidad.

—Es cierto, Caroline —dije, entrando en mi sala de consultas.

Diez minutos después, Caroline llamó a la puerta y entró con un bote de jalea.

—Me pregunto, James, si te molestaría llevar este bote de jalea de nísperos a monsieur Poirot. Se lo he prometido. Nunca ha probado la jalea de nísperos hecha en casa.

—¿Por qué no puede ir Annie?

—Está zurciendo y la necesito.

Nos miramos fijamente.

—Muy bien. Sin embargo, si llevo este maldito tarro, lo dejaré en la puerta. ¿Lo oyes?

Mi hermana arqueó las cejas.

—Naturalmente. ¿Quién ha hablado de otra cosa?

Caroline siempre pronunciaba la última palabra.

—Si *por casualidad* ves a monsieur Poirot —ironizó cuando abría la puerta—, puedes decirle lo de las botas.

Era un tiro acertado. Yo deseaba, ansiaba comprender el enigma de las botas.

Cuando la anciana del gorro bretón me abrió la puerta, pregunté si Poirot estaba en casa.

Él salió a recibirme y mostró una gran satisfacción al verme.

—Siéntese, mi buen amigo. ¿En este sillón? ¿En esta silla? La habitación no está demasiado caldeada, ¿verdad?

Me ahogaba, mas me abstuve de decírselo. Las ventanas estaban cerradas y un gran fuego ardía en el hogar.

—Los ingleses tienen la manía del aire fresco —declaró Poirot—. El aire está muy bien en la calle, que es donde pertenece. ¿Por qué admitirlo en casa? Pero no discutamos de esas nimiedades. ¿Tiene usted algo para mí?

—Dos cosas —dije—. Ante todo, esto de parte de mi hermana.

Le entregué el bote de jalea.

—¡Cuán amable es miss Caroline al recordar su promesa! ¿Y la segunda cosa?

—Una información. —Le hablé de mi entrevista con Mrs. Ackroyd. Me escuchó con interés, aunque sin alterarse.

—Esto arroja un poco de luz sobre el asunto —dijo mientras pensaba en voz alta— y tiene cierto valor, porque confirma la declaración del ama de llaves. Ella dijo, como recordará usted, que encontró abierta la tapa de la vitrina y la cerró al pasar.

—¿Qué le parece su excusa de que fue al salón para ver si las flores estaban frescas?

—¡Ah! No la tomaremos en serio, ¿verdad, amigo mío? Era tal como usted dice, una excusa, inventada apresuradamente por una mujer que se veía en la necesidad de explicar su presencia, cosa que por otra parte no se le hubiera ocurrido a usted preguntar. Pensé que tal vez su agitación se debía al hecho de que había abierto la vitrina, sin embargo creo que ahora tenemos que buscar otro motivo.

—Sí. ¿A quién fue a ver fuera de la casa? ¿Y por qué?

—¿Cree que fue a ver a alguien?

—Estoy convencido de ello.

Poirot asintió.

—Yo también.

Hubo una pausa.

—A propósito —dije—, mi hermana me ha encargado que le transmita un mensaje. Las botas de Ralph Paton eran negras y no marrones.

Le miraba fijamente y me pareció verlo cambiar de expresión, pero esta impresión se desvaneció en el acto.

—Su hermana, ¿está segura de que no eran de color marrón?

—Absolutamente.

—¡Ah! ¡Qué lástima!

Parecía desanimado y no entró en explicaciones, sino que inmediatamente empezó a hablar de otra cosa.

—El ama de llaves, miss Russell, fue a su consulta aquel viernes por la mañana. ¿Sería indiscreto preguntar qué ocurrió durante esa entrevista, detalles profesionales aparte?

—Nada de eso. Después de la consulta, hablamos unos minutos de venenos, de la facilidad o de la dificultad de descubrir el empleo de los estupefacientes y de los que se entregan a ese vicio.

—¿Con una mención especial de la cocaína?

—¿Cómo lo sabe usted? —pregunté sorprendido.

Por toda respuesta, se levantó y se acercó a un extremo de la habitación donde tenía archivados unos periódicos. Me trajo un número del *Daily Budget* del 16 de septiembre, que era viernes, y me enseñó un artículo sobre el contrabando de cocaína. Era un texto de estilo sombrío y trágico escrito para llamar la atención sobre el tema.

—Ésta es la idea que le puso la cocaína en la cabeza, amigo mío.

Le hubiera hecho nuevas preguntas, porque no comprendía del todo su razonamiento, pero en aquel momento la puerta se abrió y anunciaron a Geoffrey Raymond.

El joven entró tan alegre y jovial como siempre y nos saludó a ambos.

—¿Cómo está usted, doctor? Monsieur Poirot, es la segunda vez que vengo a su casa esta mañana. Tenía ganas de verle.

—Tal vez haga bien retirándome —sugerí algo torpemente.

—Por mí no lo haga, doctor. Verá usted —dijo, sentándose por indicación de Poirot—, tengo que hacer una confesión.

—*En vérité?*

—En realidad no tiene importancia, pero mi conciencia me remuerde desde ayer por la tarde. Usted nos acusó a todos de esconder algo, monsieur Poirot. Yo me confieso culpable. Callaba algo, en efecto.

—¿Y qué es, Mr. Raymond?

—Le repito que nada importante. Tenía deudas, muchas, y ese dinero ha llegado oportunamente. Quinientas libras me ponen a flote y me dejan un pequeño sobrante.

Sonrió, mirándonos con esa franqueza que le hacía resultar tan simpático a todo el mundo.

—Ya sabe lo que es eso —prosiguió—. La policía sospecha de todo el mundo y es desagradable confesar que uno está en apuros por temor a causar mala impresión. Pero fui tonto, puesto que Blunt y yo estuvimos en la sala del billar a partir de las diez menos cuarto, de forma que tengo una excelente coartada y nada que temer. Sin embargo, cuando usted nos gritó eso de que callábamos cosas, sentí un ligero malestar y pensé que más valía aligerar mi espíritu de ese peso.

Se levantó, siempre sonriente.

—Es usted un muchacho muy cuerdo —dijo Poirot, mirándole con aprobación—. Verá, cuando sé que alguien me esconde cosas, sospecho que lo que se calla puede ser muy malo. Usted ha obrado bien.

—Me alegro de verme libre de toda sospecha —dijo Raymond riendo—. Ahora me retiro.

—¡De forma que ya sabemos lo de Mr. Raymond! —afirmé en cuanto salió.

—Sí. Es una bagatela, pero si no hubiese estado en el billar, ¿quién sabe? Después de todo, muchos crímenes se han cometido por menos de quinientas libras. Todo depende de la cantidad de dinero que hace falta para corromper a un hombre. Es una cuestión de relatividad. ¿No es cierto? ¿Ha pensado usted, amigo mío, en que muchas personas resultarán beneficiadas en esa casa con la muerte de Mr. Ackroyd? Mrs. Ackroyd, miss Flora, Mr. Raymond, el ama de llaves. Con una excepción: el comandante Blunt.

Pronunció este nombre con un tono tan singular que lo miré asombrado.

—No le entiendo.

—Dos de las personas a las que acusé me han dicho la verdad.

—¿Cree que el comandante tiene algo que esconder?

—En cuanto a eso —observó Poirot displicente—, hay un refrán que dice que los ingleses esconden sólo una cosa: su amor. El comandante Blunt no sabe disimular.

—A veces me pregunto si no hemos ido demasiado aprisa al llegar a algunas conclusiones.

—¿A qué se refiere?

—Estamos convencidos de que el individuo que hizo víctima de un chantaje a Mrs. Ferrars es necesariamente el asesino de Mr. Ackroyd. ¿Acaso no nos equivocamos?

Poirot meneó la cabeza con energía.

—¡Muy bien, excelente! Me preguntaba si usted tendría esa idea. Desde luego, es posible. Pero debemos recordar una cosa. La carta desapareció. Sin embargo, tal como dice usted, eso no indica que fuera el criminal quien se apoderó de ella. Cuando usted encontró el cuerpo, Parker pudo sustraer la carta sin que lo viera.

—¿Parker?

—Sí, Parker. Siempre vuelvo a Parker, no como el asesino, no. Él no cometió el crimen, sino como el truhan capaz de aterrorizar a Mrs. Ferrars. Quizá obtuviera información de la muerte de Mr. Ferrars a través de uno de los criados de King's Paddock. De todos modos, es más probable que se haya enterado de ello por un huésped ocasional como Blunt, por ejemplo.

—Parker pudo coger la carta —admití—. No me fijé en que faltaba hasta bastante después.

—¿Cuándo exactamente? ¿Después de entrar Blunt y Raymond en el cuarto o antes?

—No lo recuerdo. Creo que fue antes. No, después. Sí, estoy casi seguro de que fue después.

—Esto amplía el campo hasta tres —opinó Poirot—. Parker es, sin embargo, el más indicado. Tengo la intención de someter a Parker a un pequeño experimento. ¿Quiere acompañarme a Fernly Park?

Asentí complacido y los dos nos pusimos en camino inmediatamente.

Al llegar a la mansión, Poirot preguntó por miss Ackroyd, y Flora no tardó en presentarse ante nosotros.

—Mademoiselle Flora —dijo Poirot—. Tengo que confiarle un pequeño secreto. Todavía no estoy convencido de la inocencia de Parker. Necesito su ayuda para someterlo a un pequeño experimento. Deseo reconstruir algunos de sus movimientos de aquella noche, pero tenemos que encontrar una excusa. ¡Ah, sí! Dígale que yo desearía saber si las voces de los que hablaban en el vestíbulo pequeño pueden oírse desde la terraza. Ahora llame usted a Parker, por favor.

Así lo hizo, y el mayordomo se presentó servicial como siempre.

—¿Ha llamado usted, señor?

—Sí, mi buen Parker. Pienso hacer un pequeño experimento. He colocado al comandante Blunt en la terraza, frente a la ventana del despacho. Deseo saber si alguien que estuviera allí alcanzaría a oír las voces de miss Ackroyd y de usted cuando se encontraban en el vestíbulo aquella noche. Quiero recrear aquella escena. Traiga la bandeja o lo que llevara.

Parker se alejó y nos trasladamos al vestíbulo, frente a la puerta del despacho. Pronto oímos un ruido de tintineo en el vestíbulo y Parker apareció en el umbral de la puerta, cargado con una bandeja con una botella de whisky, un sifón y dos vasos.

—Un momento —exclamó Poirot, levantando la mano y, al parecer, muy excitado—. Tenemos que hacerlo todo con orden, tal como ocurrió. Es mi método usual.

—Costumbre extranjera, señor —dijo Parker—. Creo que lo llaman reconstrucción del crimen...

Parker permaneció de pie, imperturbable, con la bandeja en las manos, aguardando pacientemente las órdenes de Poirot.

—¡Ah! Nuestro buen Parker lo sabe —exclamó Poirot—. Ha leído cosas. Ahora, se lo ruego, hagámoslo todo del modo más exacto. Usted salió del vestíbulo. Mademoiselle, ¿dónde...?

—Aquí —dijo Flora, colocándose frente a la puerta del despacho.

—Exacto, señor —dijo Parker.

—Acababa de cerrar la puerta —continuó Flora.

—Sí, señorita —asintió Parker—. Su mano estaba todavía en el picaporte, como ahora.

—Pues bien, *allez!* Representen la pequeña comedia.

Flora tenía la mano en el picaporte, y Parker entró por la puerta del vestíbulo, llevando la bandeja.

—¡Oh! Parker. Mr. Ackroyd no quiere que se le vuelva a molestar esta noche. ¿Está bien así? —preguntó en voz baja.

—Me parece que sí, miss Flora —dijo Parker. Luego, levantando la voz de un modo teatral, continuó—: Muy bien, señorita. ¿Cierro como siempre?

—Sí, haga el favor.

Parker se retiró por la puerta. Flora le siguió y empezó a subir la escalera central.

—¿Basta con esto? —preguntó por encima del hombro.

—Admirable —declaró el detective, frotándose las manos—. A propósito, Parker, ¿está seguro de que había dos vasos en la bandeja aquella noche? ¿Para quién era el segundo?

—Acostumbraba a llevar dos vasos, señor —comentó Parker—. ¿Desea algo más?

—Nada, gracias.

Parker se retiró, digno como siempre. Poirot permaneció en el centro del vestíbulo con las cejas arqueadas, y Flora bajó y se reunió con nosotros.

—¿Ha ido bien el experimento, monsieur Poirot? —preguntó—. No acabo de entenderlo.

Poirot le sonrió con admiración.

—No es necesario que lo comprenda. Pero, dígame, ¿había en efecto dos vasos en la bandeja de Parker aquella noche?

Flora reflexionó un momento.

—No puedo recordarlo. Creo que sí. ¿Era éste el objetivo de su experimento?

Poirot la cogió de la mano y se la acarició.

—Siempre me interesa saber si la gente me dice la verdad.

—¿Le dijo la verdad Parker?

—Me parece que sí —contestó Poirot pensativo.

Unos minutos más tarde caminábamos de regreso hacia el pueblo.

—¿Por qué tanto interés por los vasos? —pregunté con curiosidad.

Poirot se encogió de hombros.

—Había que decir algo. Podría haber preguntado cualquier otra cosa.

Me quedé mirándolo.

—De todos modos, amigo mío —añadió más seriamente—, ahora sé algo que deseaba saber, y dejémoslo así de momento.

Capítulo 16

Una velada jugando al *mahjong*

Aquella noche nos reunimos en casa para jugar al *mahjong*. Estas diversiones eran muy populares en King's Abbot. Los invitados llegaron con chanclos e impermeables después de cenar. Les ofrecimos café y, más tarde, pasteles, emparedados y té.

Aquella noche nuestros invitados eran miss Gannett y el coronel Carter, que vivía cerca de la iglesia. Durante esas reuniones, se charlaba por los codos hasta el punto de interferir seriamente en el juego. Acostumbrábamos a jugar al *bridge*, pero jugar a las cartas y conversar al mismo tiempo es horrible. El *mahjong* es mucho más apacible. Se elimina la pregunta airada de por qué demonios el compañero no ha salido con una carta determinada y, aunque también se expresan las críticas con toda franqueza, no existe el mismo espíritu agresivo.

—La noche es fría, ¿verdad, Sheppard? —dijo el coronel Carter, calentándose la espalda delante del hogar. Caroline se había llevado a miss Gannett a su cuarto y la ayudaba a quitarse el abrigo y los chales que la cubrían de pies a cabeza—. Me recuerda a los desfiladeros de Afganistán.

—¿De veras? —dije cortésmente.

—¡Qué misteriosa muerte la de ese pobre Ackroyd! —continuó el coronel aceptando una taza de café—. Eso traerá cola. Entre nosotros, Sheppard, he oído mencionar la palabra chantaje.

El coronel me lanzó una mirada significativa.

—Seguro que detrás de todo eso hay una mujer.

Caroline y miss Gannett se nos acercaron en aquel instante. Miss Gannett tomaba café mientras Caroline sacaba la caja del *mahjong* y desparramaba las fichas.

—Lavando las fichas, ¿eh? —comentó el coronel, burlón—. Es lo que solíamos decir en el Club Shanghái.

Tanto Caroline como yo opinamos que el coronel Carter no había estado nunca en el Club Shanghái y que jamás llegó más allá de la India, donde se dedicaba a hacer juegos de manos con las latas de carne en conserva y de mermelada de manzana durante la Gran Guerra. Sin embargo, el coronel es un militar con todas las de la ley, y en King's Abbot permitimos a nuestros conciudadanos que cultiven libremente su idiosincrasia.

—¿Empezamos? —preguntó mi hermana.

Nos sentamos en torno de la mesa. Durante cinco minutos hubo un silencio absoluto, debido al hecho de que todos los jugadores luchaban entre ellos para ver quién era el primero en tener construida la muralla.

—Empieza, James —dijo Caroline—. Eres el «viento del este».

Aparté una ficha. El juego prosiguió, roto el silencio por las monótonas observaciones de «tres bambúes», «dos discos», «cinco caracteres», *pung* y los frecuentes *unpung* de miss Gannett, como prueba de su costumbre de reclamar fichas a las que no tenía derecho.

—He visto a Flora Ackroyd esta mañana —dijo miss Gannett—. *Pung...* No, *unpung*. Me he equivocado.

—«Cuatro discos» —contestó Caroline—. ¿Dónde la ha visto usted?

—Ella no me ha visto —replicó miss Gannett, que daba a sus palabras esa enorme importancia que sólo en los pueblos se atribuye a hechos de esa naturaleza.

—¡Ah! —contestó Caroline—. *Chow.*

—Creo —dijo miss Gannett, momentáneamente distraída— que ahora se dice *chee* y no *chow*.

—¡Tonterías! —exclamó Caroline—. Siempre he dicho *chow*.

—En el Club Shanghái decíamos *chow* —dijo el coronel. Miss Gannett calló derrotada.

—¿Qué decía usted respecto a Flora Ackroyd? —preguntó Caroline, al cabo de un momento—. ¿Estaba con alguien?

—Ya lo creo —respondió miss Gannett.

Las miradas de ambas mujeres se cruzaron y parecieron intercambiar información.

—¿De veras? —dijo mi hermana con interés—. No me sorprende.

—Esperamos que usted juegue, miss Caroline —intervino el coronel. A menudo pretende dar la impresión de que sólo le interesa el juego, pero nadie se deja engañar por su actitud.

—Si quieren que les diga... —manifestó miss Gannett—. ¿Qué ha tirado, querida, «un bambú»? ¡Oh, no! Ahora me doy cuenta, es «un disco». Pues bien, si quieren que les diga, Flora es muy afortunada. ¡Ha tenido mucha suerte!

—¿Por qué, miss Gannett? —preguntó el coronel—. *Pung*. Me quedo este «dragón de jade». ¿Por qué dice que miss Flora ha tenido suerte? Ya sé que es una muchacha encantadora y todo eso que se dice.

—No sé mucho sobre crímenes —señaló miss Gannett con el tono de quien no ignora nada—, pero puedo decirle una cosa. La primera pregunta que hacen siempre es: «¿Quién ha sido el último en ver vivo al muerto?». Y se sospecha de la persona en cuestión. Ahora bien, Flora Ackroyd fue la última en ver a su tío con vida. Las cosas podían haberse complicado para ella. Mi opinión es que Ralph Paton no se presenta para alejar las sospechas de ella.

—Vamos, vamos —protesté suavemente—, ¿no va a sugerir que una muchacha de la edad de Flora Ackroyd sea capaz de asesinar a su tío a sangre fría?

—No estoy segura —contestó miss Gannett—. Acabo de leer un libro que habla de los bajos fondos de París. En él se cuenta que algunas de las peores criminales son muchachas jóvenes con rostro de ángeles.

—¡Eso es en Francia! —replicó Caroline al instante.

—Desde luego —continuó el coronel—. Ahora les diré una cosa curiosa, una historia que se contaba por los bazares de la India.

La historia del coronel era interminable y poco interesante. Algo que ocurrió en la India hacía muchos años no era comparable ni por un momento con un acontecimiento que había sucedido en King's Abbot hacía dos días.

Caroline puso fin al relato del coronel ganando la partida de *mahjong*. Después de alguna discusión promovida, como siempre, por mi revisión de las cuentas más bien deficientes de Caroline, empezamos una nueva partida.

—El «viento del este» pasa —anunció Caroline—. Me he formado una idea respecto a Ralph Paton. «Tres caracteres», pero no la digo por ahora.

—¡De veras, querida! —exclamó miss Gannett—. *Chow.* No, *pung.*

—Sí —declaró Caroline con firmeza.

—¿Qué hay de cierto en lo de las botas? —preguntó miss Gannett—. Eran negras, ¿no?

—Así es —respondió Caroline.

—¿Qué creen que quería averiguar? —preguntó miss Gannett.

Caroline frunció los labios y sacudió la cabeza con aires de saberlo todo.

—*Pung* —dijo miss Gannett—. No, *unpung.* Supongo que ahora que el doctor trabaja con monsieur Poirot conoce todos los secretos.

—Nada de eso —exclamé.

—James es tan modesto —dijo Caroline—. ¡Ah! Un *kong* oculto.

El coronel silbó. Por un momento, nos olvidamos de los chismes.

—Y de su propio viento —dijo—. Veo que tiene dos *pungs* de dragones. Hay que tener cuidado. Miss Caroline está dispuesta a ganar la mano.

Jugamos un rato más sin decir nada importante.

—El tal Poirot —empezó de pronto el coronel—, ¿es tan buen detective como dicen?

—El mejor que el mundo haya conocido —declaró mi hermana, con tono enfático—. Ha venido aquí de incógnito con el fin de evitar la publicidad.

—*Chow* —dijo miss Gannett—. Es un gran acontecimiento para el pueblo. A propósito, Clara, mi doncella, es muy amiga de Elsie, la camarera de Fernly Park y, ¿qué creen ustedes que le contó Elsie? Que ha sido robada una suma importante y que a ella le parece que la otra doncella tiene algo que ver con el asunto. Se va a fin de mes y por la noche no hace más que llorar. Es muy posible que esa muchacha pertenezca a una banda. Siempre se ha mostrado distinta de las demás..., no tiene amigas entre las chicas de por aquí. Sale sola los días de fiesta. Eso no es natural y no deja de ser sospechoso. Le pregunté una vez si quería asistir a nuestras veladas para jóvenes, pero rehusó y, cuando quise saber algo de su casa y de su familia, se mostró impertinente. No me faltó al respeto, no, pero se negó a decir nada.

Miss Gannett se detuvo para tomar aliento, y el coronel, que no sentía interés alguno por la cuestión de las criadas, hizo observar que en el Club Shanghái jugaban deprisa, sin entretenerse.

Jugamos, pues, un momento sin distraernos.

—Luego está miss Russell —apuntó Caroline—. Vino

aquí, a la consulta de James, el viernes por la mañana. Me parece que lo que quería saber era dónde se guardan los venenos... «Cinco caracteres».

—*Chow* —dijo miss Gannett—. ¡Qué ideas tan extraordinarias! ¿Será cierto?

—Hablando de venenos... —manifestó el coronel—. ¿Qué? ¿No he jugado todavía? ¡Vaya! «Ocho bambúes».

—¡*Mahjong!* —dijo miss Gannett.

Caroline estaba contrariada.

—Sólo un «dragón de rubí» —replicó con tono de pesar— y hubiera debido tener «tres dobles parejas».

—Yo he tenido «dos dragones de rubí» todo el rato —exclamé.

—Eso es típico en ti, James —acusó mi hermana—. No acabas de captar el espíritu del juego.

Creía, sin embargo, haber jugado hábilmente. Hubiera tenido que pagar una suma enorme a Caroline si ella hubiese hecho *mahjong*. El de miss Gannett era bastante pobre, y Caroline no dejó de decírselo.

El «viento del este» pasó e iniciamos otra partida en silencio.

—Lo que iba a decirles es lo siguiente —empezó Caroline.

—¿Sí? —dijo miss Gannett para alentarla.

—Me refiero a Ralph Paton.

—Sí, querida, siga, siga —insistió miss Gannett a fin de estimularla más—. *Chow.*

—Es una señal de debilidad hacer *chow* tan pronto —dijo Caroline severamente—. Debería intentar conseguir una mano más fuerte.

—Lo sé, lo sé. ¿Qué decía de Ralph Paton? ¿Sabe algo?

—Bueno. Sé dónde puede estar.

Todos nos detuvimos para mirarla.

—Esto es muy interesante, miss Caroline —dijo el coronel Carter—. ¿La idea es suya?

—No del todo. Voy a decírselo. ¿Conocen el gran mapa del condado que tenemos en el vestíbulo?

Contestamos unánimemente que sí.

—Pues bien. Al salir monsieur Poirot el otro día, se detuvo para mirarlo e hizo una observación, no recuerdo cuál era, pero sí algo referente a que Cranchester era la única ciudad importante que tenemos cerca, lo cual es cierto. Cuando se retiró, tuve una corazonada.

—¿Cuál?

—Comprendí su significado y me dije: «Desde luego, Ralph se encuentra en Cranchester».

En aquel instante dejé caer el atril que sostenía mis fichas. Mi hermana me reprochó en el acto mi torpeza, aunque sin insistir. Tenía la mente fija en su teoría.

—Cranchester, miss Caroline —dijo el coronel Carter—. No diga eso. Está muy cerca.

—Por eso mismo —exclamó Caroline triunfalmente—. A esas horas se sabe que no se fue en tren. Debió de ir a pie hasta Cranchester y aún continúa allí. A nadie se le ocurre siquiera que esté a tan corta distancia de aquí.

Opuse algunas objeciones a esa teoría, pero cuando a Caroline se le mete algo en la cabeza, nadie se lo quita.

—¿Cree usted que monsieur Poirot tiene la misma idea? —dijo miss Gannett pensativa—. Es una coincidencia curiosa, pero he salido a dar un paseo esta tarde por la carretera y lo vi pasar en un automóvil que venía de esa dirección.

Nos miramos unos a otros.

—¡Vaya! —exclamó miss Gannett—. Tengo *mahjong* hace rato y no me había fijado.

La atención de Caroline por sus propios ejercicios de inventiva se distrajo momentáneamente. Advirtió a miss Gannett que, con una mano formada por tantas fichas distintas y tantos *chows*, no valía la pena hacer *mahjong*. Miss Gannett, impávida, empezó a contar.

—Sí, querida, sé a lo que se refiere, pero todo depende de las fichas con que uno empieza. ¿O no?

—Nunca logrará grandes manos si no las busca —insistió Caroline.

—De todas formas, cada uno juega como quiere, ¿no? —Miss Gannett echó un vistazo a sus ganancias y dijo—: Fíjense si no en quién gana.

Caroline, que había perdido un montón de fichas, no dijo nada.

Mientras, Annie trajo la bandeja del té. El «viento del este» pasó de nuevo. Miss Gannett y Caroline tenían su pique particular, como suele ocurrir en veladas semejantes.

—Debería jugar un poco más rápido, querida —dijo Caroline, al ver que su amiga vacilaba antes de colocar una ficha—. Los chinos colocan las piezas tan deprisa que hacen un ruido parecido al de cien mil pajaritos trinando.

Durante unos instantes jugamos como los chinos.

—Usted nunca dice nada, Sheppard —exclamó el coronel jovialmente—. Es un hombre misterioso, amigo íntimo del gran detective y sin soltar una palabra de lo que ocurre.

—James es extraordinario —dijo Caroline—. Nunca da la menor información.

Me miró con desagrado.

—Les aseguro que no sé nada. Poirot se guarda sus opiniones.

—Es listo —murmuró el coronel con una risita—. Nunca descubre su juego. Esos detectives extranjeros son magníficos y emplean toda clase de trucos. ¡Sí, señor!

—*¡Pung!* —dijo miss Gannett triunfalmente—. ¡Y *mah-jong*!

La atmósfera iba cargándose. La contrariedad que Caroline sentía al presenciar la tercera victoria de su amiga fue la que la impulsó a decirme, mientras edificaba una nueva muralla:

—¡Eres el colmo, James! Estás ahí sentado como una momia, sin decir una palabra.

—Pero, querida —protesté—, no tengo nada que decir. Nada de lo que tú quisieras que dijera.

—¡Tonterías! —replicó Caroline—. Debes de saber algo interesante.

De momento, no contesté. Estaba abrumado por la excitación. Había leído en algún sitio algo referente al «vencedor perfecto» que consistía en hacer *mahjong* de salida. Nunca supuse que algo así me llegara a ocurrir.

Sorprendido por el triunfo, puse las fichas boca arriba encima de la mesa.

—Como dicen en el Club Shanghái —exclamé—: ¡*Tin-ho*, el «vencedor perfecto»!

Los ojos del coronel casi salieron de sus órbitas.

—¡Por todos los diablos! —gritó maravillado—. ¡Nunca había visto semejante cosa!

Fue entonces cuando, molesto por las pullas de Caroline y la excitación del glorioso triunfo, cometí una imprudencia temeraria.

—Y ahora algo ciertamente interesante —dije—. ¿Qué les parece una alianza de oro con una fecha y las palabras «Recuerdo de R» grabadas en el interior?

Paso por alto la escena que siguió. Fui obligado a explicar dónde había sido encontrado aquel tesoro. Tuve que revelar la fecha.

—13 de marzo —dijo Caroline—. Hace seis meses de eso. ¡Ah!

Al cabo de un buen rato de discusiones, se desarrollaron tres teorías:

Primera: la del coronel Carter. Que Ralph estaba casado secretamente con Flora. La primera y más sencilla.

Segunda: la de miss Gannett. Que Roger Ackroyd estaba casado con Mrs. Ferrars.

Tercera: la de Caroline. Que Roger Ackroyd estaba casado con su ama de llaves, miss Russell.

Todavía apareció una cuarta superteoría. La formuló mi hermana al acostarnos.

—No me extrañaría que Geoffrey y Flora se hubieran casado.

—Pero entonces habrían grabado: «Recuerdo de G» y no de «R» —objeté.

—¡Quién sabe! Algunas muchachas llaman a los hombres por sus apellidos. Y ya has oído lo que miss Gannett ha dicho de Flora.

Debo decir que no había oído nada al respecto, pero viniendo de Caroline respeté su insinuación.

—¿Y Hector Blunt? Si alguien...

—¡Desatinas! —dijo Caroline—. La admira, tal vez está enamorado de ella, pero, créeme, una muchacha no se encapricha de un hombre que podría ser su padre cuando hay en la casa un secretario joven y guapo. Puede animar al comandante para despistar. Las chicas son astutas, pero te diré una cosa, James Sheppard. Flora Ackroyd no ama a Ralph Paton y nunca lo ha amado. Puedes estar seguro.

Dócilmente, me dejé convencer.

Capítulo 17

Parker

A la mañana siguiente pensé que me había mostrado algo indiscreto debido al entusiasmo provocado por el *tinho*. Era cierto que Poirot no me había pedido que silenciara el descubrimiento del anillo, pero, por otra parte, no había hablado de éste en Fernly Park y yo era la única persona que sabía de su existencia.

Me sentía culpable. La noticia debía de correr actualmente en alas del viento por todo King's Abbot, y yo esperaba un diluvio de reproches del detective de un momento a otro.

Los funerales de Mrs. Ferrars y de Roger Ackroyd se celebraron a las once. Fue una ceremonia triste e impresionante. Todos los habitantes de Fernly Park estaban presentes.

Cuando terminó, Poirot me cogió del brazo y me invitó a acompañarle a The Larches. Su expresión era grave y temí que mi indiscreción de la noche anterior hubiese llegado a sus oídos. Sin embargo, pronto comprendí que le preocupaba otra cosa.

—Tenemos que actuar —dijo de pronto—. Con su ayuda, me propongo interrogar a un testigo. Le haremos preguntas, le infundiremos semejante temor que la verdad surgirá.

—¿De qué testigo habla usted? —pregunté sorprendido.

—¡De Parker! Le he pedido que viniera a mi casa esta mañana a las doce. Debe de estar esperándome.

—¿Qué espera? —me aventuré a decir, mirándole de reojo.

—Sólo sé una cosa y es que no estoy satisfecho.

—¿Cree que es el chantajista?

—O eso o...

—¿Qué? —pregunté después de esperar un minuto o dos.

—Amigo mío, voy a decirle esto: creo que fue él.

Algo en su actitud y su tono me sumió en el silencio.

Al llegar a The Larches, nos dijeron que Parker ya estaba esperándonos. El mayordomo se levantó respetuosamente cuando entramos en el cuarto.

—Buenos días, Parker —dijo Poirot con voz amable—. Un momento, se lo ruego.

Se quitó el gabán y los guantes.

—Permítame, señor —dijo Parker, que de inmediato se acercó para ayudarlo. Colocó las dos cosas en una silla junto a la puerta. Poirot lo observó satisfecho.

—Gracias, mi buen Parker. Siéntese. Lo que tengo que decirle puede entretenernos un buen rato.

Parker se sentó, inclinando la cabeza como si se excusara.

—¿Por qué cree usted que le he pedido que viniera aquí esta mañana?

Parker tosió levemente.

—Me pareció comprender, señor, que deseaba hacerme algunas preguntas sobre mi difunto amo, sobre su vida privada.

—*Précisément!* —contestó Poirot, sonriendo—. ¿Tiene usted experiencia en chantajes?

—¡Señor!

El mayordomo se levantó de un salto.

—No se altere. No haga el papel del hombre honrado a quien se le insulta. Usted sabe cuanto hay que saber respecto al chantaje, ¿verdad?

—Señor, yo no..., a mí nunca me han...

—... ofendido —sugirió Poirot—, ofendido de este modo antes de ahora. Entonces, mi buen Parker, ¿por qué estaba tan ansioso por oír la conversación que sostenía en el despacho Mr. Ackroyd, la otra noche, después de coger al vuelo la palabra «chantaje»?

—¡Yo, no..., yo...!

—¿Quién fue su último amo?

—¿Mi último amo?

—Sí, el señor con quien estaba antes de servir a Mr. Ackroyd.

—El comandante Ellerby, señor.

Poirot lo interrumpió sin miramientos.

—Eso mismo, el comandante Ellerby, adicto a los estupefacientes, ¿verdad? Usted viajó con él. Cuando estaba en las Bermudas, hubo un incidente desagradable: un hombre muerto. El comandante era en parte responsable del suceso y se silenció. ¿Cuánto le pagó Ellerby para que usted callara?

Parker miraba al detective, boquiabierto. Estaba trastornado y sus mejillas temblaban febrilmente.

—He conseguido informes —continuó Poirot—. Es tal como lo digo. Usted cobró entonces una buena suma de dinero con el chantaje, y el comandante Ellerby siguió pagándole hasta su muerte. Ahora quiero saberlo todo respecto a su último experimento.

Parker guardaba silencio.

—Es inútil negarlo. Hércules Poirot lo sabe todo. Lo del comandante Ellerby es cierto, ¿verdad?

Contra su voluntad, Parker asintió. Tenía el rostro de color ceniza.

—¡Sin embargo, no he tocado un solo cabello a Mr. Ackroyd! —dijo quejumbrosamente—. ¡Se lo juro ante Dios, señor! Siempre he tenido miedo a este momento y le repito que no le he asesinado.

Levantó la voz hasta pronunciar las últimas palabras en un grito.

—Le creo, amigo mío —dijo Poirot—. No tiene usted el nervio, el valor necesario, pero debo saber la verdad.

—Se lo diré todo, señor, todo lo que desea saber. Es verdad que traté de escuchar aquella noche. Una o dos palabras que oí despertaron mi curiosidad, así como el deseo de Mr. Ackroyd de que no lo molestaran y su manera de encerrarse con el doctor. Lo que he dicho a la policía es la pura verdad, oí la palabra «chantaje», señor, y...

Hizo una pausa.

—¿Y pensó que tal vez allí descubriría algo que pudiera interesarle?

—¡Pues sí, señor! Pensé que si Mr. Ackroyd era víctima de un chantaje, bien podría tratar de aprovecharme de la ocasión.

Una expresión muy curiosa pasó por el rostro de Poirot. Se inclinó hacia delante.

—¿Antes de aquella noche, tuvo algún motivo para creer que Mr. Ackroyd era víctima de un chantajista?

—No, señor. Fue una gran sorpresa. Era un caballero de costumbres muy regulares.

—¿Qué fue lo que oyó?

—Poca cosa, señor. No tuve suerte. Mi trabajo me llamaba a la cocina y, cuando me acerqué una o dos veces al despacho, fue en vano. La primera vez el doctor Sheppard salía y por poco me descubre, y la segunda, Mr. Raymond pasó por el vestíbulo central y continuó en esa dirección, de modo que no pude seguir adelante. Cuando volví a intentarlo llevando la bandeja, miss Flora me alejó.

Poirot miró fijamente al hombre como para poner a prueba su sinceridad. Parker devolvió la mirada sin pestañear.

—Espero que me crea, señor. Siempre he tenido miedo de que la policía resucitara aquel viejo asunto del comandante Ellerby y sospechara de mí.

—*Eh bien!* Estoy dispuesto a creerle, pero hay una cosa que debo pedirle y es que me enseñe la libreta de su cuenta bancaria. Supongo que usted tendrá una.

—Sí, señor, y la llevo encima.

Sin el menor reparo, la sacó del bolsillo. Poirot cogió la libreta de tapas verdes y le echó una mirada.

—¡Ah! Veo que este año ha comprado bonos del Tesoro por valor de quinientas libras.

—Sí, señor. He ahorrado más de mil libras como resultado de mi estancia en casa de mi último amo, el comandante Ellerby. Además, he tenido suerte en las carreras de caballos. Recordará usted que un caballo desconocido ganó el Jubilee. Yo apostaba veinte libras.

Poirot le devolvió la libreta.

—Puede retirarse. Creo que me ha dicho la verdad. En caso contrario, tanto peor para usted, amigo mío.

Cuando Parker se retiró, Poirot recogió su abrigo.

—¿Sale otra vez?

—Sí, haremos una visita a Mr. Hammond.

—¿Usted se cree la historia de Parker?

—Es posible. A menos que sea muy buen actor, parece creer firmemente que Ackroyd era la víctima del chantajista. Si es así, no sabe nada de lo de Mrs. Ferrars.

—En ese caso, ¿quién?

—*Précisément!* ¿Quién? Nuestra visita a Mr. Hammond tiene un objeto determinado, o bien disculpará completamente a Parker o...

—¡Diga, diga!

—Esta mañana he contraído la mala costumbre de dejar mis frases sin acabar —explicó Poirot con tono de disculpa—. Deberá tener paciencia conmigo.

—A propósito —dije algo tímidamente—. Tengo que

hacerle una confesión. Temo haber dejado escapar sin querer algo respecto a esa alianza.

—¿Qué alianza?

—La que usted encontró en el estanque.

—¡Ah, sí, sí!

—Espero que no le disguste. Fue un descuido imperdonable.

—Nada de eso, amigo mío, nada de eso. No le recomendé silencio. Usted podía hablar si le venía en gana. ¿Su hermana se mostró interesada?

—¡Ya lo creo! Causó sensación y formularon toda clase de teorías.

—¡Ah! Sin embargo, es tan sencilla. La verdadera explicación salta a la vista, ¿verdad?

—¿Lo cree usted así? —comenté desabrido.

Poirot se echó a reír.

—El hombre sabio no hace confidencias. Ya llegamos a casa de Mr. Hammond.

El abogado estaba en su despacho. Nos hicieron pasar sin dilación. Se levantó y nos saludó con la sequedad y la educación habituales.

Poirot fue directo al grano.

—Monsieur, deseo que me proporcione cierta información, es decir, si tiene la bondad de dármela. Creo que usted era el notario de la difunta Mrs. Ferrars, de King's Paddock.

Noté la sorpresa que reflejó la mirada del abogado antes de que la reserva profesional pusiera de nuevo una máscara en sus facciones.

—Es cierto. Todos sus asuntos pasaban siempre por mis manos.

—Muy bien. Ahora, antes de pedirle nada, me gustaría que escuchase la historia que Mr. Sheppard le relatará. Supongo que no le importa, amigo mío, repetir la conversación que sostuvo con Mr. Ackroyd el viernes pasado por la noche.

—En absoluto —dije, y de inmediato relaté la historia de aquella extraña noche.

Hammond escuchó con suma atención.

—¡Chantaje! —exclamó el abogado, pensativo.

—¿Le sorprende? —preguntó Poirot.

—No, no me sorprende. Sospechaba algo por el estilo desde hace tiempo.

—Eso nos lleva a la información que vengo a pedirle. Si alguien puede darnos una idea de las sumas pagadas es usted, monsieur.

—No tengo por qué oponerme a darle esa información —afirmó Hammond, al cabo de un momento—. Durante el último año, Mrs. Ferrars vendió algunas obligaciones y el dinero que ganó de esa venta no volvió a invertirlo, sino que se depositó en su cuenta corriente. Sus rentas eran muy elevadas y, como vivía con modestia después del fallecimiento del marido, supuse que las sumas se destinaban a unos pagos especiales. En una ocasión, le pregunté al respecto y me dijo que se veía obligada a mantener a varios parientes pobres de su marido. No insistí, como puede suponer. Hasta ahora pensé que ese dinero lo recibía alguna mujer que tendría derechos sobre Ashley Ferrars. No soñé siquiera que Mrs. Ferrars en persona estuviera implicada en el asunto.

—¿Y el importe? —preguntó Poirot.

—Las diversas cantidades subían por lo menos a veinte mil libras.

—¡Veinte mil libras! —exclamé—. ¡En un solo año!

—Mrs. Ferrars era una mujer riquísima —dijo Poirot—. Y el castigo por un crimen no es precisamente agradable.

—¿Necesitan saber algo más? —inquirió Mr. Hammond.

—¡Gracias, no! —dijo Poirot, levantándose—. Dispénsenos por haberle perturbado.

—No es molestia, se lo aseguro.

—La palabra «perturbado» —le dije al salir— se aplica sólo a los trastornos mentales.

—¡Ah! Mi inglés nunca será perfecto. Curiosa lengua. Habría tenido que decir «fastidiado», *n'est ce pas*?

—«Molestado» era la palabra justa.

—Gracias, amigo mío —me dijo Poirot—, por recordarme la palabra exacta. *Eh bien.* ¿Qué me dice ahora de nuestro amigo Parker? ¿Con veinte mil libras en su poder, habría continuado haciendo de mayordomo? *Je ne pense pas.* Desde luego, es posible que haya ingresado el dinero en el banco bajo otro nombre, pero estoy dispuesto a creer que nos ha dicho la verdad. Si es un pillo, lo es a pequeña escala. No tiene grandes ideas. Eso nos deja dos posibilidades: Raymond o el comandante Blunt.

—No puede ser Raymond —objeté—, puesto que sabemos que se encontraba apurado por una suma de quinientas libras.

—Eso es lo que dice.

—¡Y en cuanto a Hector Blunt...!

—Voy a decirle algo sobre el buen comandante —interrumpió Poirot—. Mi trabajo consiste en enterarme. *Eh bien!* Me he enterado. He descubierto que ese legado del que habla sube a unas veinte mil libras. ¿Qué le parece?

Estaba tan sorprendido que apenas pude contestar.

—¡Es imposible! ¡Un hombre tan conocido como Hector Blunt!

Poirot se encogió de hombros.

—¿Quién sabe? Él sí es un hombre de grandes ideas. Confieso que no me lo imagino en el papel de chantajista, pero hay otra posibilidad que usted aún no ha considerado.

—¿Cuál?

—El fuego, amigo mío. Ackroyd pudo destruir esa carta junto con el sobre azul después de que usted saliera.

—No lo creo probable. Sin embargo, es posible. Quizá cambiara de idea.

Llegábamos a casa e invité a Poirot a almorzar con nosotros.

Pensé que Caroline estaría contenta, pero es empresa difícil satisfacer a las mujeres. Resultó que almorzábamos chuletas. En la cocina tenían callos con cebollas. ¡Y dos pequeñas chuletas para tres personas es un problema de complicada solución!

Sin embargo, Caroline no se dejó ganar por tan poca cosa. Mintiendo con descaro, explicó a Poirot que, aunque James siempre se reía de ella, seguía un régimen estrictamente vegetariano. Habló largo y tendido sobre el asunto y comió un plato de legumbres, al tiempo que se explayaba sobre los peligros de comer carne.

Momentos después, cuando estábamos fumando frente al fuego, Caroline atacó directamente a Poirot.

—¿No ha encontrado todavía a Ralph Paton?

—¿Dónde debo buscarlo, mademoiselle?

—Pensé que quizá lo hallaría en Cranchester —dijo Caroline con un tono muy significativo.

Poirot pareció asombrado.

—¿En Cranchester? ¿Por qué allí precisamente?

Se lo expliqué con un toque de malicia.

—Uno de nuestros numerosos detectives privados lo vio a usted en un automóvil en la carretera de Cranchester.

El asombro de Poirot se esfumó. Se echó a reír alegremente.

—¡Ah! Fui a visitar al dentista, *c'est tout*. Me dolía una muela. Al llegar allí, ya no notaba dolor y quería irme, pero el dentista dijo que no, que era preferible extraerla. Discutimos, y él insistió. Por fin hice lo que él quería y la muela no me volverá a doler más.

Caroline se desinfló como un globo pinchado.

Empezamos a hablar sobre Ralph Paton.

—Temperamento débil —opiné—, pero no es un inmoral.

—¡Ah! —exclamó Poirot—. Pero, ¿adónde lleva la debilidad?

—Eso es lo que digo —interrumpió Caroline—. Mire usted a James. Es débil como el agua. ¡Si no estuviese aquí para cuidar de él...!

—Mi querida Caroline —repliqué irritado—, ¿no puedes hablar sin personalizar?

—Eres débil, James —dijo Caroline impávida—. Tengo ocho años más que tú. No, no me importa que monsieur Poirot lo sepa.

—Nunca lo hubiera imaginado, mademoiselle —señaló Poirot con una inclinación galante.

—Ocho años mayor. Pero siempre he considerado que mi deber es cuidar de ti. Con tu mala educación, sólo Dios sabe en lo que estarías metido ahora.

—Tal vez me hubiese casado con una hermosa aventurera —murmuré, contemplando el techo mientras hacía anillos de humo.

—¡Aventurera! —dijo Caroline con desdén—. Si empezamos a hablar de aventureras...

Dejó la frase sin acabar.

—¡Continúa! —dije con cierta curiosidad.

—Nada, pero puedo pensar en alguna a mucho menos de ciento sesenta kilómetros de aquí.

Se volvió de pronto hacia Poirot.

—James insiste en que usted cree que alguien de la casa cometió el crimen. Lo único que puedo decirle es que se equivoca.

—No me conviene equivocarme —contestó Poirot—. No es..., cómo lo diría..., no es *mon métier*.

—Lo tengo todo muy presente —continuó Caroline sin hacerle caso—. Por lo que deduzco, sólo dos personas tuvieron la oportunidad de hacerlo: Ralph Paton y Flora Ackroyd.

—Mi querida Caroline...

—No me interrumpas, James. Sé lo que digo. Parker encontró a Flora delante de la puerta, ¿verdad? No oyó a su tío darle las buenas noches. Pudo matarlo entonces.

—¡Caroline!

—No digo que lo hiciera, James. Digo que pudo hacerlo. Aunque Flora, al igual que todas las muchachas modernas, no tiene el menor respeto a los que tienen más edad y experiencia que ella, no creo que sea capaz de matar un pollo. Sin embargo, ahí están Mr. Raymond y el comandante Blunt, que tienen coartadas. Incluso Mrs. Ackroyd tiene una. También Russell parece tener otra. ¡Tanto mejor para ella! ¿Quién queda, pues? ¡Sólo Ralph y Flora! Y digan lo que digan, no creo que Ralph Paton sea un asesino. Es un muchacho que conocemos de toda la vida.

Poirot guardó silencio un minuto, mirando el humo que subía en espiral de su cigarrillo. Cuando habló, era con una voz de ensueño que nos produjo una sensación extraña por ser totalmente distinta de su modo habitual de expresarse.

—Imaginemos a un hombre, a un hombre como cualquier otro, a un hombre que no abriga en su corazón ningún pensamiento criminal. Hay debilidad en ese hombre, una debilidad bien escondida. Hasta ahora jamás ha salido a la superficie. Quizá nunca aflorará y, en ese caso, se irá a la tumba honrado y respetado por todos. Pero supongamos que algo ocurre. Que se encuentra presa de dificultades o sencillamente descubre por casualidad un secreto, un secreto de vida o muerte para otra persona. Su primer impulso es hablar, cumplir con su deber de ciudadano honrado. Entonces es cuando surge la debilidad de su temperamento. Ahí tiene la posibilidad de hacerse con dinero, con mucho dinero. Lo desea, ¡y es tan fácil! No tiene que hacer nada, sólo callar. Es el comienzo.

»El deseo de tener dinero va en aumento. Quiere más, siempre más. Está embriagado por la mina de oro que se abre a sus pies. Se vuelve codicioso y, en su codicia, se excede. Es posible presionar a un hombre tanto como se quiera, pero con una mujer no hay que rebasar ciertos límites, pues una mujer tiene en el fondo de su corazón un gran deseo de decir la verdad. ¡Cuántos esposos han engañado a sus esposas y bajan tranquilamente a la tumba, llevando su secreto consigo! ¡Cuántas esposas que han engañado a sus esposos arruinan sus vidas confesándolo todo! Han soportado mucha presión. En un momento de atrevimiento, que les pesa haber tenido después, *bien entendu*, desprecian toda cautela y proclaman la verdad con gran satisfacción momentánea. Creo que es lo que ha ocurrido en este caso. La tensión era demasiado grande y así sucedió, como en la fábula, la muerte de la «gallina de los huevos de oro». Pero esto no es todo. El peligro de ser desenmascarado acecha al hombre de quien hablamos. No es el mismo hombre que era, digamos, un año antes. Su fibra moral se ha deshecho. Está desesperado. Lucha una batalla perdida y está dispuesto a valerse de todos los medios a su alcance, pues la denuncia significa la ruina. ¡Y, entonces, la daga golpea!

Poirot calló un momento. Era como si hubiera lanzado un sortilegio sobre la habitación. No puedo describir la impresión que produjeron sus palabras. Había algo en su análisis despiadado y en su capacidad de visión que nos atemorizó.

—Después —continuó con voz suave—, pasado el peligro, volverá a ser un hombre normal, bondadoso, pero si la necesidad surge de nuevo, golpeará otra vez.

Caroline salió de su estupor.

—Habla usted de Ralph Paton. Tal vez tenga razón, pero no puede condenar a un hombre sin dejarle que se defienda.

La llamada del teléfono nos interrumpió. Salí al vestíbulo y atendí.

—¿Diga...? Sí, soy el doctor Sheppard.

Escuché unos minutos y respondí brevemente. Colgué el teléfono y volví al salón.

—Poirot —anuncié—, han detenido a un hombre en Liverpool. Su nombre es Charles Kent y creen que es el forastero que visitó Fernly Park aquella noche. Quieren que yo vaya a Liverpool enseguida para identificarlo.

Capítulo 18

Charles Kent

Media hora después, Poirot, el inspector Raglan y yo viajábamos en tren hacia Liverpool. Raglan estaba bastante nervioso.

—Aunque no se logre nada más, conseguiremos, algo es algo, dar con una pista relacionada con ese asunto del chantaje —declaró con satisfacción—. Ese individuo es un tipo duro, según me han dicho por teléfono. Aficionado a las drogas también. No será difícil hacerle confesar lo que deseamos saber. Si hubo el más mínimo móvil, es muy probable que matara a Mr. Ackroyd. Pero, en ese caso, ¿por qué se esconde el joven Paton? ¡Es un enigma, un verdadero misterio! A propósito, monsieur Poirot, usted tenía razón respecto a esas huellas dactilares. Eran de Mr. Ackroyd. Tuve la misma idea, pero la rechacé por parecerme poco probable.

Sonreí para mis adentros. Raglan sabía quedar bien en todas las ocasiones.

—Referente a ese hombre, ¿no habrá sido encarcelado todavía? —preguntó Poirot.

—No. Sólo está retenido como sospechoso.

—¿Qué explicaciones ha dado?

—Muy pocas. Es un pájaro de cuenta. Lanza insultos, cubre a la gente de improperios, pero no dice nada más.

Al llegar a Liverpool me sorprendió ver cómo recibían a Poirot, con aclamaciones entusiastas. El superintendente

Hayes, que nos esperaba, había trabajado con él en otro caso hacía tiempo y tenía, evidentemente, una opinión exagerada de su talento.

—Ahora que tenemos a monsieur Poirot aquí el caso no tardará en resolverse —dijo alegremente—. Creía que se había retirado, monsieur.

—Así es, en efecto, mi querido Hayes, pero el retiro es aburrido. Usted no puede imaginarse la monotonía con que un día sigue al otro.

—Me lo figuro. ¿De modo que ha venido usted a echar una ojeada a nuestro detenido? ¿Es el doctor Sheppard? ¿Cree que podrá identificarle?

—No estoy muy seguro —dije, vacilando.

—¿Cómo dieron con él? —preguntó Poirot.

—Hicimos circular su descripción. No era gran cosa, lo admito. Ese tipo tiene acento norteamericano y no niega haber estado cerca de King's Abbot la noche de autos. Se limita a preguntar por qué nos interesa saberlo y a decir que nos verá primero en el infierno antes que contestar a nuestras preguntas.

—¿Podré verle yo también? —preguntó Poirot.

El superintendente le hizo un guiño lleno de promesas.

—Estaremos encantados, señor. Usted tiene permiso para hacer lo que quiera. El inspector Japp, de Scotland Yard, preguntó por usted el otro día. Dijo que sabía que usted intervenía en el asunto. ¿Puede decirme dónde se esconde el capitán Paton, señor?

—Dudo que sea conveniente indicárselo en este momento —respondió el belga misteriosamente.

Me mordí el labio inferior para no sonreír.

El hombre desempeñaba muy bien su papel.

Después de algunas formalidades, nos llevaron hasta el prisionero. Era un muchacho de unos veintidós o veintitrés años, alto, delgado, con manos ligeramente temblorosas y aspecto de poseer una gran fuerza física, hasta cierto punto agotada. Tenía el cabello oscuro y los ojos azules, torvos, que rara vez miraban a los ojos de su interlocutor. A pesar de la ilusión que me había forjado de poder reconocer al hombre que había visto la noche de autos, me fue imposible decidir si se trataba o no de aquel individuo. No me recordaba a nadie que conociese.

—Bien, Kent —dijo el superintendente—, levántese. Están aquí unos señores que han venido a verle. ¿Reconoce a alguno de ellos?

Kent miró de mala gana, pero no contestó. Vi su mirada posarse sobre cada uno de nosotros por turno y volver finalmente hacia mí.

—Bien, doctor —me dijo el superintendente—, ¿le reconoce?

—La estatura es la misma —contesté—. Por su aspecto general, quizá se trate del mismo hombre. No puedo añadir nada más.

—¿Qué diablos significa todo esto? —preguntó Kent—. ¿De qué se me acusa? Vamos, hablen. ¿Qué suponen que he hecho?

Incliné la cabeza.

—Es el hombre. Reconozco su voz.

—¿Reconoce mi voz? ¿Dónde cree haberla oído antes?

—El viernes por la noche, frente a la verja de Fernly Park. Usted me preguntó el camino que debía seguir.

—¿Sí, eh?

—¿Lo admite? —preguntó el inspector.

—Yo no admito nada. Primero debo saber de qué se me acusa.

—¿No ha leído usted los periódicos durante estos últimos días? —dijo Poirot, hablando por primera vez.

El hombre entornó los ojos.

—¡Ah! ¿Se trata de eso? He leído que un viejo ha sido enviado al otro barrio en Fernly Park. Intentan demostrar que yo hice la faena, ¿eh?

—Eso es —admitió Poirot—. Usted estuvo allí.

—¿Cómo lo sabe?

—Por esto.

Poirot sacó algo del bolsillo y se lo enseñó. Era la pluma de oca que habíamos encontrado en el pequeño cobertizo. Al verla, el rostro del hombre cambió de expresión. Alargó la mano.

—«Nieve» —dijo un calculador Poirot—. No, amigo mío, está vacía. La encontré en el cobertizo, donde usted la dejó caer aquella noche.

Charles Kent miraba al detective, vacilando.

—Parece usted enterado de muchas cosas, gallito extranjero. Tal vez recuerde que los diarios dicen que el viejo fue despachado entre las diez menos cuarto y las diez.

—Es verdad —convino Poirot.

—Sí, pero ¿ocurrió realmente así? Eso es lo que me interesa saber.

—Este caballero se lo dirá —contestó Poirot.

Señaló a Raglan. Éste vaciló, miró al superintendente Hayes, luego a Poirot y, finalmente, como si hubiese obtenido aprobación de éstos, dijo:

—Así fue, en efecto.

—Entonces no tienen por qué retenerme aquí —dijo Kent—. Estaba lejos de Fernly Park a las nueve y veinticinco. Pueden preguntarlo en The Dog & Whistle. Es un bar situado a un kilómetro y medio de Fernly Park, en la carretera de Cranchester. Recuerdo que armé un escándalo allí. No faltaría mucho para las diez menos cuarto. ¿Qué les parece?

Raglan hizo una anotación en su cuaderno.

—¿Qué anota? —preguntó Kent.

—Se harán las gestiones oportunas —contestó el inspector—. Si usted ha dicho la verdad, no habrá motivo alguno para inculparlo. De todos modos, ¿qué hacía en Fernly Park?

—Fui a ver a alguien.

—¿A quién?

—Eso es asunto mío.

—Más vale que conteste con educación —le avisó el superintendente.

—¡Al infierno la educación! Fui allí por un asunto que me interesaba y no tengo que dar cuenta de ello a nadie. Lo único que debe interesar a la poli es si yo estaba lejos cuando se cometió el crimen.

—¿Se llama usted Charles Kent? —dijo Poirot—. ¿Dónde nació?

El hombre se le quedó mirando y se echó a reír.

—Soy inglés.

—Sí. Creo que lo es. Me parece que nació en el condado de Kent.

El hombre pareció asombrado.

—¿Por qué? ¿Por mi nombre? ¿Qué tiene que ver una cosa con la otra? ¿Es que un hombre que se llama Kent tiene que haber nacido necesariamente en ese condado?

—En determinadas circunstancias, imagino que sí —señaló Poirot—. ¡En determinadas circunstancias! ¿Me comprende usted?

Hablaba con un tono tan significativo que los dos policías se sorprendieron.

El rostro de Kent se puso rojo como un tomate y, durante un momento, creí que iba a saltar sobre Poirot. Lo pensó mejor y se volvió mientras reía para sus adentros.

Poirot inclinó la cabeza como si estuviera satisfecho y salió de la estancia. Los dos policías no tardaron en reunirse con él.

—Comprobaremos su declaración —observó Raglan—. No creo que mienta, pero tendrá que decir qué hacía en Fernly Park. Me parece que hemos cogido a nuestro chantajista. Por otra parte, si su historia es verídica, no pudo cometer el crimen. Llevaba diez libras encima cuando fue

199

detenido. Creo que las cuarenta libras que han desaparecido han ido a parar a sus manos. Los números de los billetes no corresponden, pero lo primero que haría sería cambiarlos. Mr. Ackroyd debió de dárselo y él se largó con el dinero sin perder tiempo. ¿Qué es eso de que ha nacido en Kent? ¿Qué tiene que ver con el asunto?

—Nada en absoluto —dijo Poirot con voz suave—. Es una idea mía, nada más. Soy famoso por mis pequeñas ideas.

—¿De veras? —replicó Raglan, mirándolo con asombro.

El superintendente se echó a reír ruidosamente.

—Más de una vez he oído al inspector Japp hablar de las ideas de monsieur Poirot. Demasiado fantasiosas para mi gusto, dice, pero siempre hay algo en ellas.

—Usted se burla de mí —contestó Poirot, sonriendo—. Tanto da. Algunas veces, los viejos nos reímos cuando los jóvenes inteligentes no tienen ganas de hacerlo.

Se despidió de ellos con una inclinación de cabeza y salió a la calle.

Almorzamos juntos en un restaurante. Ahora me consta que lo sabía todo y que poseía el último indicio que necesitaba para descubrir la verdad.

Pero entonces yo no lo sabía. Desconfiaba de su perspicacia y creía que las cosas que me desconcertaban producían el mismo efecto sobre él.

Lo que no comprendía era lo que Charles Kent había ido a hacer a Fernly Park. Una y cien veces me hacía esa pregunta sin encontrar respuesta. Por último, me arriesgué a compartir mis dudas con Poirot. Su respuesta no se hizo esperar.

—*Mon ami*, yo no pienso. Sé.

—¿De veras? —manifesté con incredulidad.

—Sí, de veras. Supongo que no me comprenderá si le digo que él fue aquella noche a Fernly Park porque nació en Kent.

Me quedé mirándolo.

—No comprendo nada —repliqué secamente.

—¡Ah! —dijo Poirot compadecido—. Tanto da. Yo tengo mi pequeña idea.

Capítulo 19

Flora Ackroyd

Al día siguiente, Raglan me detuvo delante de casa cuando regresaba de mis visitas.

—Buenos días, doctor Sheppard. Oiga, la coartada de aquel hombre resultó cierta.

—¿La de Charles Kent?

—Sí. La camarera de The Dog & Whistle, Sally Jones, lo recuerda perfectamente. Escogió su fotografía de entre cinco. Eran las diez menos cuarto cuando entró en el bar y éste se encuentra a más de un kilómetro de Fernly Park. La muchacha dice que llevaba bastante dinero. Lo vio sacar un fajo de billetes del bolsillo. Eso la sorprendió por tratarse de un individuo que llevaba unas botas destrozadas. Al fin sabemos dónde fueron a parar las cuarenta libras.

—¿Rehúsa decir por qué había ido a Fernly Park?

—Es más terco que una mula. Ha hablado con Hayes por teléfono esta mañana.

—Poirot dice que sabe por qué motivo ese hombre estaba allí aquella noche —observé.

—¿De veras? —exclamó con interés el inspector.

—Sí —repliqué maliciosamente—. Dice que fue porque nació en Kent.

Me produjo un inconfundible placer transferirle algo de mi propia confusión. Raglan me miró un momento, como si no comprendiera. Después, una sonrisa apareció en su rostro de comadreja y se llevó un dedo a la sien.

—Está un poco ido de aquí. Hace tiempo que lo pienso. Pobre hombre. Por eso tuvo que abandonarlo todo y venirse a vivir aquí. Es hereditario, seguro. Tiene un sobrino completamente chiflado.

—¿Poirot?

—Sí. ¿No se lo ha dicho nunca? Creo que es inofensivo, pero está loco de remate.

—¿Quién se lo dijo?

Una vez más apareció una sonrisa en el rostro de Raglan.

—Su hermana, miss Sheppard, me lo contó, doctor.

Caroline es verdaderamente asombrosa. No descansa hasta conocer los últimos detalles de los secretos familiares de uno. Por desgracia, nunca he logrado inculcarle la decencia de guardarlos para ella.

—Suba usted, inspector. —Abrí la puerta de mi coche—. Iremos a The Larches para darle a nuestro amigo belga las últimas noticias.

—De acuerdo. Después de todo, aunque está un poco trastornado, la pista que me dio en el asunto de las huellas dactilares resultó muy útil.

Poirot nos recibió con su cortesía habitual. Escuchó la información que le traíamos, asintiendo de vez en cuando.

—Parece verosímil, ¿verdad? —dijo el inspector un tanto lúgubremente—. ¡Un individuo no puede asesinar a alguien en un sitio mientras bebe en la barra de un establecimiento que está a un kilómetro y medio de distancia!

—¿Van a ponerle en libertad?

—No sé qué otra cosa íbamos a hacer. Detenerle bajo la acusación de extorsión no es factible. No se puede probar.

El inspector arrojó una cerilla en la parrilla de la chimenea sin fijarse en lo que hacía. Poirot la recogió y la guardó en el pequeño recipiente destinado a ese fin. Sus acciones eran totalmente automáticas. Comprendí que sus pensamientos estaban en otro sitio.

—En su lugar, no soltaría todavía a Charles Kent.

—¿Qué quiere decir?

—Lo que oye. No lo dejaría ir todavía.

—Usted no creerá que tiene algo que ver con el crimen, ¿verdad?

—Es probable que no, pero todavía no se puede estar seguro.

—¿No acabo de decirle que...?

Poirot levantó una mano en señal de protesta.

—*Mais oui, mais oui!* Lo he oído. No soy sordo ni tonto, gracias a Dios, pero usted parte de una premisa errónea.

El inspector lo miró sin indulgencia.

—No sé por qué lo dice. Mire usted, sabemos que Mr. Ackroyd aún vivía a las diez menos cuarto. Usted mismo lo admite, ¿verdad?

Poirot lo miró por un momento y después sacudió la cabeza mientras sonreía.

—No admito nada que no esté comprobado.

—Tenemos pruebas de sobra. Tenemos la declaración de miss Flora Ackroyd.

—¿De que dio las buenas noches a su tío? Yo no creo siempre lo que una señorita me dice, aunque sea encantadora y hermosa.

—Pero por el amor de Dios, Parker la vio salir de la estancia.

—No —la voz de Poirot sonó con decisión—. Eso es precisamente lo que no vio. Hice un pequeño experimento el otro día, ¿lo recuerda, doctor? Parker la vio frente a la puerta, con la mano en el picaporte. No la vio salir de la habitación.

—¿Dónde estaba entonces?

—Tal vez en la escalera.

—¿En la escalera?

—Sí, es una de mis pequeñas ideas.

—Pero esa escalera lleva al dormitorio de Mr. Ackroyd.

—Precisamente.

El inspector estaba totalmente desconcertado.

—¿Usted cree que había estado en el dormitorio de su tío? Pues si era así, ¿por qué decir una mentira en vez de la verdad?

—Ésa es la cuestión. Todo depende de lo que estuviera haciendo allí.

—¿Se refiere al dinero? Vamos, hombre, no me dirá que miss Ackroyd fue la que robó esas cuarenta libras.

—No sugiero nada —replicó Poirot—, pero le recordaré lo siguiente. La vida no era muy fácil para madre e hija. Había facturas, constantes problemas por pequeñas sumas de dinero. Roger Ackroyd era un hombre peculiar cuando se trataba de dinero. Es posible que la muchacha se viera apurada por una cantidad relativamente pequeña. Imagínese entonces lo que ocurre. Coge el dinero y baja por la escalera. Cuando está a medio camino, oye el ruido del tintineo de unos vasos en el vestíbulo. Sabe quién es. Parker se dirige al despacho con la bandeja. Es preciso que éste no la vea. Parker lo recordaría. Si se descubre la falta del dinero, el mayordomo no dejaría de mencionar que la había visto bajar del piso superior. Tiene el tiempo preciso para correr hasta la puerta del despacho y poner la mano en el picaporte para demostrar que sale, cuando Parker aparece en el umbral de la puerta. Dice lo primero que le viene a la mente, repitiendo la orden que su tío había dado a primeras horas de aquella misma noche, y sube a su dormitorio.

—Sí, pero después —insistió el inspector— tuvo que comprender la importancia de decir la verdad. ¡Caramba! Todo da vueltas en torno a ese punto.

—Después de eso, miss Flora se encuentra en una situación algo delicada. Le dicen que la policía está en la casa y que ha habido un robo. Naturalmente, llega a la conclusión de que se ha descubierto el robo del dinero. No tiene otra idea mejor que repetir su historia. Cuando se entera de que su tío está muerto, cae presa del pánico. Las muchachas no se desmayan hoy día, monsieur, sin un motivo sobrado. *Eh bien!* Ahí lo tiene. Se ve obligada a repetir su historia o confesarlo todo, y a una muchacha joven y bonita no le gusta admitir que es una ladrona, sobre todo delante de las personas cuya estimación desea conservar.

Raglan demostró su disconformidad dando un tremendo puñetazo en la mesa.

—No lo creo —dijo—. No es creíble. ¿Y usted lo ha sabido todo desde el principio?

—He pensado en la posibilidad desde el primer día —admitió Poirot—. Siempre he estado convencido de que mademoiselle Flora nos ocultaba algo. Para mi satisfacción, hice el pequeño experimento que acabo de explicarle. El doctor Sheppard me acompañó.

—Me dijo usted que se trataba de Parker —observé amargamente.

—*Mon ami*, yo le contesté entonces que había que decir algo.

El inspector se levantó.

—Sólo nos queda una cosa por hacer —declaró—. Debemos hablar con la muchacha. ¿Me acompaña a Fernly Park, monsieur Poirot?

—Por supuesto. El doctor Sheppard nos llevará en su coche.

Acepté sin hacerme de rogar.

Preguntamos por miss Ackroyd y nos hicieron pasar a la sala del billar. Flora y Blunt estaban sentados en la banqueta al lado de la ventana.

—Buenos días, miss Ackroyd —dijo el inspector—. ¿Podemos hablar un momento con usted a solas?

Blunt se levantó en el acto y se alejó en dirección a la puerta.

—¿De qué se trata? No se vaya, comandante Blunt. Puede quedarse, ¿verdad? —le preguntó al inspector.

—Como quiera. Tengo que hacerle un par de preguntas, señorita, pero preferiría que fuese en privado, y me parece que usted también lo querría.

Flora le miró fijamente, palideciendo. Se volvió hacia Blunt.

—Quédese, se lo ruego. Sea lo que fuere lo que el inspector tiene que decirme, deseo que lo oiga.

Raglan se encogió de hombros.

—¡Si usted se empeña! Bien, miss Ackroyd, monsieur Poirot, aquí presente, acaba de sugerirme algo. Dice que usted no estuvo en el despacho el viernes por la noche, que no dio las buenas noches a Mr. Ackroyd y que bajaba la escalera que lleva al dormitorio de su tío cuando oyó a Parker atravesar el vestíbulo.

La mirada de Flora se posó en Poirot. Éste le hizo una señal afirmativa.

—Mademoiselle, el otro día, cuando estábamos sentados en torno a la mesa, le imploré que se mostrara franca conmigo. Lo que uno no dice a papá Poirot, él lo descubre. Era eso, ¿verdad? Mire, le facilito la respuesta. ¿Cogió el dinero? ¿Sí o no?

—¿El dinero? —repitió Blunt con intensidad.

Hubo un silencio que duró un minuto.

Flora se levantó.

—Monsieur Poirot tiene razón —confesó finalmente—. Cogí el dinero. Robé. Soy una ladrona. Sí, una vulgar ladrona. ¡Ahora ya lo saben! Me alegro de que se sepa. Estos últimos días han sido una pesadilla. —Se sentó bruscamente y escondió el rostro entre las manos. Habló con voz ahogada—. No saben lo que ha sido mi vida desde que vine aquí. Deseaba cosas, hacía planes, mentía, hacía trampas, amontonaba las facturas, prometiendo pagar. ¡Oh! Me odio cuando pienso en ello. Eso es lo que nos unió a Ralph y a mí. ¡Ambos éramos débiles! Le comprendía y le tenía lástima porque en el fondo soy igual que él. No éramos bastante fuertes para luchar. Somos débiles, unos seres despreciables.

Lanzó una ojeada a Blunt y de pronto dio una patada en el suelo.

—¿Por qué me está mirando de ese modo, como si no pudiese creerlo? Puedo ser una ladrona, pero, cuando menos, ahora digo la verdad. ¡Ya no miento! No pretendo ser la clase de muchacha que a usted le gusta: joven, inocente y sencilla. Tanto me da si usted no quiere volver a verme nunca más. Me odio, me desprecio, pero tiene que creer una cosa. Si al decir la verdad hubiese ayudado a Ralph, hubiera hablado. Sin embargo, he sabido desde el principio que eso no le ayudaría, que haría sospechar todavía más de él. No le hice el menor daño manteniendo mi mentira.

—Ralph —dijo Blunt—. Comprendo. Siempre Ralph.

—Usted no lo comprende —replicó Flora con desesperación—. Nunca lo podrá hacer.

Se volvió hacia el inspector.

—Lo admito todo. Estaba loca por conseguir dinero. No volví a ver a mi tío aquella noche después de la cena. En cuanto al dinero, haga usted lo que quiera conmigo. ¡Nada puede ser peor que esta situación!

De pronto, se desmoronó. Ocultó el rostro entre las manos y huyó del cuarto.

El inspector parecía desorientado.

—Vaya. Así están las cosas.

No tenía muy claro qué hacer a continuación.

Blunt se le acercó.

—Inspector Raglan —dijo con gran serenidad—, ese dinero me lo entregó Mr. Ackroyd para un fin especial. Miss Ackroyd no lo tocó para nada. Miente para salvar al capitán Paton. Le digo la verdad y estoy dispuesto a jurarlo ante el tribunal.

Sin agregar nada más, salió de la habitación.

Poirot le siguió en el acto y le alcanzó en el vestíbulo.

—Monsieur, un momento, se lo ruego, hágame el favor.

—¿Qué desea?

Blunt se mostraba impaciente y miraba a Poirot con el entrecejo fruncido.

—Oiga, su pequeña fantasía no me engaña. Miss Flora fue quien robó el dinero. De todos modos, lo que acaba de decir me gusta. Es usted un hombre de pensamiento rápido y capaz de actuar de igual forma.

—Gracias, no necesito su opinión —manifestó Blunt, con frialdad.

Una vez más, intentó alejarse, pero Poirot, que no estaba ofendido, lo retuvo por el brazo.

—¡Ah! Pero debe escucharme. Tengo algo más que decirle. El otro día hablé de esconder y callar cosas. Pues bien, hace tiempo que me he dado cuenta de lo que usted calla. Usted ama a mademoiselle Flora con todo su corazón desde el primer momento en que la vio, ¿verdad? No le apene que hablemos de eso. ¿Por qué creen en Inglaterra que al mencionar el amor se descubre un secreto vergonzoso? Usted quiere a mademoiselle Flora y desea esconder el hecho ante la gente. Muy bien, pero escuche el consejo de Hércules Poirot: no se lo esconda usted a ella.

Blunt mostraba su agitación mientras Poirot hablaba, pero las últimas palabras de éste le dejaron clavado en el sitio.

—¿Qué quiere decir? —murmuró con hosquedad.

—Usted cree que ella ama al capitán Paton, pero yo, Hércules Poirot, le digo que no es así. Mademoiselle Flora aceptó al capitán Paton con el fin de complacer a su tío y porque veía en el matrimonio una puerta de escape de su vida aquí, que se iba haciendo insoportable. Le apreciaba. Había simpatía y comprensión entre ellos, pero amor ¡no! ¡No es al capitán Paton a quien ama mademoiselle Flora!

—¿Qué demonios quiere decir?

Vi el rubor bajo el bronceado.

—Ha estado usted ciego, monsieur. ¡Ciego! La pequeña es leal. Ralph Paton es sospechoso y su honor le dicta permanecer fiel.

Yo pensé que era hora de pronunciar unas palabras con el fin de cooperar a la buena obra y dije con entusiasmo:

—Mi hermana me aseguró la otra noche que Flora nunca había pensado en Ralph como marido. Y Caroline jamás se equivoca en estos casos.

Blunt no hizo caso de mis bien intencionados esfuerzos.

—¿Cree usted de veras...?

Se interrumpió. Es uno de esos hombres callados que tienen problemas para traducir sus sentimientos en palabras. Poirot no compartía el mismo defecto.

—Si usted duda de mí, pregúntesélo a ella, monsieur. Pero quizá ya no le interese después de ese asunto del dinero.

Blunt soltó una risita colérica.

—¿Cree que la censuro? Roger fue siempre muy extraño en cuestiones de dinero. La pobrecilla se vio metida en un gran lío y no se atrevió a confesárselo. ¡Pobre niña solitaria!

Poirot miró pensativamente hacia una puerta lateral.

—Mademoiselle Flora ha salido al jardín, me parece —comentó.

—He sido un loco. ¡Bonita conversación la nuestra! Se parece a una de esas obras teatrales de los daneses. Pero usted es un buen hombre, Mr. Poirot. ¡Gracias!

Cogió la mano del detective y la apretó de un modo que provocó una mueca de angustia en el belga. Se encaminó a la puerta lateral y salió al jardín.

—¡No es tonto! —murmuró Poirot, frotándose la mano dolorida—. ¡Sólo lo es en el amor!

Capítulo 20

Miss Russell

Raglan había recibido un golpe muy duro. La generosa mentira de Blunt no le engañó más que a nosotros. Sus quejas amenizaron nuestro viaje de regreso al pueblo.

—Esto lo cambia todo. No sé si usted lo comprende, monsieur Poirot.

—Creo que sí, creo que sí —replicó Poirot—. Verá, yo me había familiarizado con la idea hace algún tiempo.

El inspector, que estaba al corriente desde hacía sólo media hora escasa, miró tristemente a Poirot y continuó la enumeración de sus descubrimientos.

—¡Todas esas coartadas no tienen valor alguno! ¡Absolutamente ninguno! Tenemos que volver a empezar. Descubrir lo que cada uno hacía a partir de las nueve y media. Las nueve y media, ésa es la hora clave. Usted tenía razón respecto a Kent. No le soltaremos de momento. Déjeme pensar. A las nueve y cuarenta y cinco, en el bar The Dog & Whistle. Pudo llegar allí en un cuarto de hora si anduvo deprisa. Es posible que fuese su voz la que Mr. Raymond oyó que pedía dinero y que Mr. Ackroyd le negó. Pero una cosa está clara. No fue él quien telefoneó. La estación se encuentra a unos ochocientos metros en la otra dirección, a más de dos kilómetros y medio del bar, y él estuvo en el local hasta las diez y cuarto aproximadamente. ¡Maldita llamada telefónica! ¡Siempre nos estrellamos contra ella!

—En efecto —asintió Poirot—. ¡Es curioso!

—Quizá el capitán Paton subió al despacho de su tío y, al encontrarlo muerto, decidió telefonear. Luego, temiendo verse acusado, huyó. Es posible, ¿verdad?

—¿Por qué tenía que telefonear?

—Quizá dudara de que Mr. Ackroyd estuviera verdaderamente muerto y pensó en mandarle el médico tan pronto como fuera posible, aunque sin dar la cara. ¿Qué le parece mi teoría? Creo que es muy buena.

El inspector quedó tan satisfecho con su perorata que cualquier objeción hubiera sido inútil en aquel momento.

Llegamos a mi casa en aquel instante y me apresuré a recibir a mis enfermos, que me habían estado esperando bastante rato. Poirot se marchó con el inspector a la comisaría.

Tras despedir al último paciente, entré en el cuartito situado en la parte trasera de la casa, al que llamo mi taller. Estoy bastante orgulloso del aparato de radio que he construido allí. Caroline odia mi taller, en el que guardo mis herramientas, y no permito a Annie que me lo revuelva todo con su escoba y sus trapos. Ajustaba las piezas de un despertador que estaba construyendo cuando se abrió la puerta. Caroline asomó la cabeza.

—¿Estás aquí, James? —dijo con tono de reproche—. Monsieur Poirot quiere verte.

—¡Qué bien! —exclamé irritado, pues su entrada inesperada me había sobresaltado y se me había caído una pieza del delicado mecanismo—. Si quiere verme, puede entrar aquí.

—¿Aquí?

—Eso es lo que he dicho, aquí.

Caroline hizo una mueca significativa y se retiró, volviendo al cabo de unos instantes con Poirot. Se fue de nuevo, dando un portazo.

—¡Ah, amigo mío! —dijo Poirot, acercándose y frotándose las manos—. Usted no se librará de mí tan fácilmente, ya lo ve.

—¿Ha terminado con el inspector?

—De momento, sí. Y usted, ¿ha visitado a todos sus enfermos?

—Sí.

Poirot se sentó y me miró con la cabeza ladeada y el aspecto de quien saborea una broma exquisita.

—Se equivoca —dijo finalmente—. Todavía le queda un enfermo por examinar.

—¿No se tratará de usted? —exclamé con sorpresa.

—No, *bien entendu*. Yo tengo una salud espléndida. Para serle franco, se trata de un pequeño complot. Deseo ver a alguien y, al mismo tiempo, no es preciso que todo el pueblo se entere del asunto, lo cual ocurriría si esa señora viniera a mi casa, puesto que se trata de una señora. Ya ha venido a verle en calidad de enferma con anterioridad.

—¡Miss Russell!

—*Précisément*. Deseo hablar con ella, de modo que le he enviado una nota citándola en su consultorio. ¿No me guardará usted rencor?

—Al contrario. Supongo que me permitirá presenciar la entrevista.

—¡No faltaba más! ¡Se trata de su consultorio!

—Verá usted —continué, dejando caer los alicates que tenía en la mano—, ese asunto es extraordinariamente misterioso. Cada nuevo acontecimiento es como el giro de un caleidoscopio, la visión cambia de aspecto por completo. ¿Por qué siente usted tanto interés por ver a miss Russell?

Poirot frunció las cejas.

—¡Me parece que es obvio!

—Vuelve usted a las andadas —rezongué—. Según usted, todo es obvio, pero me deja en la mayor oscuridad.

Poirot meneó la cabeza jovialmente.

—Se burla usted de mí. Tome el caso, por ejemplo, de mademoiselle Flora. El inspector se sorprendió, pero usted no.

—Nunca imaginé que ella pudiese ser la ladrona —exclamé.

—Tal vez no, pero yo le estaba mirando a usted y su rostro no demostró, como el de Raglan, sorpresa o incredulidad.

Callé un momento.

—Creo que tiene razón —admití—. Hace tiempo que tenía la impresión de que Flora callaba algo, así que, cuando reveló la verdad, estaba preparado para oírla. ¡En cuanto a Raglan, lo trastornó completamente, pobre hombre!

—*Ah! Pour ça, oui!* El desgraciado tiene que poner de nuevo en orden sus ideas. Aproveché su estado de caos mental para obtener de él un pequeño favor.

—¿Cuál?

Poirot sacó una hoja de papel del bolsillo y leyó en voz alta lo que había escrito en ella:

—«La policía anda buscando hace días al capitán Ralph Paton, sobrino de Mr. Ackroyd, de Fernly Park, cuya muerte se produjo en trágicas circunstancias el viernes pasado. El capitán Paton fue localizado en Liverpool cuando iba a embarcar rumbo a América.»

Poirot volvió a doblar la hoja de papel.

—Esto, amigo mío, saldrá en los diarios de mañana.

Le miré con asombro.

—Pero no es cierto. ¡No está en Liverpool!

Poirot me miró sonriente.

—¡Usted tiene la inteligencia muy despierta! Es cierto, no se le ha visto en Liverpool. El inspector Raglan no quería dejarme enviar esta nota a la prensa, sobre todo porque no podía explicarle nada más, pero le aseguré que unos resultados interesantísimos se derivarían de su publicación y cedió, aunque con la condición de que él declinaba toda responsabilidad.

Lo miré asombrado y él me sonrió.

—Para serle franco —declaré finalmente—, no sé lo que espera conseguir con esto.

—Debería usted emplear más sus células grises —opinó Poirot seriamente.

Se acercó a mi mesa de trabajo.

—Es usted aficionado a la mecánica —dijo, inspeccionando mis trabajos.

Todo hombre tiene una afición u otra. Llamé inmediatamente la atención de Poirot sobre mi aparato de radio. Al encontrar en él un auditorio bien dispuesto, le enseñé algunas invenciones mías, cosas sin importancia, pero que son útiles en la casa.

—Decididamente —comentó Poirot—, debería ser inventor y no médico. Pero oigo el timbre. Aquí tiene a su paciente. Vamos al consultorio.

Antes ya me había llamado la atención la madura belleza del ama de llaves. Volvió a impresionarme. Vestida muy sencilla de negro, alta, erguida y de aspecto independiente como siempre, con sus grandes ojos negros y un poco de color en las mejillas, por lo general pálidas, comprendí que de joven había sido muy hermosa.

—Buenos días, mademoiselle —saludó Poirot—. ¿Quiere sentarse? El doctor Sheppard ha tenido la bondad de prestarme su consultorio para una conversación que deseo tener con usted.

Miss Russell se sentó con su habitual sangre fría.

Si estaba nerviosa, no lo manifestaba en lo más mínimo.

—Miss Russell, tengo noticias para usted.

—¿De veras?

—Charles Kent ha sido detenido en Liverpool.

Ni un músculo de su rostro se movió, se limitó a abrir un poco más los ojos y, a continuación, preguntó con tono de reto:

—¿Debería importarme?

En aquel momento vi el parecido que me había llamado

la atención desde el principio, algo familiar con la forma de ser de Charles Kent. Las dos voces: una áspera y vulgar, la otra refinada, tenían el mismo timbre.

Era en miss Russell en quien pensaba inconscientemente aquella noche, frente a la verja de Fernly Park.

Miré a Poirot, trastornado por mi descubrimiento, y éste me hizo una señal imperceptible.

En respuesta a la pregunta de miss Russell, movió las manos con un gesto típicamente francés.

—Creí que eso le interesaría. Nada más.

—Pues no me interesa de un modo especial. ¿Quién es ese Charles Kent?

—Es un hombre, mademoiselle, que se encontraba en Fernly Park la noche del crimen.

—¿De veras?

—Afortunadamente, tiene una coartada. A las diez menos cuarto se encontraba en un bar situado a un kilómetro y medio de aquí.

—Tanto mejor para él.

—Pero ignoramos todavía qué estaba haciendo en Fernly Park. ¡A quién vino a ver, por ejemplo!

—Siento no poder colaborar. No he escuchado comentario alguno. ¿Les puedo ayudar en algo?

Hizo un gesto como para levantarse, pero Poirot la detuvo.

—Hay algo más —dijo amablemente—. Esta mañana hemos tenido noticias frescas. Resulta ahora que Mr. Ackroyd fue asesinado no a las diez menos cuarto, sino antes, entre las nueve menos diez, que fue precisamente cuando el doctor Sheppard se marchó, y las diez menos diez.

Vi desvanecerse el color en el rostro del ama de llaves, que quedó blanco como el papel. Se inclinó hacia delante, tambaleándose ligeramente.

—Pero miss Ackroyd dijo...

—Miss Ackroyd ha confesado que mintió. No estuvo en el despacho en toda la noche.

—¿Entonces?

—Entonces parece deducirse que Charles Kent es el hombre que andamos buscando. Fue a Fernly Park, pero dice que no le es posible dar cuenta de lo que hacía allí.

—¡Puedo decirle lo que hacía! No tocó un solo cabello de Mr. Ackroyd. No se acercó al despacho. Él no lo hizo, se lo juro.

Su férrea voluntad comenzaba a desplomarse. La desesperación y el temor se reflejaron en su rostro.

—¡Monsieur Poirot, monsieur Poirot! Por favor, créame.

Poirot se levantó y se le acercó, dándole unos golpecitos tranquilizadores en el hombro.

—¡Sí, sí, la creo! Tenía que hacerla hablar, ¿comprende?

Durante un instante una sospecha hizo que se irguiera rápidamente.

—¿Es cierto lo que me ha dicho?

—¿Que se sospecha de Charles Kent? Sí, es cierto. Sólo usted puede salvarle, explicando el motivo de su presencia en Fernly Park.

—Vino a verme —dijo en voz baja y deprisa—. Yo salí a su encuentro.

—Se reunió con él en el cobertizo, ¿verdad?

—¿Cómo lo sabe?

—Mademoiselle, Hercules Poirot tiene que saber esas cosas. Sé que usted fue allí horas antes, que dejó un mensaje, diciéndole a qué hora le vería.

—Sí, es verdad. Había tenido noticias suyas. Me anunciaba su llegada. No me atreví a dejarle entrar en la casa. Le escribí a las señas que me daba y le dije que le vería en el cobertizo, describiéndoselo de modo que pudiera encontrarlo. Entonces temí que no esperara allí pacientemente y salí corriendo, dejando un papel escrito que decía que estaría con él alrededor de las nueve y diez. No quería que los criados me vieran y me escapé por la ventana del salón. Al volver, encontré al doctor Sheppard y supuse que le extrañaría. Estaba sin aliento, porque había corrido. Ignoraba, desde luego, que le hubiesen invitado a cenar aquella noche.

Se detuvo.

—Continúe. Usted salió para encontrarse con él a las nueve y diez. ¿De qué hablaron ustedes?

—Es difícil. Verá usted...

—Mademoiselle —dijo Poirot, interrumpiéndola—, en este asunto debo saber la verdad, la pura verdad. Lo que usted va a decirme no saldrá de estas paredes. ¡Voy a ayudarla! Charles Kent es su hijo, ¿verdad?

Asintió, ruborizándose.

—Nadie lo ha sabido nunca. Fue hace muchos años, en el condado de Kent. No estaba casada.

—¡Por eso escogió el nombre del condado para darle un apellido! Comprendo.

—Encontré trabajo. Logré pagar su manutención. Nunca le dije que era su madre, pero se transformó, empezó a beber, a tomar drogas. Me las arreglé para pagar su pasaje a Canadá. No oí hablar de él durante un año o dos. Luego, de un modo u otro, descubrió que yo era su madre. Me escribió y me pidió dinero, me dijo que había vuelto a Inglaterra. Decía que vendría a Fernly Park. Yo no me atrevía a dejarle entrar en la casa. ¡Siempre me han considerado muy respetable! Si alguien sospechaba, podía perder mi empleo de ama de llaves. De modo que le escribí tal como acabo de decirle.

—¿Por la mañana vino a ver al doctor Sheppard?

—Sí. Quería saber si se podía intentar algo para cambiar sus hábitos. No era mal chico antes de aficionarse a los estupefacientes.

—Comprendo. Ahora continuaremos la historia. ¿Fue aquella noche al cobertizo?

—Sí, él me estaba esperando cuando llegué. Se mostró brutal y grosero. Le había llevado todo el dinero que tenía y se lo entregué. Hablamos un rato y se marchó.

—¿Qué hora era?

—Debía de ser entre las nueve y veinte y las nueve y veinticinco. No había sonado todavía la media cuando regresaba a la casa.

—¿Por dónde se fue él?

—Por el mismo camino que siguió al venir, por el sendero que se une al camino antes de llegar a la casa del guarda.

Poirot asintió.

—Y usted, ¿qué hizo?

—Regresé a casa. El comandante Blunt estaba paseando por la terraza, fumando. Di una vuelta para entrar por la puerta lateral. Eran entonces las nueve y media.

Poirot asintió de nuevo. Hizo unas anotaciones en un cuadernillo.

—Creo que con esto basta.

—¿Tendré que contárselo al inspector Raglan?

—Tal vez sí. Pero no nos precipitemos. Vayamos poco a poco, con orden y método. A Kent no se le acusa todavía formalmente del crimen. Pueden surgir circunstancias que hagan innecesaria su historia.

—Gracias, monsieur Poirot. Usted ha sido muy bueno, muy bueno. Usted me cree, ¿verdad? ¿Verdad que cree que Charles no es culpable de este horroroso crimen?

—Me parece que no hay duda de que el hombre que estaba hablando con Mr. Ackroyd en el despacho a las nueve y media no pudo ser su hijo. Tenga valor, mademoiselle. Todo acabará bien.

Miss Russell salió. Poirot y yo nos quedamos solos.

—¿Conque era eso? Vaya, vaya —dije—. Siempre volvemos a Ralph Paton. ¿Cómo adivinó que miss Russell era la persona que Charles Kent vino a ver? ¿Se fijó en el parecido?

—La había relacionado con el desconocido mucho antes de ver al joven, tan pronto como descubrí esa pluma. La pluma hablaba de cocaína, y recordé el relato de la primera visita de miss Russell a su consultorio. Luego descubrí el artículo sobre la cocaína en el diario. Todo parecía claro. Ella había leído el artículo del periódico y fue a verlo a usted para hacerle unas cuantas preguntas. Mencionó la cocaína, puesto que el artículo en cuestión trataba de ésta. Más tarde, cuando usted dio la sensación de extrañeza, empezó a hablar de historias de detectives y de venenos que no dejan rastro. Sospeché que fuera un hijo o un hermano. En fin, un pariente varón más bien indeseable. ¡Ah, tengo que irme! Es hora de almorzar.

—Quédese a almorzar con nosotros.

Poirot meneó la cabeza. Sus ojos brillaron alegremente.

—Hoy no. No me gustaría obligar a mademoiselle Caroline a seguir el régimen vegetariano dos días consecutivos.

Pensé que a Hércules Poirot se le escapaban muy pocas cosas.

Capítulo 21

La noticia en los periódicos

Desde luego, Caroline no había pasado por alto la llegada de miss Russell al consultorio. Yo lo había previsto y preparé una historia completa sobre el estado de la rodilla de dicha dama. Sin embargo, Caroline no estaba de humor para interrogarme. Su punto de vista era que sabía el porqué de la visita del ama de llaves y que yo lo ignoraba.

—Ha venido a sonsacarte, James. A sonsacarte del modo más descarado. ¡No me interrumpas! Estoy convencida de que ni siquiera te das cuenta de ello. Los hombres sois tan simples... Sabe que disfrutas de la confianza de monsieur Poirot y quiere enterarse de las cosas. ¿Sabes lo que pienso, James?

—No me lo imagino. Tú siempre piensas muchas cosas extraordinarias.

—No te conviene mostrarte sarcástico. Creo que miss Russell sabe más respecto a la muerte de Mr. Ackroyd de lo que quiere admitir.

Caroline se apoyó triunfante en el respaldo de la silla.

—¿Eso crees? —dije distraído.

—Estás medio dormido hoy, James. No tienes la menor inspiración. Debe de ser tu hígado.

Nuestra conversación derivó entonces hacia tópicos puramente personales.

La noticia redactada por Poirot se publicó en nuestro

diario local al día siguiente. No atinaba a comprender su significado, pero su efecto sobre Caroline fue tremendo.

Empezó por declarar, faltando notoriamente a la verdad, que ya lo había dicho hacía tiempo. Arqueé las cejas, pero sin discutir. Aun así, Caroline debió de sentir remordimientos, puesto que añadió:

—Tal vez no haya mencionado Liverpool, pero sabía que trataría de ir a América. Eso es lo que hizo Crippen.

—Sin éxito —le recordé.

—¡Pobre chico! Así pues, lo han cogido. Creo que es tu deber, James, cuidar de que no le ahorquen.

—¿Qué quieres que haga?

—¿No eres médico? Le conoces desde que era un niño. Puedes decir que no está en posesión de sus facultades mentales, o algo en esa línea. Leí el otro día que son muy felices en Broadmoor,[1] es parecido a un club de alta categoría.

Las palabras de Caroline me habían recordado algo.

—Yo ignoraba que Poirot tuviese un sobrino loco —dije con curiosidad.

—¿De veras? A mí me lo contó. ¡Pobre muchacho! Es una gran carga para la familia. Lo han tenido en su casa hasta ahora, pero se vuelve muy difícil de manejar y temen que tengan que ingresarlo en un manicomio.

—Supongo que a estas alturas lo sabrás todo sobre la familia de Poirot —dije exasperado.

—Casi todo —afirmó Caroline con complacencia—. Es un gran alivio para la gente tener la oportunidad de hablar de sus penas con alguien.

—Podría ser si se les dejara hacerlo espontáneamente, pero de eso a que les guste que les arranquen confidencias a la fuerza hay un mundo.

1. Manicomio especial para dementes criminales situado en el condado de Berkshire. *(N. del t.)*

Caroline se limitó a contemplarme, con el aspecto de un mártir cristiano que acepta, gozoso, su tormento.

—¡Eres tan reservado, James! ¡Te resulta difícil relacionarte con nadie y crees que todo el mundo es como tú! No creo haber arrancado nunca a la fuerza confidencias a nadie. Por ejemplo, si monsieur Poirot viene aquí esta tarde, tal como dijo que probablemente haría, no se me ocurrirá preguntarle siquiera quién ha llegado a su casa esta mañana temprano.

—¿Esta mañana?

—Muy temprano, antes de que trajeran la leche. Yo miraba precisamente por la ventana porque la persiana golpeaba la pared. Era un hombre. Ha llegado en coche y llevaba el rostro cubierto. No he podido verle las facciones. Sin embargo, te daré mi opinión y ya verás si me equivoco.

—¿Cuál es tu opinión?

Caroline bajó la voz misteriosamente.

—Un experto del Ministerio del Interior.

—¿Un experto del Ministerio del Interior? —exclamé asombrado—. ¡Mi querida Caroline, por favor!

—Fíjate en lo que te digo, James, y verás que no me equivoco. Esa mujer, Russell, el día que vino a verte quería saber cosas sobre los venenos. Quién sabe si a Roger Ackroyd no le echaron veneno en la cena aquella noche.

Me eché a reír.

—¡Pamplinas! Fue apuñalado por la espalda. Lo sabes tan bien como yo.

—Después de muerto, James —insistió Caroline—. Para despistar.

—Mujer, yo examiné el cuerpo y sé lo que me digo. Esa herida no se la hicieron después de asesinarlo, sino que le causó la muerte. No hay error posible.

Caroline continuó mirándome con aire de sabelotodo. La contrariedad me impulsó a decirle:

—¿Me dirás si tengo o no el título de doctor en Medicina?

—Tienes el diploma, James, pero careces de imaginación.

—Como a ti te dotaron con una triple ración, no quedó nada para mí.

Por la tarde, cuando llegó Poirot, me divertí con las maniobras de mi hermana. Sin preguntar nada directamente, ésta abordó el tópico del misterioso huésped de todos los modos imaginables. La mirada divertida de Poirot me hizo comprender que se daba cuenta de sus esfuerzos, pero se resistió con cortesía y la dejó, como se dice vulgarmente, con un palmo de narices.

Después de divertirse de lo lindo, o así lo sospecho, se levantó y propuso ir a dar un paseo.

—Necesito andar para guardar la línea —explicó—. ¿Me acompaña, doctor? Tal vez al regreso miss Caroline nos obsequiará con una taza de té.

—Con mucho gusto. ¿No vendrá también su huésped?

—Es muy amable, mademoiselle —dijo Poirot—. Mi amigo está descansando. Pronto se lo presentaré.

—Es un antiguo amigo suyo, así me lo ha dicho alguien —continuó Caroline, haciendo un último y valeroso esfuerzo.

—¿De veras? Bien. Vámonos, amigo mío.

Nuestro paseo nos llevó hacia Fernly Park. Ya me imaginaba que así sería. Empezaba a comprender los métodos de Poirot. Todos los detalles, hasta los más insignificantes, tenían algo que ver con el fin que se proponía.

—Tengo un encargo para usted, amigo mío —dijo finalmente—. Deseo celebrar una pequeña conferencia esta noche en mi casa. Vendrá usted, ¿verdad?

—Por supuesto.

—Bien. Necesito también a todos los de la casa, es decir: Mrs. Ackroyd, miss Flora, el comandante Blunt, Mr. Raymond, y deseo que usted sea mi embajador. Esta pequeña reunión está fijada para las nueve. ¿Se lo transmitirá usted?

—Con mucho gusto, pero ¿por qué no se lo dice usted mismo?

—Porque me harían preguntas. ¿Por qué? ¿Para qué? Ya sabe. Querrían saber cuál es mi idea, y usted ya sabe, amigo mío, que no me gusta tener que explicar mis ideas hasta que llega el momento oportuno.

Sonreí levemente.

—Mi amigo Hastings, de quien tanto le he hablado, acostumbraba a decir de mí que era una ostra humana, pero era injusto. De los hechos no callo nada. A cada cual le toca interpretarlos a su manera.

—¿Cuándo quiere que lo haga?

—Ahora, si no tiene inconveniente. Estamos cerca de la casa.

—¿No entra usted?

—No. Pasearé por el parque. Nos encontraremos frente a la casa del guarda dentro de un cuarto de hora aproximadamente.

Asentí y me dispuse a cumplir el encargo.

El único miembro de la familia que estaba en casa resultó ser Mrs. Ackroyd, que estaba bebiendo una taza de té. Me recibió con gran amabilidad.

—Gracias, doctor —murmuró—, por arreglar aquel asunto con monsieur Poirot, pero la vida está sembrada de dificultades y disgustos. Usted sabrá lo de Flora, desde luego...

—¿De qué se trata, exactamente? —pregunté con cautela.

—De su noviazgo. Flora y Hector Blunt. Desde luego, no será una boda tan brillante como con Ralph, pero, después de todo, la felicidad está antes que lo demás. Lo que la querida niña necesita es un hombre de más edad que ella, alguien serio y en quien pueda apoyarse. Hector es verdaderamente un hombre distinguido, a su manera. ¿Ha leído en el diario de esta mañana la noticia de la detención de Ralph?

—Sí. La he leído.

—¡Es horrible! —Mrs. Ackroyd cerró los ojos y se estremeció—. Geoffrey Raymond se trastocó completamente. Telefoneó a Liverpool, pero en la comisaría no quisieron darle explicaciones. A decir verdad, dijeron que no habían detenido a Ralph. Mr. Raymond insiste en que se trata de un error... ¿Cómo decía...? Un *canard*.[2] He prohibido que se hable de ello delante de los criados. ¡Es una vergüenza! Piense que Flora pudo haberse casado con él.

Mrs. Ackroyd cerró los ojos, angustiada. Empecé a preguntarme cuándo me dejaría transmitirle la invitación de Poirot. Antes de que pudiera hablar, prosiguió:

—Usted estuvo aquí ayer, ¿verdad?, con ese temible inspector Raglan. El muy bruto aterrorizó a Flora hasta hacerla confesar que cogió el dinero del dormitorio del pobre Roger. La cosa es tan sencilla en realidad... La querida niña tenía la intención de pedir prestadas unas cuantas libras, pero no le gustó la idea de molestar a su tío, puesto que había dado órdenes estrictas de que le dejaran en paz. Sabiendo dónde guardaba el dinero, fue arriba y cogió lo que necesitaba.

—¿Eso es lo que Flora dice?

—Mi querido doctor, ya sabe usted cómo son las muchachas modernas. Obran fácilmente bajo el impulso de la sugestión. Usted no ignora nada, desde luego, sobre la hipnosis y esa clase de cosas. El inspector la regañó, le repitió varias veces la palabra «robar», hasta que a la pobre criatura le sobrevino una inhibición, ¿o es un complejo?, siempre confundo estas dos palabras, y quedó convencida de que había robado, en efecto, el dinero. Yo vi enseguida de qué

2. Bulo que se publica en los periódicos para confundir al lector. *(N. del t.)*

se trataba, pero no siento demasiado el equívoco, porque hasta cierto punto parece que acercó a los dos: a Hector y a Flora. Y le aseguro que hubo un momento en que temí lo peor, que hubiera algo entre ella y el joven Raymond. ¡Imagínese! —La voz de Mrs. Ackroyd subió de tono, horrorizada—. ¡Un secretario particular prácticamente sin medios!

—Hubiera sido un golpe muy duro para usted —le dije. A continuación, le comuniqué el encargo—. Mrs. Ackroyd, tengo un mensaje para usted de parte de monsieur Poirot.

—¿Para mí?

Ella pareció alarmarse.

Me apresuré a tranquilizarla y le expliqué lo que deseaba Poirot.

—Bien, supongo que, si monsieur Poirot nos llama, debemos ir. ¿De qué se trata? Me gustaría saberlo de antemano.

Le aseguré, sin faltar a la verdad, que no sabía más que ella.

—Muy bien —dijo Mrs. Ackroyd, aunque a regañadientes—. Avisaré a los demás y estaremos allí a las nueve.

Me despedí y me reuní con Poirot en el lugar convenido.

—Siento haberme entretenido más de un cuarto de hora, pero una vez que esa buena señora empieza a hablar, no es fácil hacerla callar.

—No importa. Me he divertido. Este parque es magnífico.

Regresamos a casa. Al llegar, y con gran sorpresa nuestra, Caroline, que a todas luces nos había estado esperando, nos abrió la puerta en persona.

Se puso un dedo en los labios. Rebosaba importancia y excitación.

—¡Ursula Bourne! —dijo—. ¡La camarera de Fernly Park! ¡Está aquí! La he hecho pasar al comedor. La pobre está en un estado terrible y dice que quiere ver a monsieur

Poirot enseguida. Le he dado una taza de té caliente. Verdaderamente, es conmovedor verla de esta manera.

Ursula estaba sentada delante de la mesa del comedor. Tenía los brazos extendidos sobre la mesa y acababa de erguir la cabeza, que había escondido entre ellos. Sus ojos estaban enrojecidos por el llanto.

—¡Ursula Bourne! —murmuré.

Poirot se acercó a ella con las manos extendidas.

—No. Creo que se equivoca. No es Ursula Bourne, sino Ursula Paton, esposa de Ralph Paton, ¿verdad, hija mía?

Capítulo 22

La historia de Ursula

La muchacha se quedó mirando un momento a Poirot sin decir palabra. Luego, vencida toda reserva, inclinó de nuevo la cabeza y estalló en sollozos.

Caroline se apartó y, colocando un brazo en torno a la muchacha, le dio unos golpecitos cariñosos en el hombro.

—Vamos, vamos, hija mía —dijo para sosegarla—. Todo se arreglará. Ya lo verá, todo se arreglará.

Bajo su curiosidad y su amor por las habladurías, Caroline esconde un corazón bondadoso. Por un momento, al ver la desesperación de la chica, olvidé hasta la interesantísima revelación de Poirot.

Ursula se enderezó finalmente, enjugándose los ojos.

—Soy muy débil y tonta —afirmó.

—No, no, hija mía —replicó Poirot bondadoso—. Todos comprendemos la tensión de esta última semana.

—Tuvo que ser una prueba terrible —dije.

—¿Cómo lo sabe usted? —exclamó Ursula—. ¿Fue Ralph quien se lo dijo?

Poirot meneó la cabeza.

—¿Usted sabe lo que me ha traído aquí esta noche? —continuó la muchacha—. ¡Esto! —Alargaba un pedazo de papel de diario arrugado, y reconocí el párrafo que Poirot había hecho publicar—. Dice que Ralph ha sido detenido. Todo es inútil. Ya no debo callar más.

—Las noticias de los diarios no son siempre ciertas, mademoiselle —murmuró Poirot, que parecía algo avergonzado de sí mismo—. De todos modos, creo que obrará con cordura si me lo explica todo. Lo que necesitamos ahora es la verdad.

La muchacha vaciló, mirándole con dudas.

—Usted no confía en mí. Sin embargo, ha venido a verme, ¿verdad? ¿Por qué?

—Porque no creo que Ralph sea culpable —dijo la muchacha en voz baja—. Creo que usted es hábil y descubrirá la verdad, y también que...

—¿Qué?

—¡Creo que usted es bueno!

Poirot asintió varias veces.

—¡Bien, bien! Todo esto está muy bien. Pero, mire, creo de veras que su esposo es inocente. Sin embargo, el asunto no se presenta bien. Si debo salvarlo, es preciso que conozca todos los detalles, aunque aparentemente le sean desfavorables.

—¡Qué bien lo comprende usted! —dijo Ursula.

—¿De modo que usted me explicará toda la historia, desde el principio?

—Supongo que no va a hacerme salir de aquí —señaló Caroline, instalándose cómodamente en el sillón—. Lo que quiero saber —continuó— es por qué esta niña se había disfrazado de camarera.

—¿Disfrazado? —repetí.

—Eso es lo que digo. ¿Por qué lo hizo, criatura? ¿Fue una apuesta?

—Fue para ganarme la vida —contestó Ursula desabrida.

Animada por nosotros, empezó la historia que reproduzco a continuación con mis propias palabras.

Ursula Bourne descendía, por lo visto, de una familia irlandesa de noble estirpe, pero venida a menos. Eran siete hijas en su casa y, a la muerte de su padre, casi todas las

232

muchachas se vieron obligadas a ganarse la vida. La hermana mayor de Ursula se casó con el capitán Folliott. Era la dama que visité aquel domingo y la causa de su actitud no era difícil de adivinar.

Decidida a ganarse la vida y no atrayéndole la idea de cuidar niños —única profesión al alcance de una muchacha sin preparación—, Ursula prefirió colocarse de camarera. Su hermana le daría referencias. En Fernly Park, a pesar de su reserva que, como ya hemos visto, suscitó comentarios, se mostró a la altura de su tarea: activa, competente y responsable.

«Me gustaba mi trabajo —explicó— y me quedaban muchos ratos libres.»

Entonces fue cuando conoció a Ralph Paton. Se amaron y se casaron en secreto. Ralph la convenció, aunque ella rehusó por mucho tiempo acceder a sus deseos. Declaró que su padrastro no daría el consentimiento a su boda con una muchacha pobre. Era preferible casarse en secreto y darle la noticia más adelante, en un momento favorable.

Así Ursula Bourne se convirtió en Ursula Paton. Ralph declaró que pensaba pagar sus deudas, encontrar un empleo y, cuando tuviese una posición que le permitiera mantener a su mujer y vivir independientemente de su padre adoptivo, le diría la verdad.

Sin embargo los hombres como Ralph Paton empiezan una nueva vida con mayor facilidad en teoría que en la práctica. El joven esperaba que su padrastro, mientras ignorase su matrimonio, aceptara pagarle sus deudas y ayudarle a empezar una nueva vida. Pero la revelación del importe de las deudas de Ralph enfureció a Roger Ackroyd y éste rehusó hacer lo más mínimo por el muchacho. Transcurrieron unos meses y Ralph fue llamado nuevamente a Fernly Park. Ackroyd le habló sin rodeos. Su mayor deseo era que Ralph se casara con Flora y así se lo impuso al joven. Aquí fue donde se reveló la debilidad innata de Ralph Paton.

Como siempre, se acogió a la solución más fácil e inmediata. Por lo que deduzco, ni Flora ni Ralph fingieron amarse. Por ambos lados fue una transacción comercial. Roger Ackroyd dictó sus deseos y ellos asintieron. Flora aceptó la oportunidad que le prometía libertad, dinero y nuevos horizontes. Ralph jugaba, desde luego, una partida distinta. Se encontraba en un grave apuro económico. Aprovechó la ocasión. Pagaría sus deudas y volvería a empezar, como una hoja en blanco. No estaba en su naturaleza considerar el futuro, pero supongo que pensó vagamente en romper su compromiso con Flora después de un intervalo decente. Tanto Flora como él convinieron en guardar, de momento, el secreto sobre sus relaciones. A Ralph le angustiaba la idea de que Ursula llegara a saberlo. Comprendía instintivamente que su naturaleza, fuerte y resuelta, a la que la duplicidad le desagradaba muchísimo, no acogería de modo favorable semejante determinación.

Llegó el momento en que Ackroyd, siempre autoritario, decidió anunciar los esponsales. No dijo una palabra de su intención a Ralph, sino a Flora, y ésta, apática, no objetó. La noticia cayó sobre Ursula como una bomba.

Llamado por ella, Ralph llegó rápidamente a la ciudad. Se encontraron en el bosque, donde parte de su conversación fue escuchada por mi hermana. Ralph le suplicó que callara algún tiempo más. Ursula estaba decidida a acabar con tanto tapujo. Iría a decirle la verdad a Ackroyd sin más dilación. Marido y mujer se separaron enojados.

Con gran determinación, Ursula pidió una entrevista a Ackroyd aquella misma tarde y le reveló la verdad. Esa entrevista fue borrascosa y tal vez lo hubiese sido más de no haber estado su patrón preocupado por otros asuntos. Tal como fue, no tuvo nada de agradable. Ackroyd no era de los que olvidan con facilidad que les engañen. Su rencor iba principalmente dirigido contra Ralph, pero Ursula se llevó su parte, puesto que consideró que la muchacha había tratado deliberadamente de «pescar en sus redes» al hijo adoptivo de un hombre rico.

Ambos se dijeron cosas de las que nunca se olvidan.

Aquella misma noche, Ursula vio a Ralph en el pequeño cobertizo tras salir de la casa por la puerta lateral. Su cita consistió en hacerse reproches mutuos. Ralph culpó a Ursula de haber echado a perder sus esperanzas con esa revelación anticipada. Ursula reprochó a Ralph su duplicidad.

Finalmente, se separaron. Media hora después, poco más o menos, se descubrió el cadáver de Ackroyd. Desde aquella noche, Ursula no había vuelto a ver a Ralph ni a saber de él.

Mientras iba explicando su historia, me daba cuenta una vez más de que las circunstancias no eran muy favorables para el capitán. Vivo, Ackroyd no hubiera dejado de cambiar sus disposiciones testamentarias. Le conocía lo suficiente para comprender que éste hubiera sido su primer pensamiento. Aquella muerte se produjo a tiempo para Ralph y Ursula Paton. No era de extrañar que la muchacha hubiese callado y representado su papel con tanta fuerza de voluntad.

Mis meditaciones fueron interrumpidas por la voz de Poirot y comprendí, por la gravedad de su tono, que él también se daba cuenta de la situación.

—Mademoiselle, debo hacerle una pregunta y usted tiene que contestarla con franqueza, pues de ella puede depender todo. ¿Qué hora era cuando usted se separó del capitán en el cobertizo? Reflexione un momento para contestar con exactitud.

La muchacha soltó una risa amarga.

—¿Cree usted que no lo he pensado y vuelto a pensar muchas veces? Eran las nueve y media cuando salí para ir a su encuentro. El comandante Blunt paseaba por la terraza y tuve que dar la vuelta a los arbustos para evitarle.

Tardé tres minutos en llegar al cobertizo. Ralph me estaba esperando. Estuve con él diez minutos, no pudieron ser más, puesto que eran las diez menos cuarto cuando regresaba a casa.

Comprendí de pronto la insistencia de su pregunta el otro día. Si se hubiese probado que Ackroyd había sido asesinado antes de las diez menos cuarto y no después, la cosa hubiese resultado distinta. Vi esta deducción reflejada en la siguiente pregunta de Poirot.

—¿Quién salió primero del cobertizo?

—Yo.

—¿Dejó a Ralph en el interior?

—Sí. Pero ¿no creerá...?

—Mademoiselle, tanto da lo que yo piense. ¿Qué hizo usted al regresar a la casa?

—Subí a mi cuarto.

—¿Hasta qué hora estuvo en él?

—Hasta las diez, aproximadamente.

—¿Alguien puede probarlo?

—¿Probarlo? ¿Que estaba en mi cuarto? ¡Oh, no! Pero seguro que... ¡Oh! Comprendo. Pueden creer, pensar...

Vi la mirada de horror en sus ojos y Poirot acabó la frase en su lugar:

—...que usted fue la que saltó por la ventana y apuñaló a Ackroyd cuando estaba sentado en su sillón. Sí, pueden pensarlo.

—Sólo a un loco se le ocurriría semejante cosa —dijo Caroline con indignación.

Dio una palmadita en el hombro de Ursula, que había escondido el rostro entre las manos.

—¡Es horrible! —murmuraba—. ¡Horrible!

Caroline la abrazó amistosamente.

—No se preocupe, querida. Monsieur Poirot no lo cree. En cuanto a su marido, debo decirle que no pienso gran cosa de él. ¡Mira que huir y dejarla aquí sola!

Ursula meneó la cabeza con energía.

—¡No! —exclamó—. ¡No es así! Ralph no habrá huido pensando en él. Si está enterado del asesinato de su padrastro, puede creer que yo soy la culpable.

—No creo que piense semejante desatino —replicó Caroline.

—Fui tan cruel con él aquella noche, tan amarga y dura. No quise oír lo que intentaba decir, no quise creer siquiera que me amaba con sinceridad. Sólo le dije lo que pensaba de él, las cosas más frías y crueles que se me ocurrieron, tratando de herirle.

—No creo que le hiciera daño —dijo Caroline—. No se preocupe por lo que dice a un hombre. Son todos tan fatuos que no creen que una lo piense de veras si se trata de cosas desagradables.

Ursula continuó mientras abría y cerraba las manos:

—Cuando se descubrió el crimen y no se presentó, me asusté muchísimo. Me pregunté de pronto si él sería el asesino, pero comprendí que no podía serlo. Quería que se presentara y dijera abiertamente que no tenía nada que ver con la tragedia. Sabía que tenía un gran aprecio al doctor Sheppard y pensé que tal vez éste sabría dónde se escondía.

Se volvió hacia mí.

—Por eso le hablé como lo hice aquel día. Pensé que si usted sabía dónde estaba Ralph, podría transmitirle el mensaje.

—¿Yo?

—¿Por qué había de saber James dónde se encontraba? —preguntó Caroline secamente.

—Comprendo que no era probable —admitió Ursula—. Pero Ralph hablaba a menudo del doctor y sabía que le consideraba como su mejor amigo en King's Abbot.

—Mi querida niña, no tengo la menor idea de dónde se encuentra Ralph Paton en este momento.

—Eso es la pura verdad —dijo Poirot.

Ursula nos mostró el periódico, como si no comprendiera.

—¡Ah! Eso —dijo Poirot ligeramente avergonzado—. Una *bagatelle*, mademoiselle. *Rien du tout!* No he creído ni un momento que hubieran detenido a Ralph Paton.

—Pero entonces...

—Hay algo que quisiera saber —señaló el detective—. ¿El capitán Paton llevaba zapatos o botas aquella noche?

Ursula negó con la cabeza.

—No lo recuerdo.

—¡Lástima! Pero ¿cómo iba a saberlo? Ahora, madame —le sonrió con la cabeza inclinada a un lado y moviendo un dedo elocuentemente—, basta de preguntas. No se atormente usted. Tenga mucho valor y fe en Hercules Poirot.

Capítulo 23

La pequeña reunión de Poirot

—Ahora —dijo Caroline, levantándose—, esta muchacha vendrá conmigo arriba para descansar un rato. No se preocupe, querida, monsieur Poirot hará cuanto pueda por usted.

—Debería regresar a Fernly Park —comentó Ursula, vacilando.

Caroline le impuso silencio con una mano firme.

—¡Tonterías! Está en mis manos de momento y se queda aquí, ¿verdad, monsieur Poirot?

—Será lo mejor —asintió el belga—. Esta noche necesitaré a mademoiselle, perdone, madame, para que asista a mi pequeña reunión. A las nueve, en mi casa. Es necesario que esté presente.

Caroline asintió y salió del cuarto con Ursula. La puerta se cerró detrás de ellas. Poirot se dejó caer nuevamente en una silla.

—Bien, bien. Las cosas van arreglándose.

—Se ponen más negras por momentos para Ralph Paton —observé sombrío.

Poirot asintió.

—Sí, pero era de esperar, ¿verdad?

Le miré algo asombrado por la observación.

Estaba recostado en la silla, con los ojos entornados, las manos unidas de modo que las puntas de sus dedos se tocaban. De pronto suspiró y meneó la cabeza.

—¿Qué le sucede? —pregunté.

—Hay momentos en que echo mucho de menos a mi amigo Hastings, que ahora vive en Argentina. Siempre que me he ocupado de un caso importante ha estado a mi lado y me ha asistido. Sí, a menudo me ha ayudado porque tiene el talento especial de descubrir la verdad sin darse cuenta, sin comprenderlo él mismo, *bien entendu*. A veces decía algo particularmente descabellado y sus palabras me revelaban la verdad. Además, acostumbraba a escribir el relato de los casos de una forma realmente interesante.

Tosí un tanto turbado.

—En cuanto a eso... —empecé, pero callé de pronto.

Poirot se irguió en su silla. Sus ojos brillaban.

—¿Qué iba a decir?

—Pues verá, he leído algunas de las narraciones del capitán Hastings y he pensado en tratar de hacer algo por el estilo. Sería una lástima no aprovechar esta ocasión única, en que me veré envuelto en un misterio de este género.

Me sentía más avergonzado e incoherente a medida que hablaba.

Poirot se levantó de un salto. Sentí por un momento el temor de que me abrazara al estilo francés, pero afortunadamente se contuvo.

—Esto es magnífico. ¿Usted ha escrito sus impresiones sobre el caso a medida que se producían los hechos?

Asentí.

—*Épatant!* —exclamó Poirot—. Veámoslas ahora mismo.

No estaba preparado para esta petición tan repentina y traté de recordar ciertos detalles.

—Espero que usted no se ofenderá —tartamudeé—. Tal vez he sido algo, ¡ejem!, demasiado personal de vez en cuando.

—Comprendo muy bien. Usted se refiere a mí como a una persona cómica, tal vez ridícula en ocasiones. No importa, Hastings no era siempre muy cortés. Estoy por encima de esas trivialidades.

Todavía asaltado por las dudas, busqué en los cajones de mi mesa y saqué un montón de cuartillas, que le entregué.

Con miras a una posible publicación en el futuro, había dividido el relato en capítulos y la noche anterior concluía con la visita de miss Russell. Poirot tenía, pues, veinte capítulos ante sí. Lo dejé con ellos.

Me vi obligado a asistir a un enfermo a cierta distancia del pueblo, y eran más de las ocho cuando regresé. Una cena caliente me esperaba en una bandeja, así como el anuncio de que Poirot y mi hermana habían cenado juntos a las siete y media, y que el detective había ido a mi taller con el fin de acabar la lectura del manuscrito.

—Espero, James —dijo Caroline—, que hayas sido cuidadoso con lo que dices sobre mí.

Me quedé boquiabierto. No había tenido el menor cuidado.

—No es que me importe demasiado —añadió Caroline, traduciendo mi expresión de modo acertado—. Monsieur Poirot sabrá disculparme. Él me comprende mucho mejor que tú.

Fui al taller y encontré a Poirot sentado ante la ventana.

El manuscrito estaba colocado en orden en una silla, a su lado. Puso la mano en las hojas, diciéndome:

—*Eh bien!* Le felicito por su modestia.

—¡Oh! —dije un tanto sorprendido.

—Y por su reticencia —añadió.

—¡Oh! —repetí.

—No es así como escribe Hastings —continuó mi amigo—. En cada página se encuentra muchas veces la palabra «yo». Lo que él pensaba, lo que él hacía. Pero usted mantiene su personalidad en último plano. Una o dos veces tan sólo se coloca en el primer lugar; en las escenas familiares.

Me ruboricé levemente ante su divertida mirada.

—¿Qué opina usted de todo ello? —pregunté nervioso.

—¿Desea usted mi opinión franca y sincera?

—Sí.

—Es un relato minucioso y exacto —dijo con amabilidad—. Ha apuntado usted todos los hechos con fidelidad, aunque se muestra reticente respecto a su propio papel en ellos.

—¿Le ha ayudado a usted?

—Sí. Puedo decir que me ha ayudado considerablemente. Vamos ahora a mi casa para preparar el escenario de mi pequeña representación.

Caroline estaba en el vestíbulo. Creo que esperaba que la invitara a acompañarme. Poirot obró con mucho tacto, diciéndole:

—Me gustaría muchísimo tenerla a usted también, mademoiselle, pero de momento no es conveniente. Verá usted, todas las personas que se reunirán esta noche son sospechosas. Entre ellas se encontrará la que asesinó a Mr. Ackroyd.

—¿Usted cree? —dije incrédulo.

—Veo que usted no confía en mí. No aprecia usted todavía a Hercules Poirot en su justo valor.

En aquel instante, Ursula bajaba por la escalera.

—¿Está usted mejor, hija mía? —preguntó Poirot—. Bien, iremos juntos a mi casa. Mademoiselle Caroline, créame, hago todo esto para prestarle un gran servicio. Buenas noches.

Salimos y dejamos a Caroline que nos miraba desde la puerta de la casa, como un perro fiel al que han negado un paseo.

El comedor de The Larches estaba preparado para la recepción. En la mesa había diversos refrescos y vasos, y un plato con galletas. Habían entrado algunas sillas del cuarto contiguo.

Poirot estuvo muy atareado disponiéndolo todo. Colocaba sillas, cambiaba la posición de una lámpara, se inclinaba para estirar las alfombras que cubrían el suelo.

La luz le preocupaba mucho. Las lámparas estaban dispuestas de modo que su claridad cayera sobre el grupo de sillas, dejando el otro extremo de la entrada, donde presumí que se sentaría Poirot, casi en la penumbra.

Ursula y yo le veíamos hacer. De pronto oímos un campanillazo.

—Ya están aquí —comentó Poirot—. Bien, todo está preparado.

La puerta se abrió y entraron los habitantes de Fernly Park.

Poirot se adelantó y saludó a Mrs. Ackroyd y a Flora.

—Gracias por haber venido. También al comandante y a Mr. Raymond.

El secretario estaba de tan excelente humor como siempre.

—¡Qué idea ha tenido usted! —dijo, riendo—. ¿Ha inventado alguna máquina científica? ¿Nos atarán aparatos en las muñecas para sorprender los latidos del corazón del culpable? Hay alguna invención de ese género, ¿verdad?

—En efecto, lo he leído —admitió Poirot—, pero yo estoy chapado a la antigua. Empleo los viejos métodos y sólo trabajo con mis células grises. Empecemos. Ante todo debo darles una noticia.

Cogió una mano de Ursula y la hizo adelantarse.

—Esta dama es Mrs. Ralph Paton. Se casó con el capitán el pasado marzo.

Mrs. Ackroyd lanzó un leve grito.

—¡Ralph! ¡Casado! ¡En marzo! ¡Es absurdo! ¿Cómo es posible?

Se quedó mirando a Ursula como si no la hubiese visto hasta entonces.

—¡Ralph casado con Bourne! —repitió—. No puedo creerlo, Mr. Poirot.

Ursula se ruborizó y abrió la boca para hablar, pero Flora se adelantó. Acercándose a la otra chica, la cogió del brazo.

—Usted debe perdonar nuestra sorpresa. No teníamos la menor idea de eso. Han sabido guardar muy bien el secreto. Me alegro mucho.

—Es usted muy buena, miss Ackroyd —dijo Ursula en voz baja—. Sin embargo, tiene derecho a estar muy enfadada. Ralph se ha portado muy mal, sobre todo con usted.

—No se preocupe por ello —replicó Flora, con un golpecito amistoso en el brazo de su compañera—. Ralph estaba en un lío y buscó la única salida posible. En su lugar yo habría hecho lo mismo, pero creo que hubiera debido confiarme su secreto. No le hubiera traicionado.

Poirot dio unas cuantas palmadas en la mesa y se aclaró la voz.

—Se abre la sesión —dijo Flora—. Monsieur Poirot nos da a entender que no debemos hablar. Pero dígame tan sólo una cosa: ¿dónde está Ralph? Si alguien lo sabe es usted.

—Lo ignoro —exclamó Ursula con voz desgarradora—. Le juro que lo ignoro.

—¿No le han detenido en Liverpool? —preguntó Raymond—. Lo he leído en el periódico.

—No, no está en Liverpool —contestó Poirot.

—En efecto —añadí—, se desconoce su paradero.

—Exceptuando a monsieur Poirot, ¿no? —señaló Raymond.

Poirot replicó muy serio a la pequeña burla.

—Poirot lo sabe todo. No lo olviden.

Raymond abrió los ojos como platos.

—¿Todo? —Lanzó un silbido—. Es mucho decir, ¿no?

—¿Pretende insinuar, amigo mío —le dije incrédulo a Poirot—, que sabe dónde se esconde Ralph?

—Usted, doctor, lo llama «insinuar», yo lo llamo «saber».

—En Cranchester —me atreví a decir.

—No, no está en Cranchester.

No volvió a decir nada más al respecto y, a una señal suya, todos nos sentamos.

En aquel instante la puerta volvió a abrirse y entraron dos personas, que se sentaron cerca de la puerta. Eran Parker y el ama de llaves.

—Ya estamos todos —dijo Poirot.

Su voz sonaba satisfecha, y vi la inquietud reflejada en los rostros agrupados al otro extremo de la estancia. Había algo en aquella escena que sugería la idea de una trampa que se había cerrado.

Poirot sacó un papel del bolsillo y pasó lista con cierto énfasis.

—Mrs. Ackroyd, miss Flora Ackroyd, el comandante Blunt, Mr. Geoffrey Raymond, Mrs. Ralph Paton, John Parker y Elizabeth Russell.

Dejó el papel en la mesa.

—¿Qué significa todo esto? —empezó Raymond.

—La relación que acabo de leer —dijo Poirot— incluye a todas las personas sospechosas. Cada uno de los que están presentes tuvo la oportunidad de matar a Mr. Ackroyd.

Dando un grito, Mrs. Ackroyd se levantó, temblorosa.

—Esto no me gusta —gimió—. No me gusta. Me vuelvo a casa.

—No puede usted irse, madame, hasta haber oído lo que tengo que decir.

Hizo una pausa y se aclaró la garganta.

—Empezaré por el principio. Cuando miss Ackroyd me pidió que investigara el caso, fui a Fernly Park con el doctor Sheppard. Recorrí con él la terraza, donde se me enseñaron las huellas de la ventana. Desde allí, el inspector Raglan me llevó al sendero que desemboca en el camino. Mis ojos se fijaron en un pequeño cobertizo que examiné con gran atención. Encontré dos cosas: un pedazo de batista almidonado y una pluma de oca. El pedazo de batista me sugirió inmediatamente la idea de un delantal de camarera. Cuando Raglan me enseñó la lista de las personas que se encontraban en la casa, observé que una de las doncellas, Ursula Bourne, no tenía una coartada firme. Según su declaración, se encontraba en su cuarto entre las nueve y media y las diez. Pero ¿y si en vez de eso estuviera en el cobertizo? En tal caso, debió de haber ido a reunirse con alguien. Por el doctor Sheppard sabemos también que un forastero llegó a la casa aquella noche, el hombre que se encontró frente a la verja.

»A primera vista parece que nuestro problema está aclarado y que el forastero fue al cobertizo para ver a Ursula Bourne. Tenía la certeza de que había ido al cobertizo a causa de la pluma de oca. Ésta me sugirió instantáneamente la idea de un adicto a las drogas que había adquirido la costumbre al otro lado del Atlántico, donde aspirar «nieve» es un método más común que en este país. El hombre a quien vio el doctor Sheppard tenía acento norteamericano, lo que se ajustaba a esta suposición.

»Pero una cosa me detenía. Las horas no concordaban. No era posible que Ursula Bourne hubiera ido al cobertizo antes de las nueve y media, mientras que el hombre debió de estar allí pocos minutos después de las nueve. Podía suponer que esperó media hora. Otra alternativa era que hubieran tenido lugar dos entrevistas en aquel pequeño cobertizo aquella misma noche. *Eh bien!* Tan pronto como estudié esta alternativa descubrí varios hechos interesantes. Supe que el ama de llaves había visitado al doctor Sheppard por la mañana, mostrando mucho interés por la cura de los adictos a los estupefacientes. Tras añadir este hecho al descubrimiento de la pluma de oca, presumí que el hombre en cuestión vino a Fernly Park para encontrarse con el ama de llaves y no con Ursula Bourne. ¿A quién, pues, fue a ver Ursula en el cobertizo? No dudé mucho tiempo. Antes encontré una sortija, una alianza, con la inscripción «Recuerdo de R» y una fecha. Supe luego que se había visto con Ralph Paton en el sendero que lleva al pequeño cobertizo a las nueve y veinticinco, y me enteré también de una conversación sostenida en el bosque con Ralph Paton y una muchacha. Tenía, pues, mis hechos presentados claramente y en orden: un matrimonio en secreto, un noviazgo anunciado el día de la tragedia, la entrevista borrascosa en el bosque y la cita aquella noche en el cobertizo.

»Incidentalmente, eso me probó algo y es que tanto Ralph Paton como Ursula Bourne, o Mrs. Ursula Paton, tenían motivos de peso para desear la muerte de Mr. Ackroyd. Además, dejaba claro que no pudo ser Ralph quien estaba con Mr. Ackroyd en el despacho a las nueve y media.

»Llegamos ahora a otro aspecto todavía más interesante del crimen. ¿Quién estaba en el despacho con Mr. Ackroyd a las nueve y media? No era Ralph, que se encontraba en el cobertizo con su mujer. No era Kent, que ya se había ido. ¿Quién, entonces? Me hice mi pregunta, mi más sutil y audaz pregunta: ¿acaso había alguien con él?

Poirot se inclinó hacia delante y pronunció estas palabras en tono triunfal, irguiéndose a continuación con la actitud de quien ha asestado un golpe decisivo.

Sin embargo, Raymond no pareció impresionado y manifestó una débil protesta.

—No sé si usted trata de demostrar que soy un embustero, monsieur Poirot, pero no soy el único en haber declarado eso. Recuerde que el comandante Blunt oyó también a Mr. Ackroyd hablar con alguien. Estaba en la terraza y no pudo distinguir las palabras, pero oyó las voces.

Poirot asintió.

—No lo he olvidado —dijo tranquilamente—, pero el

comandante tenía la impresión de que era con usted con quien hablaba Mr. Ackroyd.

Durante un momento, Raymond pareció desconcertado.

—Blunt sabe ahora que se equivocaba —protestó.

—Es cierto —aprobó el comandante.

—Sin embargo, debió de tener un motivo para pensarlo —insistió Poirot—. ¿Qué oyó decir?: «Las demandas de dinero han sido tan frecuentes últimamente que temo que me será imposible acceder a su petición». ¿Qué le llama la atención en esta frase?

—No lo sé —contestó Raymond—. Me dictaba con frecuencia cartas casi en los mismos términos.

—Eso mismo —exclamó Poirot—. A eso quería llegar. ¿Emplearía alguien semejante frase para hablar con otra persona? Es imposible que eso forme parte de una conversación real. Ahora bien, si había estado dictando una carta...

—Usted piensa que estaba leyendo una carta en voz alta —dijo lentamente Raymond—. Pero, aunque así fuera, debía estar leyéndosela a alguien.

—¿Por qué? No tenemos pruebas de que hubiera otra persona en el cuarto. No se oyó otra voz que la de Mr. Ackroyd. Recuérdelo.

—Uno no se leería cartas como ésa en voz alta, a menos que estuviera loco.

—Todos ustedes han olvidado algo —dijo Poirot suavemente—. ¡El forastero que visitó la casa el miércoles anterior!

Todas las miradas se fijaron en Poirot.

—Sí —repitió el belga—, el miércoles. El muchacho en sí no tiene importancia, pero la firma que representaba me interesó mucho.

—¡La Compañía de Dictáfonos! —exclamó Raymond asombrado—. Comprendo. Usted piensa en un dictáfono.

Poirot asintió.

—Mr. Ackroyd había hablado de adquirir un dictáfono, ¿recuerda usted? Yo tuve la curiosidad de preguntar a la compañía en cuestión. Su respuesta fue que Mr. Ackroyd compró un dictáfono a su representante. Ignoro por qué no se lo dijo a usted.

—Debía de querer darme una sorpresa —murmuró Raymond—. Disfrutaba como una criatura sorprendiendo a la gente. Pensaría tenerlo a escondidas un día o dos. Es probable que se entretuviera con él como con un juguete nuevo. ¡Comprendo! ¡Usted tiene razón, nadie emplearía esas palabras en una conversación!

—Explica también —dijo Poirot— por qué el comandante Blunt creyó que usted estaba en el despacho. Lo que oyó eran fragmentos de dictado y su mente subconsciente dedujo que usted estaba con Mr. Ackroyd. Su mente consciente estaba ocupada en algo muy distinto: la figura blanca que acababa de entrever. Creyó que se trataba de miss Ackroyd, pero lo que vio en realidad fue el delantal blanco de Ursula Bourne que se dirigía al cobertizo.

Raymond se había repuesto de la primera sorpresa.

—De todos modos —señaló—, este descubrimiento suyo, por brillante que sea, estoy seguro de que a mí jamás se me hubiera ocurrido, deja la posición esencial igual que antes. Mr. Ackroyd aún vivía a las nueve y media, puesto que le hablaba al dictáfono. Parece deducirse que Charles Kent estaba lejos de la casa en aquel momento. En cuanto a Ralph Paton...

Vaciló mirando a Ursula.

La muchacha se ruborizó, pero contestó con firmeza.

—Ralph y yo nos separamos a las diez menos cuarto. Estoy segura de que no se acercó a la casa. No tenía intención de hacerlo. Quería evitar, ante todo, una reunión con su padrastro. Hubiese sido un desastre.

—No es que dude de lo que usted dice —explicó Raymond—. Siempre tuve el convencimiento de que el capitán Paton era inocente, pero hay que pensar en el tribunal y en las preguntas que allí se hacen. Se encuentra en una situación difícil, pero si se presenta...

Poirot le interrumpió:

—¿Éste es su consejo? ¿Que se presente?

—¡Por supuesto! ¡Si usted sabe dónde está!

—Veo que no cree que lo sé y, sin embargo, le acabo de decir que lo sé todo. Sé la verdad sobre la llamada telefónica, las huellas de la ventana, el escondite de Ralph Paton.

—¿Dónde se encuentra? —cortó Blunt.

—Cerca de aquí —contestó Poirot, sonriendo.

—¿En Cranchester? —pregunté.

Poirot se volvió hacia mí.

—Usted me pregunta siempre lo mismo. La idea de Cranchester es en usted una *idée fixe*. ¡No está en Cranchester! ¡Está aquí!

Con un gesto teatral señaló con el dedo índice. Todas las cabezas se volvieron.

Ralph Paton estaba de pie en el umbral de la puerta.

Capítulo 24

La historia
de Ralph Paton

Fue un minuto desagradable para mí. A duras penas me di cuenta de lo que ocurrió después, pero hubo exclamaciones y gritos de sorpresa. Cuando entendí lo que sucedía, Ralph estaba junto a su esposa, con sus manos entre las suyas, y me sonreía desde el otro extremo de la estancia.

Poirot también sonreía y, al mismo tiempo, me amenazaba con el dedo.

—¿No le he dicho por lo menos treinta y seis veces que es inútil esconderle cosas a Hercules Poirot? —preguntó—. ¿Que de todos modos lo descubre todo?

Se volvió hacia los demás.

—Recuerden que un día nos reunimos en torno a una mesa. Éramos seis. Acusé a las cinco personas que estaban conmigo de esconderme algo. Cuatro de ellas confesaron sus secretos. El doctor Sheppard no lo hizo, pero hacía tiempo que tenía mis sospechas. El doctor Sheppard fue al Three Boars aquella noche, con la esperanza de encontrar a Ralph.

»No le encontró en la posada, pero me dije: «¿Y si le hubiese visto en la calle, al regresar a su casa?». El doctor era amigo del capitán y venía directamente de la escena del crimen. Debió de comprender que las cosas pintaban mal para Ralph. Tal vez sabía más que el público en general.

—Es cierto —asentí tristemente—. Creo que lo mejor será contarlo todo ahora. Aquella tarde fui a ver a Ralph. Al principio rehusó confesarme nada, pero luego me habló de su matrimonio y del apuro en que se encontraba. Tan pronto como el crimen fue descubierto, comprendí que, una vez se conocieran los hechos, las sospechas no dejarían de recaer sobre Ralph o sobre la muchacha a la que amaba. Aquella noche se lo expliqué todo con claridad. La idea de que acaso tuviera que declarar de un modo que perjudicara a su esposa le decidió a...

Vacilé y Ralph continuó en mi lugar.

—¡A hacer una tontería! Verá usted, Ursula me dejó para regresar a casa. Pensé que era factible que hubiese tratado de ver otra vez a mi padrastro. Había estado muy brusco con ella por la tarde. Se me ocurrió que quizá la había insultado de forma tan ofensiva que sin saber qué hacía...

Se detuvo. Ursula le soltó la mano y retrocedió un paso.

—¿Cómo has podido creer eso, Ralph? ¿Has llegado a pensar que yo lo maté?

—Volvamos a la culpable conducta del doctor Sheppard —lo cortó Poirot—. El doctor consintió en hacer lo que estuviese en sus manos para ayudarlo. Logró con éxito que el capitán quedara oculto a la acción de la policía.

—¿Dónde? —preguntó Raymond—. ¿En su propia casa?

—¡No! Debería usted preguntárselo como hice yo. Si el buen doctor esconde al muchacho, ¿qué lugar puede escoger? Tiene que estar cerca. Pensé en Cranchester. ¿Un hotel? ¡No! ¿Una pensión familiar? ¡Todavía menos probable! ¿Dónde, pues? ¡Ah! Lo sé. ¡En un sanatorio! ¡En una casa de reposo! Pongo mi teoría a prueba. Invento la historia de un sobrino que pierde la razón. Consulto a miss Sheppard para saber dónde hay establecimientos apropiados. Me da los nombres de dos de ellos, cerca de Cranchester, a los cuales su hermano ha enviado enfermos. Me entero. Sí, el doctor en persona llevó a un paciente a uno de ellos a primera hora del sábado por la mañana. Aunque

252

estaba registrado bajo otro nombre, no tuve dificultad alguna en identificar al capitán Paton. Después de algunas formalidades necesarias, me permitieron llevármelo. Llegó a mi casa ayer por la mañana muy temprano.

Lo miré desconsolado.

—¡El experto del Ministerio del Interior de Caroline! —exclamé—. ¡Y pensar que no sospeché nada!

—Comprenderá usted ahora por qué mencioné la reticencia de su manuscrito —murmuró Poirot—. Decía la verdad, pero dejaba muchas cosas en la sombra, ¿no es así, amigo mío?

Estaba demasiado abatido para discutir.

—El doctor Sheppard ha sido muy leal —dijo Ralph—. No me ha abandonado un solo instante y ha hecho lo que ha creído más oportuno. Veo ahora, por lo que monsieur Poirot me ha dicho, que esto no era en realidad lo mejor que se podía hacer. Yo debía presentarme y afrontar las consecuencias. En el sanatorio no leíamos los periódicos, e ignoraba lo que sucedía.

—El doctor Sheppard ha sido un modelo de discreción —dijo Poirot—, pero yo descubro todos los pequeños secretos. Es mi profesión.

—Ahora quizá oigamos su versión de lo que ocurrió aquella noche —manifestó Raymond con impaciencia.

—Ya lo saben —contestó Ralph—. Poca cosa puedo añadir. Salí del cobertizo a las diez menos cuarto, más o menos, y paseé por los alrededores, tratando de pensar lo que debía hacer a continuación, qué decisión tomar.

»Debo admitir que no tengo coartada, pero les doy mi palabra de honor de que no me acerqué al despacho y de que no volví a ver a mi padrastro ni vivo ni muerto. ¡A pesar de lo que piense todo el mundo, me gustaría que ustedes me creyesen!

—¿No tiene coartada? —murmuró Raymond—. Le creo, desde luego, pero es un mal asunto.

—Es muy sencillo, sin embargo —señaló Poirot con voz alegre—. Muy sencillo, se lo aseguro.

Todos lo miramos.

—¿No adivinan ustedes lo que quiero decir? ¿No? Sólo esto. Para salvar al capitán Paton, el verdadero criminal debe confesar. —Miró a todos los presentes—. ¡Sí, tal como lo digo! No he invitado al inspector Raglan esta noche. Tenía un motivo para abstenerme. No quería decir lo que sé o, por lo menos, no quería decírselo esta noche.

Se inclinó y de pronto cambió de tono de voz y de personalidad. Se volvió amenazador, despiadado.

—¡Yo sé que el asesino de Mr. Ackroyd está aquí, en este cuarto, en este preciso momento! ¡Al criminal es a quien me dirijo! ¡Mañana la verdad irá a parar a manos del inspector Raglan! ¿Me comprenden?

Hubo un largo silencio. La anciana bretona entró con un telegrama que Poirot abrió.

La voz de Blunt se alzó fuerte y vibrante.

—¿Usted dice que el criminal está entre nosotros? ¿Sabe usted quién es?

Poirot acababa de leer el mensaje y arrugó el papel en su mano.

—¡Lo sé ahora!

Dio un golpecito en la pelota de papel.

—¿Qué es eso? —dijo Raymond rápidamente.

—Un telegrama procedente de un barco que navega rumbo a Estados Unidos.

Hubo un nuevo silencio absoluto. Poirot se levantó y saludó.

—*Messieurs et mesdames*, esta reunión ha terminado. Recuerden: ¡mañana, la verdad irá a parar a manos del inspector Raglan!

Capítulo 25

Toda la verdad

Con un breve gesto, Poirot me indicó que me quedase en la estancia. Obedecí y me acerqué al hogar, moviendo los grandes leños con la punta del zapato.

Estaba sorprendido. Por primera vez no acertaba a comprender las intenciones de Poirot. Durante un momento me incliné a creer que lo que acababa de escuchar eran sólo palabras altisonantes y que Poirot había representado lo que él llamaba una «pequeña comedia», con el fin de hacerse el interesante y el importante. Pero, a pesar de todo, me veía obligado a creer en sus palabras, en las que había una verdadera amenaza y una innegable sinceridad. Sin embargo, continuaba creyendo que seguía una pista falsa.

Cuando la puerta se cerró detrás del último miembro de la reunión, Poirot se volvió hacia el fuego.

—Pues bien, amigo mío —dijo con suavidad—. ¿Qué piensa usted de todo esto?

—A tenor de la verdad, no lo sé —respondí con sinceridad—. ¿Qué fin persigue usted? ¿Por qué no va directamente a hablar con el inspector Raglan, en vez de poner sobre aviso al culpable?

Poirot se sentó y sacó del bolsillo una caja de delgados cigarrillos rusos. Fumó un momento en silencio.

—Emplee usted sus células grises. Detrás de mis acciones hay siempre un motivo.

Vacilé un momento y después repliqué con voz pausada:

—El primero que se me ocurre es que usted no sabe quién es el asesino, pero que está seguro de que se encontraba entre las personas reunidas aquí esta noche. En consecuencia, sus palabras pretendían arrancarle una confesión.

Poirot asintió complacido.

—Es una buena idea, pero errónea.

—Pensé que tal vez, al hacerle creer que usted lo sabía todo, esperaba obligarle a desenmascararse aunque no necesariamente por medio de una confesión. Podría tratar de silenciarle, como hizo con Mr. Ackroyd, antes de que usted pudiese actuar mañana.

—¡Una trampa de la cual yo sería el cebo! *Merci, mon ami!* ¡No soy lo bastante héroe para eso!

—Entonces no lo comprendo. Corre el riesgo de dejar escapar al asesino, avisándole de ese modo.

Poirot negó con la cabeza.

—No puede escapar —dijo gravemente—. Sólo le queda un camino que emprender y ese camino no lleva a la libertad.

—¿Usted cree realmente que una de las personas que se encontraban aquí esta noche cometió el crimen? —pregunté con incredulidad.

—¡Sí, amigo mío!

—¿Cuál?

Hubo un silencio que duró unos minutos. De pronto arrojó la colilla en el hogar y empezó con voz reposada:

—Voy a llevarle por el camino que he recorrido yo mismo. Paso a paso me acompañará usted y verá que todos los hechos señalan infaliblemente a una persona:

»Para empezar, había dos hechos y una pequeña discrepancia en las horas que me llamaron la atención de un modo especial. El primer hecho era la llamada telefónica. Si Ralph Paton era en realidad el asesino, la llamada carecía de sentido: era absurda. Me dije, pues, que Paton no era el criminal.

»Me aseguré de que la llamada no fue hecha por nadie de la casa y, sin embargo, estaba convencido de que tenía que buscar al criminal entre los que estaban presentes la noche fatal. Llegué a la conclusión de que la llamada debió de provenir de un cómplice. Esta deducción no acababa de satisfacerme, pero de momento no la descarté.

»Examiné luego el motivo de la llamada. Eso resultó difícil. Sólo podía estudiarlo juzgando su resultado: que el crimen se descubrió aquella noche en vez de a la mañana siguiente. ¿Comprende usted?

—Sí. Ackroyd había dado órdenes para que no le molestaran y no era probable que nadie entrara en el despacho aquella noche.

—*Très bien*. El asunto marcha, ¿verdad? Pero algunos puntos continuaban oscuros. ¿Cuál era la ventaja de hacer descubrir el crimen aquella noche, en vez de a la mañana siguiente? La única idea que se me ocurrió fue que el asesino, sabiendo que el cadáver se descubriría a una hora determinada, se las apañaría para estar presente cuando se forzara la puerta o inmediatamente después. Llegamos ahora al segundo hecho: el sillón apartado de la pared. El inspector Raglan desechó el detalle por carecer de importancia. Yo, en cambio, siempre lo consideré del mayor interés.

»En su manuscrito usted ha dibujado un pequeño plano del despacho. Si lo tuviese aquí en este momento vería que el sillón, colocado de la manera indicada por Parker, se encuentra precisamente en línea recta entre la puerta y la ventana.

—¡La ventana!

—Veo que capta mi primera idea. Me imaginé que entraron por la puerta, pero no tardé en abandonar esa suposición, pues, aunque el sillón tenía un respaldo muy alto, tapaba muy poco la ventana. Pero recuerde usted, *mon ami*, que frente a esa ventana había una mesa cubierta de libros y revistas. Esa mesa quedaba completamente oculta por el sillón, y enseguida surgió en mi mente la primera sospecha de la verdad.

»Supongamos que había en esa mesa algo que quería ocultarse. Algo colocado allí por el asesino. Hasta entonces no tenía la menor idea de qué podría ser, pero sabía que era algo que el criminal no había podido llevarse consigo cuando cometió el asesinato y que era un asunto vital para él quitarlo de allí tan pronto como le fuese posible, después de que se descubriera el crimen. La llamada telefónica obedecería, pues, a la necesidad del culpable de encontrarse en la habitación cuando se hallara el cuerpo.

»Cuatro personas estaban presentes cuando la policía llegó: usted, Parker, el comandante Blunt y Mr. Raymond. Eliminé inmediatamente a Parker, puesto que, fuese cual fuese la hora en que se descubriera el crimen, se encontraría allí. Además, él fue quien me habló del sillón cambiado de sitio. Parker quedaba descartado del crimen, pero era posible que hubiese sido el chantajista. Raymond y Blunt eran sospechosos, puesto que, si el crimen hubiese sido descubierto por la mañana, podría ser que llegaran demasiado tarde para impedir que se encontrara el objeto colocado en la mesa.

»¿Qué era ese objeto? Hace un momento ha oído usted lo que argumentaba con respecto al fragmento de conversación oído. Tan pronto como supe que el representante de una compañía de dictáfonos había estado en la casa, la idea de un dictáfono arraigó en mi mente. ¿Recuerda lo que he dicho hace media hora? Todos estaban de acuerdo con mi teoría, pero parecía que un hecho vital se les había escapado. Si se usó un dictáfono aquella noche, ¿por qué no se encontró?

—No había pensado en eso.

—Sabemos que le fue entregado un dictáfono a Mr. Ackroyd, pero no estaba entre los objetos de su pertenencia.

Si algo fue retirado de la mesa, ¿por qué no podía ser el dictáfono? Sin embargo, la tarea no era fácil.

»La atención de todos estaba naturalmente concentrada en el muerto. Creo que cualquiera podía haberse acercado a la mesa sin que le vieran los demás, pero un dictáfono es un objeto voluminoso. No se puede meter en un bolsillo. Debió de tener un receptáculo capaz de contenerlo. Ya ve usted adónde llegamos. La figura del asesino toma forma. Es la persona que se encontraba en el lugar del crimen, pero que tal vez no hubiese estado presente si se hubiese descubierto a la mañana siguiente, una persona que llevaba un receptáculo dentro del cual cabía el dictáfono...

Lo interrumpí:

—¿Por qué habría de llevarse el dictáfono? ¿Qué ganaba con ello?

—Usted se parece a Mr. Raymond. Parte de una premisa falsa: de que a las nueve y media se oyó la voz de Mr. Ackroyd hablando al dictáfono. Pero considere por un momento este útil invento. Usted le dicta, ¿verdad? Y más tarde el secretario o un mecanógrafo lo pone en marcha y la voz vuelve a sonar.

—¿Quiere decir...? —exclamé.

—Sí, eso es lo que quiero decir. A las nueve y media, Mr. Ackroyd ya estaba muerto. ¡Era el dictáfono el que hablaba y no el hombre!

—El criminal lo hizo funcionar. Entonces, debía encontrarse en el cuarto en aquel momento.

—Es probable, pero no debemos excluir la posibilidad de que le hubiera adaptado un mecanismo especial, algo sencillo como la maquinaria de un vulgar despertador. En ese caso tenemos que añadir dos particularidades a nuestro retrato imaginario del asesino. Debía ser alguien que estaba enterado de la compra del dictáfono y que tenía conocimientos de mecánica.

»A esas conclusiones había llegado cuando encontramos las huellas de la ventana. Aquí podía escoger entre tres conclusiones. Primera: era factible que las hubiera dejado Ralph Paton. Estaba en Fernly Park aquella noche y pudo introducirse en el despacho y encontrar a su tío muerto. Ésta era una hipótesis. Segunda: cabía la posibilidad de que las huellas las hubiera dejado alguien que llevara la misma clase de tacones de goma en los zapatos, pero los habitantes de la casa tenían zapatos de suela de crepé, y deseché la idea de que alguien de fuera tuviese la misma clase de zapatos que Ralph Paton. Charles Kent llevaba, lo sabemos por la camarera del bar The Dog & Whistle, un par de botas que se le «caían de los pies».

»Esas huellas podían haber sido dejadas por alguien que trataba deliberadamente de hacer recaer las sospechas sobre Ralph Paton. Para probar esa teoría era preciso dilucidar algunos hechos. El par de zapatos de Ralph incautado por la policía en el Three Boars. Ni Ralph ni ninguna otra persona pudo llevarlos aquella noche, puesto que los tenían en la posada para limpiarlos.

»Según la teoría de la policía, Ralph poseía otro par de la misma clase, y descubrí que era cierto que tenía dos pares. Para que mi teoría fuera correcta, era preciso que el asesino hubiese llevado los zapatos de Ralph aquella noche y, en tal caso, Ralph debía haberse puesto un tercer par de zapatos de una clase u otra. Supuse que no tendría tres pares de zapatos iguales y que poseería por lo menos un par de botas. Pedí a su hermana Caroline que se enterara de ese punto, insistiendo sobre el color, con el fin, lo confieso, de esconder el verdadero motivo de mis preguntas.

»Ya conoce usted el resultado de sus investigaciones. Ralph Paton tenía un par de botas. La primera pregunta que le hice cuando llegó a mi casa ayer por la mañana fue para saber lo que llevaba puesto la noche fatal. Me contestó enseguida que llevaba botas, en realidad todavía las llevaba puestas, porque no tenía nada más que ponerse.

»De este modo adelantábamos en nuestra descripción del asesino. Era una persona que había tenido la oportunidad de llevarse esos zapatos del cuarto de Ralph Paton en el Three Boars aquel día.

Poirot se detuvo y continuó en voz más alta:

—Hay otro punto. El criminal debía ser una persona que tuviera la oportunidad de retirar la daga de la vitrina. Quizá usted diga con toda razón que cualquiera en la casa pudo haberlo hecho, pero le recordaré que Flora Ackroyd está segura de que la daga no se encontraba en la vitrina cuando la examinó.

Hizo otra pausa.

—Recapitulemos: una persona que estuvo en el Three Boars aquel día, una persona que conocía bastante bien a Ackroyd para saber que había adquirido un dictáfono, una persona que entendía en cuestiones de mecánica, que tuvo la oportunidad de retirar la daga de la vitrina antes de la llegada de miss Flora, que llevaba consigo un receptáculo capaz de contener el dictáfono como, por ejemplo, un maletín negro, y que se encontró sola en el despacho durante unos minutos después de descubrirse el crimen, mientras Parker telefoneaba a la policía. En fin, ¡usted, doctor Sheppard!

Capítulo 26

Y nada más que la verdad

Reinó un silencio de muerte durante un momento. De pronto me eché a reír.

—¡Está usted loco!

—No —replicó Poirot plácidamente—. No estoy loco. Esa pequeña diferencia en la hora fue lo que me llamó la atención sobre usted desde el principio.

—¿La diferencia de hora? —repetí intrigado.

—Sí. Recordará que todo el mundo estaba de acuerdo para decir, usted incluido, que hacían falta cinco minutos para ir andando de la casa del guarda a la residencia, e incluso menos si se tomaba el atajo hasta la terraza. Pero usted dejó la casa a las nueve menos diez según su declaración y la de Parker y, sin embargo, eran las nueve cuando traspasaba la verja de la entrada. Era una noche fría y desapacible, en la cual uno no se sentiría inclinado a entretenerse. ¿Por qué necesitó diez minutos para recorrer un trayecto que requería cinco? Comprendí desde el principio que sólo teníamos su afirmación para probar que la ventana del despacho estaba cerrada. Ackroyd le preguntó si usted la había cerrado, pero no lo comprobó.

»Supongamos, pues, que la ventana del despacho estuviera abierta. ¿Tendría usted tiempo en diez minutos para dar la vuelta a la casa, cambiar sus zapatos, entrar por la ventana, matar a Ackroyd y llegar a la verja a las nueve? Deseché esta teoría, pues era probable que un hombre tan nervioso como Ackroyd le hubiese oído entrar y hubiera provocado una lucha. Pero ¿y suponiendo que hubiera matado a Ackroyd antes de salir, mientras estaba de pie al lado de su silla? Podía entonces salir por la puerta central, dar la vuelta hasta el pequeño cobertizo, tomar los zapatos de Ralph Paton del maletín que llevaba aquella noche, ponérselos, atravesar el fango y dejar huellas en la ventana, entrar en el despacho, cerrar la puerta por dentro, volver corriendo al cobertizo, cambiarse nuevamente de zapatos y correr hasta la verja. Hice todo eso el otro día, cuando usted estaba con Mrs. Ackroyd, y empleé exactamente diez minutos. Luego, volver a casa y disponer de una buena coartada, pues había regulado el dictáfono para que funcionara a las nueve y media.

—Mi querido Poirot —dije con una voz que sonó extraña y forzada en mis propios oídos—. Usted ha reflexionado demasiado sobre este caso. ¿Por qué había de asesinar a Ackroyd?

—¡Para protegerse! Usted era quien chantajeaba a Mrs. Ferrars. ¿Quién mejor que el doctor que cuidaba a Mr. Ferrars estaba en condiciones de saber cuál era la causa de su muerte? Cuando usted me habló el primer día en el jardín, mencionó un legado en posesión del cual había entrado hacía un año. No he podido encontrar rastro de legado alguno. Tuvo usted que inventar algo para justificar las veinte mil libras de Mrs. Ferrars, que no le sirvieron de mucho. Perdió la mayor parte en diversas especulaciones y acabó presionando demasiado. Mrs. Ferrars encontró una solución con la cual usted no contaba. Si Ackroyd se hubiese enterado de la verdad, no habría tenido compasión de usted. ¡Estaba arruinado para siempre!

—¿Y la llamada telefónica? —pregunté, tratando de hacerle frente—. ¿Supongo que usted tiene una explicación plausible también para ella?

—Le confesaré que quedé desconcertado cuando supe

que le habían telefoneado desde la estación de King's Abbot. Al principio creí que se había inventado la historia. Eso fue un detalle ingeniosísimo. Usted necesitaba una excusa para llegar a Fernly Park, encontrar el cuerpo y tener ocasión de quitar el dictáfono del que dependía su coartada. Tenía una vaga noción de lo ocurrido cuando fui a ver a su hermana aquel primer día y le pregunté qué pacientes habían ido a su consulta el viernes por la mañana.

»No pensaba en miss Russell entonces. Su visita fue una feliz coincidencia, puesto que alejó su pensamiento del verdadero objeto de mis preguntas. Encontré lo que buscaba. Entre sus pacientes se encontraba aquella mañana el camarero de un transatlántico norteamericano. ¿Quién mejor que él para ir a Liverpool en el tren de la noche? Después, estaría en alta mar, lejos de todos. Comprobé que el *Orion* zarpaba el sábado y, tras conseguir el nombre del camarero, le envié un telegrama, haciéndole una pregunta. Su respuesta es lo que acabo de recibir.

Me alargó el siguiente mensaje:

Es cierto. El doctor Sheppard me pidió que dejara una nota en casa de un enfermo. Tenía que llamarle por teléfono desde la estación con la respuesta: «Sin contestación».

—Fue una idea ingeniosa —dijo Poirot—. La llamada era genuina. Su hermana le vio recibirla, pero una sola persona sabía lo que le decía en realidad. ¡Usted!

Bostecé.

—Todo esto es muy interesante, pero muy poco práctico.

—¿Usted cree? Recuerde lo que he dicho. La verdad irá a parar a manos del inspector Raglan por la mañana. Pero, por consideración a su buena hermana, estoy dispuesto a dejarle otra alternativa. Podría tomar, por ejemplo, una dosis exagerada de algún somnífero. ¿Me comprende?

Antes de eso, el capitán Paton debe quedar libre de toda sospecha, *ça va sans dire*. Le sugiero la idea de concluir su interesante manuscrito pero abandonando su antigua reticencia.

—Usted es muy prolífico en sugerencias. ¿Ha terminado ya?

—Ahora que me dice esto, recuerdo otra cosa todavía. Sería una torpeza por su parte tratar de imponerme silencio como hizo con Ackroyd. Esas cosas no tienen éxito con Hercules Poirot.

—Mi querido Poirot —exclamé sonriendo levemente—, seré cualquier cosa, pero no estoy loco.

Me levanté.

—¡Bien, bien! —dije, desperezándome—. Me voy a casa. Gracias por su interesante e instructiva disertación.

Poirot se levantó también, se inclinó con su acostumbrada cortesía y salí de la habitación.

Capítulo 27

Apología

Son las cinco de la mañana. Estoy muy cansado, pero he concluido mi tarea. El brazo me duele de tanto escribir.

Mi manuscrito tiene un extraño final. Pensaba publicarlo algún día como la historia de uno de los fracasos de Poirot. Es curioso cómo se desarrollan las cosas.

Desde el principio tuve la impresión de que ocurriría un desastre, desde el momento en que vi a Ralph Paton y a Mrs. Ferrars hablando con las cabezas muy juntas. Creí entonces que ella le hacía confidencias. Me equivoqué, pero la idea persistió hasta después de que me encerrara en el despacho con Ackroyd aquella noche hasta que me dijo la verdad.

¡Pobre viejo Ackroyd! Siempre me alegro de haberle dejado una oportunidad de salvarse. Le insté a que leyera aquella carta antes de que fuera demasiado tarde. O, para ser honrado, ¿acaso no comprendí subconscientemente que la testarudez de un hombre como él era una garantía de que no la leería? Su nerviosismo de aquella noche era interesante psicológicamente hablando. Sabía que el peligro le acechaba, pero, sin embargo, nunca sospechó de mí. La daga fue una idea de última hora. Había llevado un arma de fácil manejo que tenía en mi casa, pero cuando vi la daga en la vitrina, se me ocurrió enseguida que sería preferible emplear una que no me perteneciera.

Supongo que desde el principio pensé en matarle. En

cuanto me enteré de la muerte de Mrs. Ferrars tuve la convicción de que se lo había contado todo antes de morir. Cuando me reuní con él y le vi tan nervioso, pensé que quizá sabía la verdad, pero que le parecía increíble, y estaba dispuesto a darme la oportunidad de explicarme.

Me fui a casa y tomé mis precauciones. Si lo que le preocupaba sólo se relacionaba con Ralph, nada ocurriría. Me había dado el dictáfono dos días antes para ajustarlo. Algo se había estropeado en su mecanismo y lo convencí para que me lo dejara en vez de devolverlo a la fábrica. Hice lo que me pareció necesario y me lo llevé en mi maletín aquella noche.

Me siento orgulloso de mis dotes de escritor. En efecto, ¿qué puede ser más claro que las frases siguientes?

Habían entrado el correo a las nueve menos veinte. A las nueve menos diez lo dejé con la carta todavía por leer. Vacilé con la mano en el picaporte, mirando atrás y preguntándome si olvidaba algo.

Toda la verdad, ¿lo ven? Pero supongan que pusiera una línea de puntos después de la primera frase. ¿Se habría preguntado alguien qué ocurrió en aquellos diez minutos?

Cuando eché una ojeada desde la puerta, me sentí satisfecho. No había olvidado nada. El dictáfono estaba en la mesa, ante la ventana, preparado para funcionar a las nueve y media. El mecanismo era ingenioso, accionado con la máquina de un reloj despertador. Había movido el sillón de modo que escondiera el aparato a las miradas de los que entraran.

Debo confesar que me sobresalté al encontrar a Parker al otro lado de la puerta. He apuntado fielmente este detalle.

Más tarde, cuando se descubrió el crimen y envié a Parker a telefonear a la policía, qué frases tan acertadas: «Hice lo poco que era preciso hacer». Poca cosa: meter el dictáfono en mi maletín y alinear el sillón contra la pared.

No imaginé siquiera que Parker se hubiera fijado en el sillón. Lógicamente, la contemplación del cuerpo debía hacerle olvidar lo demás, pero no conté con sus cualidades de criado metódico.

Quisiera haber sabido antes que Flora iba a declarar que había visto a su tío a las diez menos cuarto. Este detalle me desconcertó y preocupó sobremanera. A decir verdad, en este caso hubo cosas que me preocuparon de un modo tremendo. Todos parecían haber metido mano en el asunto.

Mi gran temor era que Caroline lo descubriera todo. Su modo de hablar aquel día de mi «debilidad» fue pura coincidencia.

No sabrá nunca la verdad. ¡Queda, tal como ha dicho Poirot, otra alternativa, otra solución!

Puedo confiar en él. Junto con el inspector Raglan se las compondrán para que Caroline no lo sepa. No me gustaría que lo supiese. Me quiere y es orgullosa. Mi muerte será dolorosa para ella, pero la pena pasa con el tiempo.

Cuando haya concluido mi narración, meteré este manuscrito en un sobre dirigido a Poirot.

Y, entonces, ¿qué será? ¡Una dosis de veronal! Eso sería una especie de justicia poética. No es que acepte la responsabilidad de la muerte de Mrs. Ferrars. Fue la consecuencia directa de sus propias acciones. No tengo compasión por ella. ¡Tampoco la siento por mí! ¡Así pues, que sea veronal!

Pero me hubiera gustado que Hercules Poirot no se hubiese retirado nunca para venir aquí a cultivar calabacines.